职业教育现代物流管理专业系列教材·物流企业岗位培训系列教材

回收物流实务

李作聚 主编 夏丽丽 范文晶 副主编

清华大学出版社

北京

内 容 简 介

　　回收物流在促进经营、降低成本、变废为宝、充分发挥资源作用、改善国民生存环境、提高社会和经济效益、增强企业核心竞争力和加速物流产业化进程等方面具有重要的作用。本书主要介绍回收物种类、回收物流投入产出分析、回收物流系统、再生资源回收物流、废旧物回收物流及回收物流的相关法律法规与政策措施等基本知识,并通过加强实践训练,达到学以致用和强化技能培养的目的。

　　本书既适用于物流管理专业职业教育各层次的教学,也可作为回收物流企业管理者及从业人员的在职岗位培训教材,对于社会读者也是一本有益的读物。

本书封面贴有清华大学出版社防伪标签,无标签者不得销售。
版权所有,侵权必究。侵权举报电话:010-62782989　13701121933

图书在版编目(CIP)数据

回收物流实务/李作聚主编. —北京:清华大学出版社,2011.4
(职业教育现代物流管理专业系列教材.物流企业岗位培训系列教材)
ISBN 978-7-302-24982-5

Ⅰ. ①回…　Ⅱ. ①李…　Ⅲ. ①废物回收-物流-物资管理-职业教育-教材
Ⅳ. ①F713.2 ②F252.8

中国版本图书馆 CIP 数据核字(2011)第 029478 号

责任编辑:帅志清
责任校对:李　梅
责任印制:杨　艳

出版发行:清华大学出版社		地　　址:北京清华大学学研大厦 A 座	
http://www.tup.com.cn		邮　　编:100084	
社　总　机:010-62770175		邮　　购:010-62786544	
投稿与读者服务:010-62776969,c-service@tup.tsinghua.edu.cn			
质 量 反 馈:010-62772015,zhiliang@tup.tsinghua.edu.cn			
印　装　者:北京嘉实印刷有限公司			
经　　销:全国新华书店			
开　　本:185×230	印　张:14.5	字　　数:292 千字	
版　　次:2011 年 4 月第 1 版		印　　次:2011 年 4 月第 1 次印刷	
印　　数:1~3000			
定　　价:29.00 元			

产品编号:036023-01

编 审 委 员 会

主　任：
　　牟惟仲　中国物流技术协会理事长、教授级高级工程师
副主任：
　　翁心刚　北京物资学院副院长、教授
　　冀俊杰　中国物资信息中心副主任、总工程师
　　吴元佑　湖北城市建设职业技术学院副院长、副研究员，中国物流学会物流人才培
　　　　　　训专业委员会副主任，教育部职业教育物流专业教学指导委员会委员
　　徐培忠　清华大学出版社原副总编、编审
　　李守林　中国物流技术协会专家委员会常务副主任、高级工程师
　　储祥银　北京贸促会副会长、北京市政府专家组顾问、对外经济贸易大学教授
　　吴　明　中国物流技术协会副理事长兼秘书长、高级工程师
　　李大军　中国物流技术协会副秘书长、中国计算机协会市场发展分会秘书长
委　员：
　　王纪平　吴江江　丁建中　宋承敏　张昌连　赵志远　郝建忠　鲁瑞清
　　帅志清　仲万生　李红玉　林　亚　周　平　田在儒　高光敏　危道军
　　王茹琴　张惠欣　孟乃奇　王伟光　阚晓芒　申时全　王　松　宁雪娟
　　陈荣桂　武信奎　米淑兰　朱荣欣　王进思　车亚军　刘　华　朱凤仙
　　延　静　朱新民　李祖武　李方峻　赵立群　董　铁　张劲珊　王　艳
　　李作聚　崔晓文　林玲玲　谢　淳　罗松涛　罗佩华　麦秋玲　李　洁
　　李人晴　董　力　黄振宁　秦龙有　赵　艳　贾　晖
丛书主编：
　　李大军
丛书副主编：
　　朱新民　延　静　张劲珊　麦秋玲　李　洁　朱凤仙

序言
Preface

改革开放以来,我国的流通业伴随着国民经济的整体发展而持续快速地发展,特别是自 20 世纪 90 年代末供不应求的短缺经济时代的结束,市场对产品和服务的及时性与个性化要求日益提高,加之信息网络技术的进步与普及,使现代物流业从依附生产与商流的从属地位逐渐地分离出来,建立起自己独立的市场,形成了一个新的行业领域,并成为国家与各地区新的经济增长点。

近年来,现代物流业越来越受到社会各界的广泛重视,成为与交通运输业、金融业、信息业及商贸业并列的五大生产性服务业。更由于物流装备的进步和信息网络技术的应用以及管理理念的变革,使得现代物流业的发展进入了一个规模化产业链的全新时期。

在国际上,现代物流业已成为与高科技产业、金融业并驾齐驱的朝阳产业,受到了各国政府的高度重视。我国领导人曾经多次明确指出,要把现代物流业作为国民经济重要产业与新的经济增长点。同时指出,要加强电子商务物流人才队伍的培养,推动各类学校按需施教,培养适应流通领域电子商务发展要求的物流专业技术人才和管理人才队伍。为加大推进力度,商务部已经把现代物流与连锁经营、电子商务一起作为推进流通现代化的三大重点。国家鼓励并支持高等学校、科研院所、职业学校进一步完善电子商务与物流管理学科建设,推动流通企业抓好在职培训工作,形成持续有效的继续教育机制,提高不同层次人员的专业技术应用能力。

物流的发展涉及交通运输、仓储配送、外贸通关、商业贸易等传统产业的多个环节,各行各业都离不开物流;物流产业市场需求大、物流技能型人才的需求更大。现代物流技术与设施及计算机网络信息技术的应用,使得现代物流业发展对人才的需求呈现出五大急需的状况:一是物流业务操作与器具使用人才；二是物流经营与管理人才；三是物流国际贸易与财务管理人才；四是物流信息技术应用与系统维护人才；五是物流方案策划与高级营销管理人才。根据预测，目前我国仅北京地区各类物流人才的需求量每年平均在 5 万人以上，到 2010 年全社会物流人才的总需求量将达到 100 万人。根据我国加入 WTO 的承诺，物流和分销服务业将是最早完全开放的行业之一，国内市场将会出现一个在高层次、高起点上对物流专业人才需求的激烈竞争。

长期以来，我国各层次的学历教育和职业教育滞后于经济发展，为推动物流业发展，满足市场对物流人才的需求和缓解人才市场竞争的激烈程度，我们要加紧物流专业人才的培养。

虽然近年来开办物流专业的院校较多，但沿用多年的物流教材陈旧老化，亟须更新。因此，经过对社会需求、企业用工和人才市场的大量调研，中国物流技术协会决定组织出版这套适用于职业教育的物流教材——《职业教育现代物流管理专业系列教材》，来自北京、上海、黑龙江、辽宁、安徽、湖北、广东、广西、河南、山西等全国 15 个省市各类职业教育院校的 50 多位物流专业主讲教师及物流企业人士参加了该系列教材的编写。

《职业教育现代物流管理专业系列教材》是在市场调查、教学总结、方案研讨、作者培训、专家论证、实地参观考察、与企业经理进行座谈、与具有丰富实践经验的企业一线人员交换意见、反复推敲修改写作提纲的基础上进行编写的。教材从物流实际运作与管理的角度出发，吸收了国内外物流企业成功发展的经验，结合物流企业的真实运作流程，精心选材编撰，体现了现代物流技术与管理的发展趋势，顺应了市场与社会对培养物流专业技能型人才的需求。因此，该套教材可作为职业教育各层次物流管理专业学生的教学教材，也可用于物流企业岗位从业人员的培训教材，为此也得到了国家政府、行业协会、专家教授、物流企业、工商企业、公司院校等单位的关注和支持。

中国物流技术协会理事长　牟惟仲

　　物流是流通的命脉，也是国家经济建设的重要支撑。而回收物流则是物流链条里关乎系统效益的关键节点，也是低碳经济、绿色物流经济活动中的核心和基础。回收物流在促进经营、降低成本、变废为宝、充分发挥资源作用、提升废旧物品循环利用效率、改善国民生存环境、提高社会和经济效益、增强企业核心竞争力和加速物流产业化进程等方面具有举足轻重的作用。

　　在物流系统中，运输、装卸、搬运、仓储、配送等环节都与回收物流紧密相连，回收物流的功能和运作管理与社会环境及资源价值密切相关，它始终贯穿于物流的整个过程。没有完善的回收物流，就没有现代化的物流。

　　现代物流的快速发展促进了回收物流设备的更新与技法的进步，同时又对回收物流提出了更高的要求，对从事回收物流工作的人员素质的要求也越来越高。当前，面对全球低碳经济、绿色物流的发展趋势，面对物流市场国际化的迅速发展与激烈竞争，加强现代物流产业回收物流人才培养，强化回收物流作业管理，搞好回收物流业务各组成环节的有机结合与资源调配，提高我国回收物流的管理水平，既是物流企业发展的战略选择，也是本书出版的目的和意义。

　　全书共分为七章，以学习者应用能力培养为主线，依照物流企业回收物流运作与管理的基本过程和规律，结合回收物流业务实际，具体介绍逆向物流、退货物流、回收物流、回收物种类、回收物流投入产出分析、回收物流系统、再生资源回收物流、废旧包装回收物流、废旧家电回收物流、汽车回收物流、废旧物回收的相关法律法规与政策措施等基本知识，并通过加强实践训练，达到学以致用和强化技能培养的目的。

　　本书严格按照教育部"加强职业教育、突出实践技能培养"的要求，根据职业教育与教学改革的实际需要,结合全国职业教育院校技能大赛反映出的各种问题,编者审慎地对教材内容进行了反复论证、精心设计、深入推敲、细心写作,以便使其更贴近物流企业管理实际,更符合物流产业的科学发展规律,更好地为国家物流经济服务。

本书作为职业教育物流管理专业的特色教材,注重突出职业教育特点,强化回收物流应用型人才的培养。本书既适用于物流管理专业职业教育各层次的教学,也可作为回收物流企业与工商企业管理者及从业人员的在职岗位培训教材,对于广大社会读者也是一本非常有益的读物。

本书由李大军进行总体方案的策划并具体组织,李作聚主编并统稿,夏丽丽和范文晶为副主编,由具有丰富实践经验的物流企业经理李姝玉审订。作者编写分工:李作聚、索晓旭、董文娟(第一章、第七章、附录 B),夏丽丽(第二章、第五章),范文晶(第三章、第四章),尹华灵、金哲、曾永志(第六章、附录 A);华燕萍负责本书的修改和版式调整,李晓新负责本书课件的制作。

在本书的编写过程中,我们参阅了大量同行专家的有关资料、著作及案例,并得到编委会有关专家、教授的具体指导,在此一并致谢。由于作者水平有限,书中难免有疏漏和不足,恳请同行和读者批评指正。

编　者

教学建议

根据职业教育的特点与要求,在教学过程中,应结合学习目标、技能目标、课后小结、复习思考等形式,加强对学生技能的训练与培养。

建议本书的教学课时为 48 学时。为了使教师合理安排有限的教学课时,突出教学重点,对课时分配作如下安排,供教学参考。

章	教 学 内 容	总课时	理论教学课时	实践教学课时
一	回收物流概述	4	4	
二	再生资源的回收物流	8	4	4
三	废旧包装的回收物流	8	4	4
四	废旧家电回收物流	8	4	4
五	废旧电池回收物流	8	4	4
六	我国汽车回收物流	8	4	4
七	我国回收物流的合理化思路	2		2
机动课时			2	
总计			48	

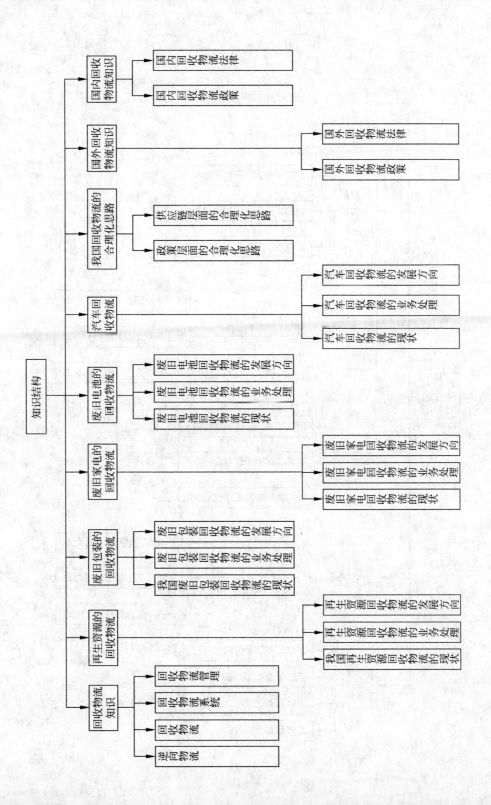

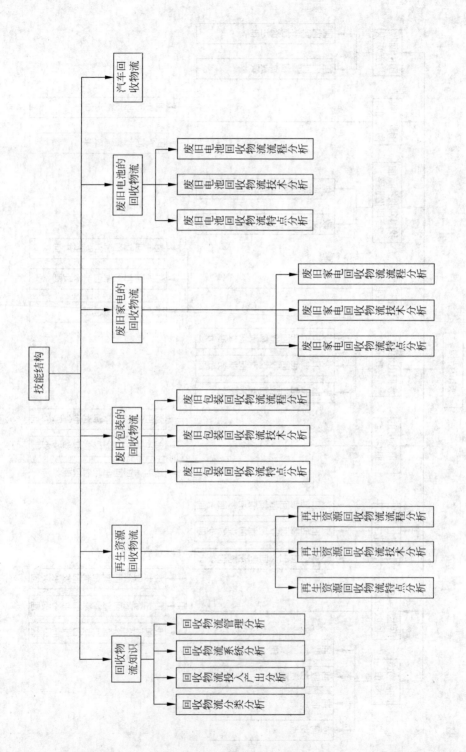

目录

Contents

第一章

回收物流概述

◆ **主要内容** ◆

　　本章首先介绍了回收物流、废弃物物流、逆向物流的关系，并详细阐述了回收物流的概念、种类、特点，废弃物物流的概念、处理方式及管理，逆向物流的概念、内涵、成因、特点、原则以及重要性。

　　在此基础上，分别阐述了国外和我国在回收物流理论研究方面取得的成果，介绍了国外关于回收物流方面的法律法规、回收物流的行业状况等，简单描述了我国回收物流的业务处理，并结合国外回收物流的发展指出了我国在回收物流方面存在的差距以及改进的措施。

◆ **技能要求** ◆

　　1. 掌握回收物流的含义、种类和特点，掌握逆向物流的含义、原则和重要性。

　　2. 熟悉废弃物物流的含义和处理方式，熟悉回收物流的业务处理方式。

　　3. 了解国内外回收物流的状况，熟悉我国回收物流的现存问题及改进措施。

◆ **引导案例** ◆

2005 年 6 月，郑州"光明"山盟乳业加工回炉奶被河南经济生活频道曝光并迅速传播，给"光明"企业带来极大的压力，股价下跌超过 17%，流通市值瞬间缩水了两亿元。

无独有偶，曾经的冠生园月饼也遭受过如此的重创，显示了产品从终端返回企业的逆向物流环节中的管理漏洞。

资料来源：www.chemdrug.com/databases/

第一节　概念辨析

在生产和消费过程中的物质，由于变质、损坏或使用寿命终结而失去了使用价值，这些废弃物一部分可回收并再生利用，称为再生资源，形成回收物流；另一部分在循环利用过程中，基本或完全丧失了使用价值，形成无法再利用的最终废弃物，即废物。废弃物经过处理后，返回自然界，形成废弃物物流。回收物流与废弃物物流都属于逆向物流。

一、回收物流

回收物流是指不合格物品的返修、退货以及周转使用的包装容器从需方返回到供方所形成的物品实体流动。如果回收物品处理不当，往往会影响整个生产环境，甚至影响产品的质量，占用很大空间，造成浪费。

（一）回收物流的物资种类

当代人们的环保意识不断增强，环保法规也日益完善，许多生产企业被迫要求做好废料、废品的回收工作。根据分类的依据和标准的不同，回收物流可以分为不同的类别。

1. 按照回收物品的渠道划分

按照回收物品的渠道划分，回收物流可分为退货逆向物流和回收逆向物流两部分，如图 1-1 所示。

退货逆向物流是指下游顾客将不符合订单要求的产品退回给上游供应商，其流程与常规产品流向正好相反。

回收逆向物流是指将最终顾客所持有的废旧物品回收到供应链上的各节点企业，它包括五种物资流：直接再售产品流（回收、检验、配送），再加工产品流（回收、检验、再加工），再加工零部件流（回收、检验、分拆、再加工），报废产品流（回收、检验、处理），报废零部件流（回收、检验、分拆、处理）。

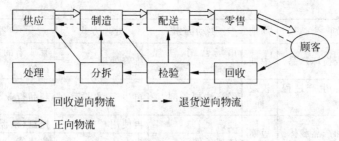

图 1-1　逆向物流网络示意图

 小贴士

回收逆向物流主要包括以下五个环节：

（1）回收；

（2）检验与处理决策；

（3）分拆；

（4）再加工；

（5）报废处理。

2. 按照回收物流材料的物理属性划分

按照回收物流材料的物理属性划分，回收物流可分为钢铁和有色金属制品回收物流、橡胶制品回收物流、木制品回收物流、玻璃制品回收物流等。

3. 按照成因、途径、处置方式及其产业形态划分

根据成因、途径、处置方式及其产业形态的不同，回收物流可分为投诉退货、终端使用退回、商业退回、维修退回、生产报废和副品以及包装六大类别，如表 1-1 所示。它们普遍存在于企业的经营活动中，其涉及的部门从采购、配送、仓储、生产、营销到财务。

表 1-1　按成因、途径、处置方式及其产业形态划分的回收物流分类

类　别	周期	驱动因素	处理方式	举　例
投诉退货：运输短少、偷盗、质量问题、重复运输等	短期	市场营销客户满意服务	确认检查、退换货、补货	电子消费品，如手机、DVD机、录音笔等
终端退回：经完全使用后需处理的产品	长期	经济、市场营销	再生产、再循环	电子设备的再生产、地毯循环、轮胎修复
		法规条例	再循环	"白色"和"黑色"家用电器
		资产恢复	再生产、再循环、处理	计算机组件、打印硒鼓
商业退回：未使用商品退回还款	短到中期	市场营销	再使用、再生产、再循环、处理	零售商积压库存、时装、化妆品

续表

类　别	周期	驱动因素	处理方式	举　例
维修退回：缺陷或损坏产品	中期	市场营销、法规条例	维修处理	有缺陷的家电、零部件、手机等
生产报废和副品：生产过程废品和副品	较短期	经济法规条例	再生产、再循环	药品行业、钢铁业
包装：包装材料和产品载体	短期	经济	再使用	托盘、条板箱、器皿
		法规条例	再循环	包装袋

资料来源：孙明贵.回收物流管理.中国社会科学出版社,2005 年 5 月.

　　因此,从事回收物流管理的经理需要完成大量协调、安排、处置、管理与跟踪的工作,企业才能完成资源的价值再生。然而在许多企业,回收物流的管理却往往被忽视或简单化,甚至被认为是多余的。

　　（二）回收物流的特点

　　回收物流的特点,概括起来有以下几个方面。

　　1. 回收物流的种类繁多

　　回收物流涉及物资流通的各个行业和各个环节,而每种行业都有其自身的物品项,每个环节都会产生不同形态、不同规格的废旧物、边角料等,这些是由企业类型的多样性、流通环节的复杂性、生产工序的差异性等因素决定的。

　　2. 回收物流的数量大

　　回收物流的数量大不仅体现在社会回收物料的总量上,同时也体现在许多物料单独处理的数量上,这就决定了物料回收物流要消耗很大的物化劳动及活劳动,需要有一个庞大的物流系统来支撑。

　　3. 回收物流的运作粗放

　　由于回收物流的对象绝大部分是低价值甚至没有价值的物品,一般经过一次生产或消费之后,主要使用价值已耗尽,因而在纯度、精度、质量、外观等方面都很差,这就决定了采取粗放的物流方式处理这些物料回收,从成本的角度来说,这样做对从事回收活动的企业比较有利。但是,即使采用粗放的物流方式,尽力压低物流费用,但由于回收物资本身价值很低,物流成本的相对比重也很高。

　　4. 回收物流的路线较短

　　除了极特殊的情况,回收物流需要用远程物流来支持外,大部分情况是回收物流路程都很短。物流费用承受能力低、数量大、主要使用价值已经实现等因素都决定回收物流的就地利用性质,因而其物流路程不会太长。

二、废弃物物流

　　废弃物物流是指将经济活动中失去原有使用价值的物品,根据实际需要进行收集、分类、加工、包装、搬运、储存等,并分别送到专门处理场所时所形成的物品实体流动。它仅从环境保护的角度出发,不管对象物有没有价值或利用价值,而将其妥善处理,以免造成环境污染。

（一）废弃物物流的产生

随着科学技术的发展和人民生活水平的提高,人们对物资的消费要求越来越高,既要质量好又要款式新,于是被人们淘汰、丢弃的物资日益增多。这些产生于生产和消费过程中的物质,由于变质、损坏或使用寿命终结而失去了使用价值。它们有生产过程的边角余料、废渣废水以及未能形成合格产品而不具有使用价值的物质;有流通过程产生的废弃包装材料;也有在消费后产生的排放物,如家庭垃圾、办公室垃圾等。

这些排放物一部分可回收并再生利用,称为再生资源,形成回收物流;另一部分在循环利用过程中,基本或完全丧失了使用价值,形成无法再利用的最终排放物,即废物。废弃物经过处理后,返回自然界,形成废弃物物流。

回收物流与废弃物物流不能直接给企业带来效益,但非常有发展潜力。

（二）废弃物的几种处理方式

收集的废弃物经过分析后,能利用的再利用,能回收再生的运往各个工厂,不能再利用或再生利用的废弃物则运往掩埋场或焚化炉处理。

1. 废弃物掩埋

废弃物掩埋是针对完全丧失使用价值,无法回收利用的废弃物。废弃物的掩埋作业涉及重要的一点工作是掩埋场的选址,应该在考虑对环境负面的影响小、社会文化的冲击低及工程经济可行性高的前提下,遵循适当的选址准则,选择初步适合场址区域。

 小贴士

掩埋场选址的准则有以下三条。

（1）环境条件准则:限制掩埋场位于固定区域,以避免重大污染及危及民众的生命财产安全。

（2）社会人文条件准则:从社会文化的观点考虑,避免掩埋场的设置严重影响居民的活动。

（3）经济条件准则:从经济的观点考虑,以期降低掩埋场开发成本。

2. 垃圾焚烧

按焚烧原理不同,主要分为炉排炉焚烧、流化床焚烧、热解法三种。

（1）炉排炉焚烧就是将城市垃圾运到焚烧厂的垃圾池,经抓吊入料斗,慢慢进入炉膛,经过干燥、燃烧、燃烬三个阶段,在大量氧气（空气过剩系数等于1.8）的助燃条件下,把垃圾在炉排中用不同方法搅动,充分燃烧,烧尽的炉渣入渣池冷却后,运往厂外填埋,垃圾燃烧后产生的大量高温烟气（850℃～900℃）进入余热锅炉换热，过热蒸气再进入汽轮发电机组发电。

（2）流化床焚烧就是将城市垃圾运到焚烧厂倒入垃圾池后，经抓吊入料斗，垃圾从焚烧炉的顶端投放进炉内后，落在活动床的中央，然后慢慢通过热砂床（600℃～700℃），其结果是垃圾被热砂焙烧而失去其水分变脆，继之分散到活动床两侧的流化床。

（3）热解法是在隔绝空气的条件下，垃圾在热解装置中受热而使有机质分解，转化成燃气。由于此种炉型结构简单，无运动件，设备技术投资比较前两种便宜约50％，很有发展前途，它的产品以美国和加拿大公司为代表。

3. 垃圾堆肥

近年来，中国垃圾堆肥发展较快。从20世纪80年代起就开始应用"二次发酵工艺"，由于采取了强制密封、好氧发酵，缩短了发酵周期，堆肥机械日趋完善，生产趋向产业化。

目前无锡、常州、天津、沈阳、北京、武汉等城市已自行设计了适合中国的机械化垃圾堆肥处理生产线，许多城市还有相当一部分的简易垃圾堆肥厂。

4. 净化处理加工

这种处理方式主要是针对可再利用或者再生利用的废弃物，采用净化处理技术经过一系列加工程序使废弃物中有用的物质被分离出来重新投入新的领域使用，而对于残留的有害废渣则以安全的形式或者稳定化处理后存放。

（三）废弃物的管理

废弃物管理的基本思路是"3R"行动，即减少消耗、再利用和再循环。

1. 减少消耗

减少资源消耗，也常被称为预防垃圾，即减少消耗及抛弃。减少消耗包括购买耐用型产品和尽可能使用不含有害物质的产品及包装。减少消耗实际上是以防止垃圾的产生为出发点，所以减少消耗是废弃物管理的最好方法，是环境保护的长远之计。

2. 再利用

再利用也是再循环的最好方式，通过维修、捐赠或者转卖来再利用产品可减少垃圾的产生。通过减少消耗和再利用可以做到节省自然资源，减少有毒废弃物，降低成本。

3. 再循环

再循环是一系列的活动，包括收集、分类及加工。通过再循环可将垃圾材料变成有价值的资源，并成为为环境、经济及社会谋利的主体。

三、逆向物流

逆向物流有广义和狭义之分。狭义的逆向物流（returned logistics）是指对那些由于环境问题或产品已过时的原因而进行产品、零部件或物料回收的过程。它是将废弃物中有再利用价值的部分加以分拣、加工、分解，使其成为有用的资源重新进入生产和消费领域。

广义的逆向物流(reverse logistics)除了包含狭义的逆向物流的定义之外，还包括废弃物物流的内容，其最终目标是减少资源使用，并通过减少使用资源达到废弃物减少的目标，同时使正向以及回收的物流更有效率。

 小贴士

从广义角度而言的，在其他参考书目及文献中与逆向物流等同的相关概念还有："回收物流"、"逆物流"、"反向物流"、"反向流"、"返回物流"或"静脉物流"等专业术语。

（一）逆向物流的内涵

虽然关于逆向物流概念的表述不同，涵盖的范围和强调的重点也存在一定的差异，但是其基本内涵是相同的。

（1）逆向物流最根本的目的是重新挖掘退货和回收商品的使用价值，有效利用资源，并减少污染，保护环境。

（2）逆向物流主要是对废、次产品和包装材料的回收、重用、翻新、改制、再生循环和有害物资的无害化处理。

（3）逆向物流是沿供应链渠道从下游向上游的"反向"流动过程。

正确认识逆向物流的内涵，应把握以下几点。

1．明确逆向物流和正向物流之间的联系

逆向物流和正向物流之间相互联系、相互作用、相互制约。逆向物流是在正向物流运作过程中产生和形成的，逆向物流流量、流向、流速等特性常常是由正向物流属性决定的，如果正向物流利用效率高、损耗小，则逆向物流必然流量小、成本低，反之则流量大、成本高。逆向物流和正向物流共同构成了循环物流系统，建立这种生产、流通、消费的物流循环往复系统是实施可持续发展的必然要求。

逆向物流不是正向物流的"陪衬"或"附属"，从企业的角度，逆向物流战略应该成为许多企业管理战略的重要组成部分；从国家的角度，发展逆向物流将有利于保护环境、节约资源，促进可持续发展战略的实施。

2．明确逆向物流活动的主要内容

从物流实体来看，逆向物流活动主要包含以下七个方面的内容。

（1）产品退回，包含投诉退回、商业退回、产品召回等，主要是由于损坏、过期、库存积压、产品设计缺陷、市场营销不利等方面的原因造成。

（2）包装材料的循环利用以及空容器再利用。

（3）生产加工中的报废品、残次品及其副产品的再生利用。

（4）产品维修、翻新及再制。

（5）废旧设备的处理与处置。

（6）消费废弃物的再生利用。

（7）有害物资的处置和管理。

3. 明确逆向物流的特点

逆向物流具有分散性、混杂性、不确定性等特点，主要表现为产生的时间、地点和数量难以预见，地点往往较为分散、无序，可能产生于生产、流通或消费各个领域，随时随地发生，不同品种、不同使用程度、不同状态的物品可能混杂在一起，回收产品不可能集中一次向接收点转移，常常需要检查、分类等工作，在物流技术和处理方面也比较复杂。

4. 明确逆向物流管理的关键因素

逆向物流不仅是物质实体的流动，同时还伴随着商流、信息流、资金流的发生，其中信息流是逆向物流管理的关键因素，逆向物流流程对信息依赖性较大。

（二）逆向物流成因

逆向物流伴随着正常物品供应链管理过程中所发生的一系列活动而产生，包括对物品的再循环利用，出于质量因素的返修、退货行为，以此为顾客提供更加满意的服务。基于以上阐述，可以分析得出形成逆向物流的原因。

1. 主要驱动因素

有许多有力的因素迫使企业将逆向物流的管理提高到战略程度的高级管理日程上，带来这些变化的主要驱动因素有：政府立法、新型的分销渠道、供应链中的力量转换、产品生命周期的缩短。

2. 主要动机

对于企业而言，逆向物流往往出于以下动机：环境管制、经济利益（体现在废弃物处理费用的减少、产品寿命的延长、原材料零部件的节省等方面）和商业考虑。因而，管理者首先应认识到逆向物流的重要性和价值，其次要在实际运作中给予逆向物流以资源和支援，才是发挥竞争优势的关键。

对于整个社会，随着人们环保意识的增强，环保法规约束力度的加大，逆向物流的经济价值逐步显现。在我国经济发展水平较为落后的时期和地区厉行节约是首要选择，因而，服务于废品回收再用的逆向物流并不是什么新东西。另外，对产品零部件的回收再用或将上述包装回收后清洗再用都比买新的要便宜。

新的资源再生利用技术的研究与推广大大降低了处理回收物品的成本，同时逆向物流带来资源的节约则可能意味着经济效益、社会效益和环境效益的共同增加。

（三）逆向物流的特点

逆向物流作为企业价值链中特殊的一环，与正向物流相比，既有共同点，也有各自不同的特点。二者的共同点在于都具有包装、装卸、运输、储存、加工等物流功能。但是，逆向物流与正向物流相比又具有其鲜明的特殊性。

1. 分散性

换言之,逆向物流产生的地点、时间、质量和数量是难以预见的。废旧物资流可能产生于生产领域、流通领域或生活消费领域,涉及任何领域、任何部门、任何个人,在社会的每个角落都在日夜不停地发生,正是这种多元性使其具有分散性。

然而,正向物流则不然,按量、准时和指定发货点是其基本要求,这是由于逆向物流发生的原因通常与产品的质量或数量的异常有关。

2. 缓慢性

人们不难发现,开始时逆向物流数量少、种类多,只有在不断汇集的情况下才能形成较大的流动规模。废旧物资的产生也往往不能立即满足人们的某些需要,它需要经过加工、改制等环节,甚至只能作为原料回收使用,这一系列过程所需的时间是较长的。

与此同时,废旧物资的收集和整理也是一个较复杂的过程,这一切都决定了废旧物资缓慢性这一特点。

3. 混杂性

回收的产品在进入逆向物流系统时往往难以划分为产品,因为不同种类、不同状况的废旧物资常常是混杂在一起的。当回收产品经过检查、分类后,逆向物流的混杂性随着废旧物资的产生而逐渐降低。

4. 多变性

由于逆向物流的分散性及消费者对退货、产品召回等回收政策的滥用,有的企业很难控制产品的回收时间与空间,这就导致了多变性。主要表现在以下四个方面:①逆向物流具有极大的不确定性;②逆向物流的处理系统与方式复杂多样;③逆向物流技术具有一定的特殊性;④相对高昂的成本。

(四) 逆向物流的原则

1. 事前防范重于事后处理原则

逆向物流实施过程中的基本原则是"事前防范重于事后处理",即"预防为主、防治结合"的原则,因为对回收的各种物料进行处理往往给企业带来许多额外的经济损失,这势必增加供应链的总物流成本,与物流管理的总目标相违背。

2. 绿色原则("5R"原则)

绿色原则即将环境保护的思想观念融入企业物流管理过程中,这一思想即为"5R"原则:研究(Research)、重复使用(Reuse)、减量化(Reduce)、再循环(Recycle)、挽救(Rescue)。

3. 效益原则

现代物流涉及了经济与生态环境两大系统,理所当然地架起了经济效益与生态环境效益之间彼此联系的桥梁。

4. 信息化原则

尽管逆向物流具有极大的不确定性,但是通过信息技术的应用(例如,使用条形码技术、GPS 技术、EDI 技术等)可以帮助企业大大提高逆向物流系统的效率和效益。

5．法制化原则

由于人们以往对逆向物流的关注较少，所以市场自发产生的逆向物流活动难免带有盲目性和无序化的特点，亟须政府制定相应的法律法规来引导和约束，如废旧机电、衣物及车辆的流通，汽车黑市等违法的逆向物流活动都需要相关法规来约束。

6．社会化原则

从本质上讲，社会物流的发展是由社会生产的发展带动的，当企业物流管理达到一定水平，对社会物流服务就会提出更高的数量和质量要求。企业回收物流的有效实施离不开社会物流的发展，更离不开公众的积极参与。

（五）逆向物流的重要性

逆向物流管理与正向物流管理，被称为是物流管理的"孪生姐妹"。(逆向物流是为了资源回收或处理废弃物，在有效及适当成本下，对原料、在制品、成品和相关信息，从消费点到原始产出点的流动和储存，进行规划、执行与管制的过程。)它的重要性主要体现在以下几个方面。

1．提高潜在事故的透明度

ISO 将企业的品质管理活动概括为一个闭环式活动——计划、实施、检查、改进，逆向物流恰好处于检查和改进两个环节上，承上启下，作用于两端。企业在退货中暴露出的品质问题，将透过逆向物流资讯系统不断传递到管理层，提高潜在事故的透明度，管理者可以在事前不断地改进品质管理，以根除产品的隐患。

2．提高顾客价值，增加竞争优势

对于最终顾客来说，逆向物流能够确保不符合订单要求的产品及时退货，有利于消除顾客的后顾之忧，增加其对企业的信任感及回头率，扩大企业的市场份额。

另一方面，对于供应链上的企业客户来说，上游企业采取宽松的退货策略，能够减少下游客户的经营风险，改善供需关系，促进企业间战略合作，强化整个供应链的竞争优势。

3．降低物料成本

传统管理模式的物料管理仅局限于企业内部物料，不重视企业外部废旧产品及其物料的有效利用，造成大量可再用性资源的闲置和浪费。由于废旧产品的回购价格低、来源充足，对这些产品回购加工可以大幅度降低企业的物料成本。

4．改善环境行为，塑造企业形象

随着生活水平和文化素质的提高，人们的环境意识日益增强，消费观念发生了巨大变化，顾客对环境的期望越来越高。另外，由于不可再生资源的稀缺以及对环境污染日益加重，各国都制定了许多环境保护法规，为企业的环境行为规定了一个约束性标准。

为了改善企业的环境行为，提高企业在公众中的形象，许多企业纷纷采取逆向物流战略，以减少产品对环境的污染及资源的消耗。

第二节　国外的回收物流

逆向物流对于节约资源和保护环境具有的重要意义,已成为绿色物流的一个重要方面,因而受到国内外政府和企业的高度重视。

20 世纪 90 年代初期,欧美等发达国家就已经开始了对逆向物流系统科学的研究,而且已经取得了一定的理论成果和实际效益。

一、国外回收物流的理论研究

国际学术界和物流企业对逆向物流管理非常重视,相对于"正向物流"的"逆向物流"最早是由詹姆士·斯托克(James Stock)提出的。他在 1992 年给美国物流管理协会(CLM)的一份研究报告中指出:逆向物流是一种包含了产品退回、物料替代、物品再利用、废弃处理、再处理、维修与再制造等流程的物流活动。

此后,逆向物流研究在欧美国家受到理论界和实业界人士的相当重视。然而直到20 世纪 90 年代后期对逆向物流管理的研究才逐渐深入,涌现出大量的学者和学术著作,都为逆向物流的发展提供了很好的学术借鉴。

理论界和实业界人士曾指出,逆向物流项目除了可以起到保护环境和增加收益的作用外,还可以有效地降低政府管制的威胁,树立良好的公司形象。另外,他们还提出规制因素预期对逆向物流的影响要高于产出、投入和竞争因素对逆向物流的影响,此外,产出对逆向物流的影响要显著高于投入和竞争因素。而基于技术扩散的模型,他们又提出环境友好投入的标准化和一致性将会影响生产企业资源运用的程度,这一论点表明物流经理需要与供应商和供应链其他成员紧密合作,以保持较高和一致质量的环境友好投入,否则逆向物流绩效很难实现。

Dowlatshahi 认为逆向物流是一种重新设计的供应链,重新设计供应链的目的就是为了有效地利用资源,对产品或零部件的重新制造、回收或处置进行有效管理。

Fleischchmann 等对传统单项物品泊松需求库存模型进行扩展,提出泊松回收物流模型,该模型显示出在订购新产品时(s,Q)策略的最优性,并能确定控制参数的最优值。

Listes 等考虑了物流基础设施设计中的不完全信息,提出用随机规划模型来解决产品回收网络的不确定性。

Huey-Kuo Chen 等研究了逆向物流回收流均衡建模问题,并提出了具体算法。

Subrata Mitra 研究了再制品的收益管理问题,建立了一类最大化再制品收益的定价模型,并进行数值分析。

上述的研究均以理论讨论为主,缺乏基于现实情境的实证研究。

最近,国外已有少数学者开始对逆向物流问题进行实证研究。Patricia 等对资源承诺、IT 能力与逆向物流绩效之间的关系进行实证研究,研究结果发现 IT 能力对逆向物流绩效中的经济绩效和服务质量均有显著的正向影响,而资源承诺对这两项逆向物流绩效没有直接正向影响,但资源承诺可以间接地影响这两项逆向物流绩效。

M Jos Alvarcz-Gil 等以 118 家西班牙公司为样本,探讨利益相关者、组织惰性、管理层的态度对企业逆向物流活动的影响,研究结果发现利益相关者中的顾客、组织中的员工和管理层的进取态度等对逆向物流项目的实施有显著正向影响。

由此可见,逆向物流管理的实证研究已开始得到重视。

二、国外回收物流的法律法规

国外发达国家的回收物流发展较好,其发展一定程度上取决于政府较完善的环境政策的出台。由于废弃物物流主体的特殊性,各国、各地区都对废弃物的流通、处理制定了严格的法律法规。

 小贴士

国外有关回收物流的法律主要有三个特征:较早开始,渐进深入,全面实施。

在美国、日本、欧洲等发达国家,大都出台了关于残次品的退回、包装材料的循环利用、废弃物的回收处理等法案,这在很大程度上推动了逆向物流的开展。

三、国外回收物流的市场现状

目前,世界上各国都在尽力把绿色物流的推广作为物流业发展的重点,积极开展绿色环保物流的专项技术研究(如在物流系统和物流活动的规划与决策中尽量采用对环境污染小的方案,如采用夜间运货、近距离配送、排污量小的货车车型,以减少交通阻塞、节省燃料和降低排放等),促进新材料的广泛应用和开发,进行回收物流的理论和实践研讨,以及积极出台相应的绿色物流政策和法规,努力为物流的绿色化和可持续发展奠定基础。

20 世纪末,回收物流引起了美国物流专家的重视。根据美国回收物流专家(Rogers 和 Tibben-Lembke,1999)的一项调查研究显示,全部物流成本约占美国经济总量的 10.7%,逆向物流成本约占总物流成本的 4%,1997 年约为 350 亿美元;美国 1/3 以上的企业关心自己产品的最后处置问题。特别在汽车零部件制造业、电子产品制造业、出版业等行业,实施回收物流具有非常重要的意义。

根据汽车零部件再制造协会的估计,全世界每年通过再制造而节约的原材料可以装满 155 000 节车皮,可以排列成 1 100 英里长的火车。可见,其经济利益非常可观。

在钢铁行业中,环保与可持续发展一直是行业发展的一个难题。在全世界对环保问题越来越关注的今天,钢铁回收物流日益得到重视。废弃物的采集、回收、储存、运输、加工处理等环节构成了钢铁废弃物的回收物流系统。在钢铁回收物流系统中,对废弃物的采集回收、拣选分类以及加工处理是确保降低污染和资源再利用的关键。

在日本、美国等国家,最近几年一直致力于炼铁、炼钢工艺的改进,以减少废弃物的生成,或者将转炉渣与其他工业废弃物结合再利用,制成绝缘材料。除了通过工艺和技术上的改进来实现环保目标外,发达国家还通过有效的管理来实现这一目标。很多钢铁企业实施 EMS 计划,即环境管理系统,并用 ISO 14401 系列标准规范钢铁企业的行为。

 小贴士

在专业的物流公司中,国际物流巨头如 UPS、联邦快递等已经进入回收物流服务领域,第三方回收物流将成为回收物流发展的趋势。

四、国外实施回收物流的典型企业

近几年,随着相关环保立法的日趋严格及商品退货率的不断提高,西方企业被迫承担起更多回收产品的责任,因而逆向物流在西方的企业界、理论界得到了广泛的关注。

在西方发达国家,不仅家电制造企业,其他的制造企业也都有完善的产品回收体系,对销售出去的产品负责到生命周期结束。例如,主要的复印机生产厂商施乐、佳能等都投入重力对已使用过的产品进行再生产,化工行业的多家公司更是致力于对诸如旧地毯的化纤制品进行再生循环,柯达公司更是在 10 年前就开始对一次性使用的相机进行回收、再使用的循环生产,并将此作为降低成本、增强顾客满意度及强化竞争优势的重要手段。

以下介绍国外实施回收物流的一些典型企业。

◆ 案例 1-1 ◆

化妆品行业

在化妆品行业,全球知名的化妆品品牌雅诗兰黛(Estee Launder)一年的销售额高达 40 亿美元,而其每年因为退货、过量生产、报废和损坏的商品数额达 1.9 亿美元,约占销售额的 4.75%,每年的巨额损失使该公司痛下决心改善其原先忽视的逆向物流系统,公司投资 130 万美元发展逆向物流的商业智能系统、扫描系统,通过对 24% 以上的退货运用商业智能工具进行分析、评估,从中分拣出可以再次分销的数量是真正需要退回的 1.5 倍,从而每年节省了约 47.5 万美元的成本;同时,系统对超过保质期的产品识别也在大大提高,1998 年到 1999 年,因为超过保质期而被销毁的退货从 37% 降到了 27%。

资料来源: bbs.icxo.com/thread-10435-1-1.html

◆ 案例 1-2 ◆

汽车行业

在汽车行业,富豪汽车公司(Volvo)根据瑞典政府的汽车制造商负责报废汽车的处理法规,建立了一套复杂的处理汽车拆卸和废品利用的运作系统:金属、塑料以及其他部分被当做废品出售,可以重新加工或能够作为旧货销售的零件被送到二手市场出售。通用汽车公司也投资建立逆向物流系统,并与 UPS 物流公司联合开展逆向物流活动,同时重视在逆向物流中运用商业智能系统技术和其他相关技术。

我国神龙汽车公司把公司日常存在着的大量工业垃圾与生活垃圾、废包装件、废钢板及废焊接件、废机加工件及废旧工具、废油料、废油漆溶剂、工业流体等交由外包服务公司进行专业化的处理,而对污水及废水则在公司内经过两次排污处理,达到了环保和净化的目的。

资料来源:www.chinawuliu.com.cn/oth/content/

◆ 案例 1-3 ◆

电子电器行业

在电子电器行业,富士施乐公司从市场回收复印机后将塑料拆卸下来进行分类、碾碎、洗净,除去表面和影响性能的异物之后将其按照 UM GABS 公司的质量标准循环生产出含有 25% 循环材料的 ABS 树脂,2004 年度的循环塑料的使用量达到 1 000t。

Thomson 家用电器公司委托第三方物流企业,将可回收的零部件运往墨西哥进行翻新。Sun Microsystems 拥有国际零部件翻修中心,来自亚洲或拉丁美洲的零件经过翻新,可以达到最新设计的要求。3M 公司将逆向物流外包给 Genco 和 Gatx 物流公司。

IBM 公司很早就设法利用顾客使用后的二手产品和配件,其业务中包含许多逆向产品流;IBM 公司在全球建立了 25 个机构用来回收二手物品,并进行检测和加工利用,并在网上进行拍卖;在北美、欧洲和亚洲无偿或有偿的回收使用过的产品并大力推行其租赁服务,使租赁业务占其硬件销售产品量的 35%。

资料来源:www.chinawuliu.com.cn/oth/content/

知识链接

目前,许多国际知名的 IT 企业已将逆向物流战略作为强化其竞争优势的主要手段。

例如,Sun Microsystems 拥有国际零部件翻修中心,来自亚洲或拉丁美洲的零件经过翻新,可以达到最新设计的要求;Hewlett—Packard 也经常采用翻新或改制的零件,以不同的方式再销售其产品;Thomson 家用电器公司委托第三方物流企业,将可回收的零部件运往墨西哥进行翻新。

资料来源:km.100ye.com/senseshow/1358098.html

第三节　我国的回收物流

一、我国回收物流的理论研究

近年来,国内对逆向物流的研究也逐渐多了起来。在逆向物流研究中,更多的是在物流服务和制造过程的产品质量方面,有的从战略上分析逆向物流在企业管理中的地位,比较分析企业自营逆向物流和第三方物流企业提供逆向物流服务的优劣,也有的从利益驱动、企业责任驱动和法律驱动的角度分析,认为逆向供应链增值价值的实现问题是企业价值实现和最大化的一种新策略。

复旦大学朱道立教授等对逆向物流及其系统技术做了研究,在对逆向物流系统功能分类的基础上,根据系统结构把逆向物流分成简单逆向物流系统和带有回收中心的复杂逆向物流系统,并讨论了回收中心、回收物品导向和网络结构设计三种系统技术。

全国政协委员、民盟江苏省副主委达庆利等对逆向物流系统结构研究现状进行综述,并重点讨论了逆向物流系统的结构特征、设计原则和设施的选址定位问题,指出了进一步的研究方向。

西南交通大学孙林岩教授等也对逆向物流研究现状进行综述,指出逆向物流在现阶段的显著特征,即供给的高度不确定性、恢复运作和处理方式的复杂性等。

西南交通大学岳辉等总结了逆向物流库存问题的研究现状,将逆向物流文献研究分为:确定性库存控制模型以及随机性库存控制模型,随机性库存控制模型包括产品恢复库存控制,周期型库存控制和连续型库存控制。

关于确定性逆向物流库存控制模型有以下两个缺点。

第一,模型根据预先确定的控制策略来最优化相关参数,而没有研究策略本身是否是最优的。

第二,模型认为当回收产品经修理后其质量和新产品是一样的,也就是客户对新产品和修理过的产品不作区分,这显然与实际情况不符。

我国学者也对零售业逆向物流进行了研究,其主要有:向盛斌等发表的《逆向物流与环境保护》中着重从环境伦理上论述了逆向物流管理必要性,强调应该政府管制;柳键在《供应链的逆向物流》一文中通过交易成本理论和网络结构理论分析了逆向物流的组织模式,并对逆向物流的作用及存在的问题作了探讨;王长琼在《国外逆向物流的经济价值及管理策略初探》一文中,根据国外的发展概况,从降低原料成本、提高服务价值和环境业绩等方面对逆向物流的经济价值进行了分析;吴龙等在《论零售企业的退货管理对策》一文中通过对零售业退货的原因、分类进行研究,给出了零售业退货的逆向物流管理的相关对策。

但是,现在的研究大多都是纯粹从理论或者模型上加以分析、探讨,或者单纯对一些先进国家逆向物流发展的成功经验的借鉴。而联系实际的逆向物流改革成功案例,从其改革前问题、改革手段等多方面参考得出结论的并不多见。

国内也有学者提出逆向物流的合作伙伴关系不仅是一种信息和利益共享关系,而且也是一种标准和意识同步的协议关系。除此之外,中国还有很多学者对逆向物流管理问题进行了论述,在此不再一一赘述。总之,中国对逆向物流管理的研究主要局限于理论探讨,缺乏基于中国情境的实证研究。

二、我国回收物流的发展现状

我国的回收物流现状不容乐观,亟须大的改进和支持。以我国电子产品为例,2007 年中国电子视像行业协会研究部披露,我国彩电销售量为 3 560 万台,而我国彩电行业一些生产企业的回收率才 30% 左右。而欧盟《关于报废电子电气设备指令》中指定的 10 大类产品回收率均要达到 70% 以上,彩电就是其中的一类。

尽管我国出台了相关的法律法规,但人们的观念、垃圾制造者的责任感及目前国内落后的废弃物处理设施和尚不健全的法律法规体系,形成了层层障碍;长期的分散治理,各自为政,部门和地区分割,导致了目前的许多废弃物无人管、无人治理的尴尬局面。

我国对废弃物的处理水平相对于美、日、德等发达国家相当落后,如对生产垃圾和生活垃圾源头上的分类,可回收再利用的废弃物和不可回收利用的废弃物的分类处理都没有深入的宣传和严格的标准。

就现状而言,城市里许多可回收利用的物资主要通过城市里废品收购站回收及小商贩从市内垃圾箱拣选和从住户处回收。回收部门多为私人经营,规模小且设施简陋,对回收物资主要是露天堆放,通过人工拣选再向上一级的物资回收部门出售。

作为政府主管部门的环卫机构,对城市里各种无使用价值的生产、生活垃圾进行收集,主要运往垃圾倾倒场地,绝大多数没有进行进一步的处理,致使城市周围的垃圾处理场面积扩大。

在我国,把废弃物物流作为营利性服务的物流公司几乎没有。在实际生产活动中,人们关注的是使用价值依然存在的这部分商品,即回收物流。然而,在许多的排放物中,一部分可以回收被循环使用称为再生性资源;另一部分是已丧失再利用价值的排放物,只能进行焚烧和掩埋称为废弃物。

再生性资源由于社会进步及其人们环保意识的增强,已逐渐地被回收,通过分拣、加工、分解,重新进入生产和消费领域。而对于生产和生活中产生的废弃物,目前国内的处理手段和重视程度还远远不够,因其使用价值的丧失使现代物流企业很少问津,当然,这也与我国目前的环保体制不无关系。

废弃物不仅威胁着城市,也在向农村蔓延。以甘肃省民勤县为例,一个原本生态环境就很薄弱的地方,近几年因为耕地大量使用地膜覆盖,形成的废旧塑料垃圾已开始严重影响农作物的产量,田间地头这种不可降解的塑料随处可见,这与我们倡导的"环保模范城市"、"生态城市"、"可持续发展观"背道而驰。

三、我国回收物流与国外回收物流的差距

我国物流业的起步较晚,回收物流刚刚兴起,人们对它的认识还非常有限,在回收物流的服务水平和研究方面还处于起步阶段,另外回收物流运作也缺少法律规范,经营不够规范,与国际上先进技术国家在回收物流的观念、政策以及技术上均存在较大的差距,主要表现在以下几个方面。

（一）观念上的差距

一方面,领导和政府的观念仍未转变,回收物流的思想还未确立。一些政府领导对物流的重视程度不够而放任其发展,对回收物流更是闻所未闻,没有认识到正向物流和反向物流的概念,对回收物流的发展缺乏前瞻性,不能与时俱进。

另一方面,绝大部分经营者只意识到回收物流的环境效益和社会效益,而对它的经济效益却少有认识。大多数经营者迫于环保法规和社会公众的压力,已经认识到逆向物流运作的必要性,但是他们认为,运作逆向物流业务的投入大于产出,没有经济效益。

（二）政策性的差距

回收物流是当今经济可持续发展的一个重要组成部分,它对社会经济的不断发展和人类生活质量的不断提高具有重要的意义。正因为如此,回收物流的实施不仅是企业的事情,而且还必须从政府约束的角度,对现有的物流体制强化管理,构筑回收物流建立与发展的框架,做好回收物流的政策建设。

一些发达国家的政府十分重视回收物流的政策性引导,如日本在 1966 年就制定了《流通业务城市街道整备法》,以提高大城市的流通机能,增强城市回收物流功能。尽管我国自 1990 年以来,也一直在致力于环境污染方面的政策和法规的制定和颁布,但针对物流行业的还不是很多。

从总体上来说,目前国内缺少相应的对企业回收物流业务运作的初步探索的政策法规对逆向物流进行管理、规范。

（三）技术上的差距

回收物流的关键,不仅依赖回收物流观念的建立,物流政策的制定和遵循,更离不开回收物流技术的掌握和应用。

我国的物流技术与此有较大的差距,如我国的物流业还没有什么规模,基本上是各自

为政,没有很好的规划,处于物流行业内部的无序发展和无序竞争状态,对环保造成很大的压力;在机械化方面,物流机械化的程度和先进性与回收物流要求还有距离;在物流材料的使用上,与回收物流中生产设计的趋势——可重用性、可降解性也存在巨大的差距;另外,回收物流在自动化、信息化和网络化方面还是一片空白。

四、国外回收物流的实践对我国的启示

我国的回收物流与发达国家尚有较大差距,回收物流的发展对我们来说,还有相当漫长的一段路途。我们应大力加强对回收物流的政策和理论体系的建立和完善,对物流系统目标、物流设施设备和物流活动组织等进行改进与调整,实现物流系统的整体最优化和对环境的损害最低,以提高我国物流管理水平,促进物流业的可持续发展。

(一)加强宣传教育工作,以回收更多的可以回收的物资

在促进回收物流的发展中,应大力宣传“环境经济是可持续发展的必然战略”的观念,提高全社会节约资源、保护环境的意识,使全社会都来理解、支持和自觉参与再生资源回收利用事业。鼓励更多行业进行回收物资的系统建设。

(二)强化政府部门在我国回收物流市场形成中的作用

一方面,政府应发挥其组织、协调、规划的职能,着力建立公平、开放、有序的市场环境,为企业发展回收物流创造良好的外部条件。同时通过一些政策性法规,扶植综合性回收物流企业的发展,例如,政府在税收等方面给予企业一些优惠政策。政府也可以尝试出台新的经济指标、出台环境税,采取排放权的交易,以及“押金退回”等政府举措和市场行为,强化循环经济意识,促进回收物流的应用和发展。

(三)整合企业、政府、科研机构的力量

鉴于国内的回收物流观念相对于国外而言较为不足,且回收物流并不是仅仅局限于企业活动,还与政府的环境保护政策和大众的日常生活息息相关。因此,绝对有必要结合企业、政府、科研机构三者的力量,进行回收物流相关领域的研究与评估,进而规划全面、适用的各项回收物流活动,加强回收物流信息化力度,提高服务满意度。

(四)培养综合型人才,提高服务水准

目前我国既懂技术又懂管理的复合型人才极其缺乏,国内的回收物流企业应经过有计划的吸收、改善、淘汰,建设具有综合素质的员工队伍。

回收物流是物流领域的经济增长点,有利于经济的可持续发展,已受到越来越多国家和企业的关注和重视;随着全球物流业竞争的加剧,公众环保意识的增强,政府法规约束力度的加大,势必会有越来越多的企业认识到回收物流及其管理的重要性,我国的回收物流业也会再上一个新台阶。

第四节 回收物流的投入产出分析

一、回收物中蕴涵的价值因素

(一)废旧产品

很多报废产品在到达报废年限后,因其功能和安全性都不能得到保证,所以必须进行报废处理,这些产品虽然不能再发挥原有产品的使用价值,但其中还包含有大量可以回收再用的有用资源。如果将这些报废产品经过回收处理,就可以把这些有用的资源进行回收,以节约能源消耗,为生产企业提供廉价的原材料,而且还可以防止因这些产品中残存的重金属元素造成的环境污染。

(二)废旧包装

废旧包装回收循环再用的价值因素体现在可以节约能源和资源,降低企业的生产和物流成本。

1.节约资源

我国的资源有限,不可再生资源的使用更是紧张。包装材料对资源的消耗数量巨大,企业如能回收利用旧包装,能为国家节省大量的资源。以木质包装为例,我国企业生产产品木质包装用木材约 18 万立方米,作为包装用材,不仅要严格控制,而且更应大力开展回收利用,才能合理利用有限的资源。

2.节约能源

绝大多数包装材料的生产制造都需要消耗大量的能源,如表 1-2 所示为生产包装材料的能源消耗。如果能够使得大量的包装材料进行回收,那样就可以节约生产大量包装材料的能源。因此,企业回收使用旧包装、回收包装材料能为国家节省大量的能源。

表 1-2 天然原材料每生产 1kg 包装材料的能源消耗*　　　　单位:kW·h

材料	电力		油燃料			其他燃料			总能量
	生产和传送能量	直接使用的能源	生产和传送能源	直接使用的能源	原料能量	生产和传送能源	直接使用的能源	原料能量	
低压聚乙烯树脂	7.28	2.76	7.08	36.82	49.95	0	0	0	103.89
PET 树脂	20.01	7.59	16.09	78.57	60.74	0	0	0	183
液态铝	124.9	63.91	9.89	49	31.12	1.25	14.64	0	294.71
马口铁	8.99	3.41	1.23	6.01	0	4.1	26.1	0	49.84
牛皮纸	16.9	6.41	4.03	19.67	0	0.05	16.63	17.89	81.58

续表

材　料	电　力		油　燃　料			其　他　燃　料			总能量
	生产和传送能量	直接使用的能源	生产和传送能源	直接使用的能源	原料能量	生产和传送能源	直接使用的能源	原料能量	
封罐复合物	7.49	2.84	12.35	60.3	96.7	0	0	0	179.68
纸板	24.65	9.35	5.25	25.63	0	0.05	16.63	17.89	99.45
玻璃	3.45	1.31	1.77	8.63	0	0.61	5.93	0	21.7
清漆	16.2	6.15	20.6	100.58	151.5	6.23	73.38	0	374.69
纤维素薄膜	31.4	11.91	18.77	91.65	0	0.89	17.93	19.29	191.84
聚丙烯薄膜	37.38	14.18	11.21	54.71	55.28	0	0	0	172.76
收缩裹包薄膜	43.68	16.19	12.17	62.36	52.45	0	0	0	187.45

* 表中数据摘自:杨福馨,侯林青,杨连登编著.包装材料的回收利用与城市环境.化学工业出版社,2002.

3. 降低生产成本

企业回收利用旧包装能解决企业的部分急需,并能降低生产成本。企业回收的旧包装,经过加工整理,重新供企业使用,可以减少企业对包装材料的采购。而且回收利用旧包装的周期比制造新包装用的时间短,常能解决企业生产的急需。另外,企业回收利用旧包装还会降低企业的生产成本。

4. 有利于物流的进行

企业回收利用旧包装有利于物流的进行。产品包装作为保护功能在物流过程中是时刻不能缺少的。由于资源或成本过高使企业包装不足或供应不及时,使某种产品包装不足或过弱时,就会影响到企业的物流活动。企业产品包装的回收利用,能及时解决产品的包装问题,保护产品的物流活动顺利进行。

(三)废旧物资

废旧物资的使用价值表现在其在某一应用方面消费后,使用价值丧失,但另一方面的使用价值还存在,这时可以通过变换使用领域而使废旧物资继续发挥使用价值,从而从中回收有用价值,如金属材料等物质的边角废料,在原使用方向上可能在规格、尺寸、形状等已不能满足需求,但是在另一个使用方向上它还具有其他的使用价值,可用来生产更小的零部件等,从而实现废旧物资中的价值。

二、回收物流的成本分析

虽然回收这些废旧产品和物资、包装等有如此大的价值和好处,但其投入的成本也是巨大的,而且投资的回收周期也比较长,所以靠一两个企业的力量是难以实现良好的回收物流系统的。

三、废弃物的污染成本分析

如果不对废弃物进行回收处理,废弃物对环境的污染是十分严重的,一方面废旧的产品、物资和包装材料等中通常含有大量的金属、塑料和化工材料等物质,这些物质如果和城市垃圾混为一体直接填埋或焚烧,会对大气、土壤和水体造成严重的污染,它们一旦进入环境,将长期滞留,并随时都可能通过各种渠道进入人体,给人体健康带来极大威胁。

如电冰箱中的制冷剂CFC—12和发泡剂CFC—11是破坏臭氧层的物质;电视机荧光屏中的汞和废润滑油均会产生环境污染,显像管属易爆性废物;废计算机和废电子器件中有各种有毒有害化学物质,如损害人神经系统的铅及钡、磷及溴化阻滞剂等。

另一方面原有的对废旧产品回收的方式也会对环境造成污染,如采用酸浸、火烧等落后的工艺技术提取废计算机中的金、钯、铂等贵重金属,产生了大量废气、废水和废渣,如以回收废旧计算机造成环境污染的广东省某镇就是一个反面教材。

◆ **案例 1-4** ◆

中国广东一个叫做贵屿的地方出现了骇人的一幕:村庄前后遍布着大堆的废旧计算机等电子产品,人们正忙着把计算机拆开,电路板被投入酸溶流,从中提炼金、银等贵金属,随后废液倾入河中;激光打印机的墨粉盒、显像管都被敲碎。到了晚上,人们焚烧塑料电线以回收金属铜,一时间浓烟滚滚。

"处理"后的废料被随意地丢弃。贵屿的人们还在使用19世纪的方法处理这些21世纪的"文明产品"。而根据Clement Lam等人的调查,贵屿的电子垃圾已经导致方圆几十里甚至上百里找不到可饮用的水。同时土壤也被彻底毒化,变成了不毛之地。

资料来源:www.100ye.com/msg/10134288.html

如果日益增长的电子垃圾都只有这两条出路,我国环境遭受的破坏将是灾难性的。如果当这样大量的废弃物把我们生存的环境污染后,我们再走"先污染后治理"的老路,人类又会为自己的行为付出惨重的代价。

我国历年污染治理项目投资额统计表,如表1-3所示。表中显示的我国历年来对治理环境污染所投入的资金数额之大令人惋惜,如果不是因为过去种种破坏环境的行为,这部分资金完全可以用来改善人们的生活,加强国家的建设,所以既然曾经有过这样惨痛的教训,就应该及时的遏制废弃物对环境造成的破坏和污染。

即使从事回收物流暂时不能使回收企业受益,但考虑到人类生存的环境,考虑到整个社会的经济利益和社会效益,进行回收物流是势在必行的,而且这不仅需要国家的支持,同样需要企业和人民的努力和配合。

表 1-3   我国历年污染治理项目投资额统计表 *   单位：亿元

项目	2001 年	2002 年	2003 年	2004 年	2005 年	2006 年	2007 年	2008 年	2008 年同比2007 年增长/%
城市环境基础设施建设投资	595.7	785.3	1 072.4	1 141.2	1 289.7	1 314.9	1 467.8	1 801.0	22.7
工业污染源治理投资	174.5	188.4	221.8	308.1	458.9	483.9	552.4	542.6	−1.8
建设项目"三同时"环保投资	336.4	389.7	333.5	460.5	640.1	767.2	1 367.4	2 146.7	57.0
投资总额	1 106.6	1 363.4	1 627.7	1 909.8	2 388.0	2 566.7	3 387.6	4 490.3	32.6

* 表中数据摘自：《中国环境统计年报》，2008.

第五节   回收物流系统

为能有效地回收产品中的价值,构建有效的回收物流系统,对产品进行合理的处理是十分必要的。

结合国外废旧品处理的先进经验,构建出以下回收物流系统,如图 1-2 所示。首先要通过各种回收渠道把生产和生活流通范围内的废旧品回收到各回收点,然后由各回收点对废旧品进行分类后送往相应的处置场所,如废旧家电送往家电拆解企业,废旧物资送往废旧物资处理场所,废旧包装送往包装制造等企业进行进一步的价值回收和处理。

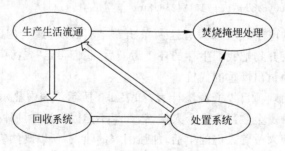

图 1-2   回收物流系统

经处理后再将新产品送回到流通领域进一步流通。因此逆向物流系统由回收系统和处置系统构成。

一、回收物流系统业务活动分析

回收物流中,首先要做好废品、过期产品等的收集工作,并把它们送到固定的场所作进一步的检查和处理。

1. 收集

收集是将客户手中的产品通过有偿或者无偿的方式集中到一起,送到固定的场所(可能是供应链上的任何一个节点)进行下一步处理。收集过程中面临很多困难,比如所收集的废品地理位置、产品数量以及目前报废程度等都不确定,这样就使回收工作难以计划和控制。

2. 预处理

预处理是测试分析回收品的功能,并结合产品的结构特点,以及产品和各零件的性能确定可行的处理方案,然后对方案进行成本效益分析,确定最优处理方案。其中,处理方案包括直接再销售、再加工后销售、分拆后零件再利用、报废处理等。

3. 再处理

再处理过程包括:产品的清洁;按产品的结构特点分拆;对回收的产品或者分拆后的零部件进行再加工、再处理后恢复其价值;将有价值的部分重新组装。

4. 产品再循环

再循环的产品主要是指可直接用于其他企业加工的原材料。

5. 产品再分配

产品再分配就是把可再使用和再处理过的产品投放到市场中,经过储存、销售等环节运输到使用者手中的过程。

6. 废弃物的报废处理

对于那些失去使用价值或者危害环境的回收品或零部件,通过机械处理、地下掩埋或者焚烧的形式进行销毁。考虑到环保的需求,要不断地改进处理技术,使废弃物变废为宝,为社会的发展和环境的保护创造显著效益。

二、回收系统渠道

结合我国现有回收设施分布情况,可采用如下渠道进行废旧品的回收。

1. 社会废旧品回收队伍

目前,我国社会上活跃着大量以回收废弃物为主业的个人和集体,如具有中国特色的"破烂王"。我国许多废品回收站是依靠他们支撑和维持的。

 小贴士

据保守估计,活跃在中国城市回收废物的人在百万以上。现以北京为例,外地人进京拣垃圾为生大体始于 20 世纪 80 年代末,如今已发展到 82 000 人。

从专业分工角度,82 000 人中有 31 000 人是蹬三轮车沿街收购废品的,从宾馆饭店和商店收废品的约有 20 000 人,从城区垃圾箱等拣垃圾的人约 21 000 人,散在城乡结合部从事废品市场交易的人约 10 000 人。他们已形成了较完整的拣、运、销、加工一条龙的体系。

他们把回收的物品分类打包送往各地的回收站。可以把这些回收者组织起来加以管理,来进行生产和生活领域废物的回收,但要进行制度和法律的约束,规定其必须将回收的废品送往指定回收站点,避免其把回收到的物品送往民间野蛮拆卸场所。

2. 专门从事废旧品回收的公司

这些公司通过从事废旧品的回收和简单加工而生存,它们通常在全国有自己的回收站点和回收柜台,目前我国很大一部分废旧品是通过这种渠道进行回收的。

3. 生产企业回收

这是目前国外对于废旧家用电器、电子产品所采用的回收方式,就是通过立法规定制造商负责其产品的回收,我国也即将通过立法采用此种渠道进行废旧品的回收。

在具体运作时企业可以通过设立专门的回收门市部门,在固定的地点、时间专门回收废旧品;企业也可以在产品销售部门设回收柜台回收废旧品;此外企业可以定期定点或预约时间到交回废旧品的单位上门回收。如松下电器在英国与当地主要厂商共同成立了从事手机回收利用的合资公司,促进手机的回收和再利用。

4. 销售部门回收

销售部门也是废旧品回收的主要渠道,如各级百货商店、纺织品公司、五金交电公司、副食品公司及零售商店等,都有较大的废旧包装回收潜力;医药、中药材、医疗器械,也有大量的商品包装可供回收;各种粮油的专用包装,进口商品的各种包装都可以回收利用。

此外还有经营各级生产资料的机电设备公司、轻化工材料公司、建筑材料公司、交通配件公司等,这些大公司大都有废旧包装。其中相当一部分是专用包装,如平板玻璃木箱、化工原材料铁桶、电缆盘等。

三、回收处置系统

废旧品经各种渠道回收到回收站后,由回收站点根据废旧品的种类和处置方式的不同分别送往不同的处置场所进行进一步的处理加工。

(一) 废旧包装的处置

产品在运输和销售过程中使用循环再用的包装和一次性的包装经过回收系统回收后,通常采用以下流程进行处理,如图 1-3 所示。

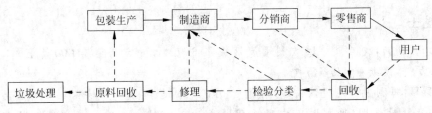

图 1-3　废旧包装的处置流程图

1. 包装循环再用

对于供应链上的各个环节中使用的运输包装进行回收,检查包装的完好性,如包装完好可循环再用。

2. 经修理后重新再用

如果包装经多次使用后易发生破损时,一定要通过修理然后再重新循环再用。

3. 原材料回收

对于一些无法通过修补来继续发挥作用的包装和一些一次性的包装,就要对其进行原料的回收,然后此原料或用于包装的重新加工,或作为其他行业的原材料,此种处置方式类似于废旧物资的回收再利用。

4. 垃圾处理

对于包装中不可回收的部分要采用合理无污染的方式进行处理。

（二）废旧物资的处置

因废旧物资通常包含大部分可回收再用的金属、玻璃等物资,这部分物资经回收后,通常可根据物资中包含的剩余使用价值送往一些再利用用户继续作为原材料使用,或者返回生产企业通过重新加工、回炉重新生产等操作而作为企业生产制造的原材料继续循环使用。废旧物资处置的具体流程,如图 1-4 所示。

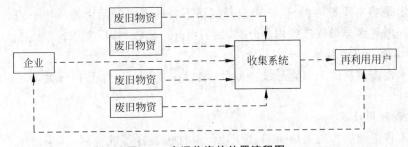

图 1-4　废旧物资的处置流程图

目前在我国对于废旧物资的回收处理有较完善的回收利用途径和处置方式,我国钢、有色金属、纸浆等产品 1/3 以上的原料来自再生资源。

小贴士

"九五"期间，我国累计回收利用废钢铁 1.6 亿吨，废有色金属 600 多万吨，废塑料 1 000 多万吨，废纸 4 000 多万吨。

据测算，每利用一吨废钢铁，可炼钢 850kg，相对于用铁矿石炼钢可节约成品铁矿石 2t，节约 0.4t 标准煤，每利用一吨废纸可生产纸浆 800kg，相对于木浆造纸可节约木材 3m³，节约标准煤 1.2t，节电 600kW，节水 100m³。

"九五"时期，仅回收利用的废钢铁和废纸两项，相当于节约成品铁矿石 3.2 亿吨，节约标准煤 6 400 万吨，节约木材 1.2 亿立方米，节电 240 万千瓦，节水 40 亿立方米。

资料来源：vip.chinalawinfo.com/New/aw2002

（三）回收物流处置技术

回收物流处置技术问题已成为限制我国回收物流发展的瓶颈，只有开发出先进环保的回收技术，中国的回收物流才会有长足的进步。比如，目前我国对电子废弃物的资源回收技术主要是对废电器进行简单拆解并用强酸等提炼线路板中的贵金属，这样的处理方法进一步加大了环境的压力。

一般来说，回收物流处理技术可以简单概括为以下几种。

1. 原厂复用技术

该技术就是指原厂家产生的废旧物品由原厂家回收后进行分类然后重复使用。钢铁厂的废旧钢铁回收再利用就是一个典型的例子。

2. 通用回收复用技术

该技术就是将通用化、标准化的同类废旧产品统一回收，然后按照品种、规格、型号进行分类，达到复用标准后进行通用。

3. 外厂代用复用技术

该技术是将本厂过时性、生产转户及规格不符的废旧物品由外厂统一回收并且按降低规格、型号、等级分类或按代用品分类，然后由外厂验收、外厂复用。

4. 加工改制复用技术

该技术将需改制的废旧物品统一回收，然后按规格、尺寸、品种分类，经过拼接、验收后复用。

5. 综合利用技术

该技术将工业生产的边角余料、废旧纸、木材包装容器统一回收，采用综合利用技术进行处理，处理完毕后验收复用。

6. 回炉复用技术

该技术将需回炉加工的破旧物品统一回收，然后由各专业生产厂进行再生产性的工艺加工，重新制造原物品后验收复用。

四、回收物流系统设计的内容

在确定了回收物流渠道以后,有效的回收物流系统设计和操作就成了企业回收物流管理的重点,回收物流系统的设计具体包括:采购和内部活动、废旧物收集系统、回收渠道活动区域、收集和分拨路径。

(一)采购和内部活动

采购物流是企业在生产经营过程中,为了满足生产、基础建设对原材料、设备、备件的需求,将定期或不定期地发生的采购行为,即商品从卖方转移到买方场所而进行的所有活动。采购物流是企业生产经营活动的一个重要组成部分,它占用了企业大部分的流动资金,形成了企业主要的流动资产,对企业有着重要影响。

在考虑到回收物流渠道涉及的各方时,要考虑他们是不是具备自身开展回收物流的能力,如制造商一方面可以完成其内部产品的修复活动,另一方面当修复活动不影响其核心竞争力或者企业的废品数量相当低的时候,它要集中精力在核心业务上,所以一般会外部采购,由第三方完成。

(二)废旧物收集系统

废旧物收集系统的选择跟回收物品来源密切相关,旧物品和包装可以在供应链上个环节回收。

(二)回收渠道活动区域

回收渠道成员包括供应商、制造商、销售商、回收商、政府等,这些企业和部门分别在物流活动的环节发挥着回收增值作用,它们相互协调,形成了各回收物流系统各价值主体之间的价值关系网络。

一般来说,回收物流渠道分为直接渠道和间接渠道。基于材料价值和回收处理设备在投资、加工、运输成本等各方面的价值差别的考虑,总希望中心处理站能够产生规模经济效益。

(四)收集和分拨路径

在运输路线规划中,正向和回收物流通道之间的关系必须考虑。有些物品,例如啤酒和软饮料瓶的回收路线是一致的,虽然运输路径完全是按照正向分拨需要规划的,但空瓶子可以沿此路线回笼。相反,有些物品如塑料包装材料和原产品的分拨路线是完全不同的,正向和回收的运输是独立的。

总之,在收集和分拨路径规划的时候,要充分考虑正向物流和回收物流的结合,这样有助于运输能力的充分发挥,减少空载现象。

五、回收物流系统绩效的反馈与评价

考虑到回收物流系统的特殊性和评价指标应该具有的引导性,回收物流评价指标体系应该从稳定性、环保性、安全性、效益、速度五个方面构建。

（一）稳定性评价指标

回收物流系统的稳定性评价指标包括两个方面：一是活动主体的稳定性，二是部门员工的稳定性。

活动主体的稳定性主要是指参与回收物流活动主体之间的关系是否稳定，是否签订了长期合作协议。

部门员工的稳定性主要是指本企业回收物流部门工作人员是否稳定，可以通过人员流动性的大小来衡量。

（二）环保性评价指标

环保是现代产业发展过程中的一项基本要求，是回收物流系统最重要的评价指标，主要包括原材料废弃物回收率、产成品回收率、废弃包装的回收率以及运输过程中燃料耗费情况。

（三）安全性评价指标

回收的物品必须安全地处理和运输到目的地，尤其是危险性高的物品如具有核辐射的化学物品、生物实验室的废弃品等。它的评价主要包括仓库、工厂等安全设施是否完备，运输、储存以及最终处理的安全状况。

（四）效益评价指标

回收物流系统的效益评价指标，主要从回收物流系统的服务质量和回收物流系统的成本费用两个方面衡量。回收物流系统的服务质量指标主要包括回收物品的可利用性、销售毁损率、采购的合格率等。回收物流系统的成本费用主要包括了运输、仓储、包装等多项成本。

（五）速度评价指标

速度评价指标主要包括回收物品人均日供应额、劳动生产率、产品资金周转率等。

第六节　回收物流的管理要点

在建立了回收物流系统之后，为保证系统的有效运作，尽可能地回收其中产品的价值，有效地进行回收物流的管理是十分重要的。

一、加强废弃物的回收力度

据测算，目前我国可以回收而没有回收利用的再生资源价值达 300 亿～350 亿元。每年约有 500 万吨左右的废钢铁、20 多万吨废有色金属、1 400 万吨的废纸及大量的废塑料、废玻璃等没有回收利用。由于我国废弃物资零星分散，其回收、加工、运输费用高，销售价格低，致使部分品种回收量减少，与实际生成量相差较大，资源流失严重，再生资源回收利用率与世界先进水平相比差距较大。

如我国每年丢弃的镉镍电池（二次电池）有 2 亿多只，废旧家用电器、计算机及其他电子废弃物的回收处理还未能提上日程。所以要做好回收物流工作首先要加大回收的数量和品种。

二、提高检验分拆技术

为充分利用废弃物，尽最大可能从其中回收有用的价值，提高检验分拆技术是十分重要的。

小贴士

松下电器公司于 2001 年 4 月成立了松下生态技术中心有限公司，从事废旧家电的回收利用和回收利用技术的研究开发。该公司占地面积 3.85 万平方米，员工 50 人，处理能力为 100 万台/年。

资料来源：panasonic.cn/ref/

松下公司研究开发了压缩和完全粉碎技术，零部件分解技术，容易回收利用的材料和可回收利用的技术，如回收利用显像管（CRTS）作为玻璃原料，从空调器和冰箱中回收利用制冷剂等。所以从事回收物流的企业要注重回收拆解技术的提高，这样才能最大限度地回收物流中产品的价值。

三、改进产品的设计以利于回收分拆

目前国外一些生产企业，为使产品回收分拆再利用的可能性增大，在产品设计的过程中就考虑到产品拆解的容易程度，对于产品中所用的原材料尽可能采用易于回收和有利于环境的原材料生产产品。

例如，在电器和电子设备中，印刷电路板的焊锡内含有对环境有害的铅成分，1998 年松下电器在世界上首次实现了小型无铅焊锡的印刷版，目前在大面积印刷版方面也得以实现，并在台式录像机中也开始投入使用；在电视机生产中采用镁合金作为电视机外壳，以易于回收再利用。

◆ 案例 1-5 ◆

"在线收废"：开创国内回收物流新模式

由上海新锦华（商业）有限公司在国内首创的"在线收废"网络，最近已实现了上海市九个中心城区的全覆盖，形成了一个具有主导地位的循环经济格局，开创了国内回收物流的新模式。上海市委、市政府主要领导对此给予了充分肯定，并明确指出："在线收废"涉及循环经济的发展,应当给予各方面的支持和扶持。

以往上海巨大的废旧物资回收市场被"马路游击队"占领,随着上海的废品回收量逐年上升,目前正规回收渠道却呈逐年萎缩态势。20世纪80年代初期,上海的废品回收是国企的天下,10个区和10个县每个区县都有废旧物资公司,总计有交投网点近700个,从业人员2万~3万人。但从目前来看,国有的正规收废渠道大量萎缩,收废网点锐减。庞大的废品回收物流市场被一支没有营业执照、没有经营场地、没有经过专门培训的马路"游击大军"所占领。

上海的收废现状引起了该市政府的高度关注,在2002年上海商业工作会议上被提了出来,并确定作为一项政府办实事项目,新锦华(集团)有限公司作为项目推进的试点单位,开始着手搭建废品交投"点、站、场"三位一体的回收物流网络。

资料来源:www.xd565.com/News/28/7136.html

◆ 案例1-6 ◆

环卫集团:回收物流之"战"

尽管奥运期间的垃圾产生、清运、处理数量不降反增,但正是凭借着环卫集团以及其他清运机构的精心策划、周密部署,北京2008年奥运会才被视为历史上最干净的一届奥运会。

(一)全力出击

在北京2008年奥运会召开期间,环卫集团重点承担了公共区的291万平方米的环卫保障任务,这其中包括道路机械清扫、人工保洁、垃圾清运处理、厕所服务,以及500多家奥运签约宾馆、饭店和餐厨垃圾处理示范单位的餐厨垃圾集中收运、无害化处理,厕所粪便的清运及无害化处理。

"在公共区,我们共安排了187部环卫车辆,这些车要么是我们新近购买的,要么是经过整修的,都是国Ⅲ以上的车辆,完全符合'绿色奥运'的标准。"由于奥运会的高标准环保要求,因此环卫集团从奥运备战开始就陆续对原有车辆进行整改,并新购车辆。

据环卫集团统计,2008年8月8日至24日,集团共出动负责公共区内垃圾转运任务的电瓶车11 012车次;出动垃圾压缩车及其他各类垃圾清运车辆总计360车次;清运垃圾1 069t;出动各类道路作业车辆3 378车次,共吸扫道路垃圾387t;出动抽车74车次,抽取粪便270t。而在投入的人员方面,有超过1 500名的环卫人员工作在公共区。

(二)无缝隙作业

要做到无缝隙的环卫作业,就是把291万平方米的环卫保障面积规划为A、B、C、D四个作业区域,每个区域又分为了若干个网格,进行网格化作业。同时,每一个点都不是盲点,而且点与点之间是相互交叉的,目的就是要无缝隙作业。

具体说,网格化作业就是将作业区域按照人流量和厕所的布局分成网格状,将快速机动的电瓶垃圾车和应急保障人员分配到各个块状区域,并确定好每台电瓶车所负责应急保障的作业范围。一旦某一作业地点出现物资、人员紧缺的状况，负责该区域的电瓶车将发挥快速机动的优点，从网格内相邻的其他作业点运送提前备好的应急物资及人员。如此一来，既缩短了应对时间，又确保能够及时有效地处理各种突发事件。

事实上，在采取上述垃圾收集、清运方法的同时，环卫集团还根据赛事的重要性对作业任务要求进行了相应调整，分为重点控制和一般控制两个级别。

"比如说，开幕式期间的作业方式就和平时不一样，平时是面上作业，而开幕式是点上作业，因为当时人员相对集中，瞬间的人流量相当大，所以要集中我们的优势兵力重点控制。"张志强说："实际上，开闭幕式产生的垃圾量是非常大的，可以说是平时比赛的两倍，除了这些'流动'的垃圾桶外，我们还临时增加了一些果皮箱。"

（三）周全的应急预案

由于奥运会的环境卫生保障工作相当复杂，因此在奥运开幕之前，为积极应对各类灾害事故和突发事件，环卫集团成立了一个多达 110 人的应急队伍，并制定了多项应急管理综合预案。据了解，该预案对环卫集团的车辆作业、设施运行、奥运保障和安全保卫等各项应急工作都做了周密的计划安排。

事实上，在奥运期间，奥林匹克公园以及北京市许多地区收集的垃圾都需要运到设在大屯的垃圾转运站，在这里，所有场馆内外的垃圾都需要进行分拣处理，而且这里还备有 30 台将垃圾运到填埋场的垃圾转运车，一旦该区域交通限行，奥林匹克公园以及其他区域运往该处的垃圾就会形成瞬间堆积。

据统计，仅仅 8 月份，环卫集团就清运垃圾 95 187t，平均日产 3 000 多吨，而处理量更是达到了 199 849t（环卫集团的垃圾处理站还承担着其他区县的垃圾处理任务）。尽管奥运期间的垃圾产生、清运、处理数量不降反增，但正是凭借着环卫集团以及其他清运机构的精心策划、周密部署，北京 2008 年奥运会才被视为历史上最干净的一届奥运会。

资料来源：info. 10000link. com/newsdetail. aspx?doc=20090401000111

本 章 小 结

回收物流是逆向物流的一部分，包含了从不再被消费者需求的废旧品变成重新投放到市场上的可用商品的整个过程的所有物流活动。它的作用是将消费者不再需求的废弃物，运回到生产和制造领域重新变成新商品或者新商品的某些部分。

目前的回收物流体系将大量废旧品仅回收到掩埋或焚烧处理的终端，其不但达不到重新利用的效果，也达不到无害化处理的要求，反而对环境形成了很大的破坏。没有处理的大量废旧品占用大面积的山谷、沟壑和土地，造成了土地资源的严重浪费。虽然也有一些城市按法规的要求，对废旧品进行了分类处理，但很难达到环保的要求。

鉴于回收物流的重要性以及我国回收物流发展过程中存在的众多不足之处，在发展回收物流的过程中必须结合我国的国情，在借鉴国外先进经验和技术的基础上创新自己的发展模式,促进我国回收物流又好又快地发展。

王长琼.绿色物流.北京:化学工业出版社,2004.

1. 什么是回收物流？回收物流有哪些分类方式？

2. 什么是废弃物物流？废弃物物流有哪些处理方式？

3. 什么是逆向物流？逆向物流的原则有哪些？

4. 我国回收物流的业务处理包括哪些方面的内容？

5. 我国回收物流一般采用的技术有哪些？

6. 如何促进我国回收物流的发展？

第二章

再生资源的回收物流

◆ **主要内容** ◆

再生资源是产品生产过程或流通过程中由于各种原因产生的边角料、废料等由于技术或经济因素的影响,暂时无用但可以预期回收利用的物资。在资源日益短缺的今天,再生资源的回收再用是节约资源、保护环境的一项重要举措,也是企业提高经济效益的一条有效途径。

本章从再生资源回收物流的分类与特点出发,对各种再生资源回收物流的实践与发展做一简要的介绍。

◆ **技能要求** ◆

1. 掌握再生资源回收物流的含义,理解进行再生资源回收物流的意义。

2. 了解再生资源回收物流的发展措施。

3. 掌握常见的几种再生资源回收技能。

◆ 引导案例 ◆

边角料"再生"变铝棒，实现循环经济

铝材企业生产流中产生的边角料，进入中铝南海合金有限公司，便又重新变成铝棒，直接用于铝材生产。中铝南海项目投产，既实现了铝材生产的循环经济，又提升了大沥铝材的产业链条。

2007年6月，中国铝业签约进驻大沥。该项目分两期进行，如图2-1所示为投产的第一期，预计年销售收入可达18亿元。

图 2-1   中铝技术工人正将废铝冶炼出来的铝柱打包送到铝型材厂

该项目签约时，南海区节能减排风头正劲，而该项目也被视为推动有色金属产业节能减排的重要举措。据介绍，项目一期引进目前在国内尚属空白的双室炉设备，以及代表国内最先进水平的脱硫除尘设备。节能和减排是最大特点，在交谈中，中铝副总裁丁海燕甚至主动找到南海区副区长冯永康："尽快在我们这里安装环保在线监控吧！"

该项目一期主要利用大沥当地铝型材生产中的废料、边角料为原料，将这些熔炼再生成铝锭或铝棒，并提供给当地企业。中铝南海合金有限公司总经理杨吉华说，目前已经跟大沥本地十多家铝型材企业达成合作协议，中铝南海合金公司将铝型材企业的边角料再生成铝棒后，再返还给这些企业，这部分的产量已达每月1 500t。

大沥镇镇长吴绍秋说，利用边角料"再生"成铝棒，实现了循环经济，给企业节省了大量的资金，给予环境充分的保护，而且与分散式的回收相比，中铝南海项目实现了规模化的运作。

资料来源：www.fs0757.com/finance/20102/

第一节　再生资源回收物流概述

　　物资不断循环利用的经济发展模式,目前正在成为全球潮流。可持续发展的战略,得到大家一致同意。可持续发展就是,既符合当代人类的需求,又不损害后代人,满足其需求能力的发展,在注意经济增长数量的同时,又要注意追求经济增长的质量。主要的标志是资源能够重复利用,保持良好的生态环境。

　　根据节能减排的要求,解决再生资源回收利用问题,促进经济社会可持续发展。整合有限的资源,构造再生资源回收、分拣、转运、加工利用、集中处理为一体的产业化格局。近几年,我国的再生资源回收利用行业得到前所未有的发展。

 小贴士

　　据统计,"十五"期间我国回收利用再生资源总量为 4 亿多吨,年平均回收利用量在8 000 万吨,年平均增长率为 12% 以上,主要再生资源回收利用总值超过了 6 500 亿元,年平均增长率超过了 20%。

　　资料来源:www. ceh. com. cn/ceh/ztbd/jnip/64697. shtml

一、再生资源回收物流

　　在人类的生产、流通和消费过程中,必然会产生各种排放物(或称废料),其中可回收再生利用的部分称为再生资源,基本上或完全失去再利用价值的废料称为废弃物,当然这二者之间的界限在现实生活中并非泾渭分明,由于科学技术的进步和生产工艺的改进,它们之间会相互转化。

　　排放物、再生资源及废弃物的形成关系,如图 2-2 所示。

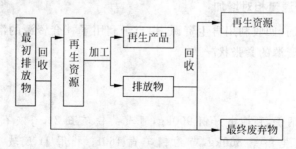

图 2-2　排放物、再生资源与最终废弃物的关系图

资料来源:王之泰. 现代物流学. 北京:中国物资出版社,1995.

目前,我国与回收物流有关的政策是 2006 年 5 月 17 日商务部第 5 次部务会议审议通过的《再生资源回收管理办法》,该办法自 2007 年 5 月 1 日起施行。

办法中所称再生资源,是指在社会生产和生活消费过程中产生的,已经失去原有全部或部分使用价值,经过回收、加工处理,能够使其重新获得使用价值的各种废弃物,包括废旧金属、报废电子产品、报废机电设备及其零部件、废造纸原料(如废纸、废棉等)、废轻化工原料(如橡胶、塑料、农药包装物、动物杂骨、毛发等)、废玻璃等。

再生资源回收利用包括再生资源的收购、挑选分拣、鉴别分类、打包压块、破碎、解体等初级加工,熔炼、分解、再制等深加工,以及再生资源的储存和运输等内容,这些也就形成了再生资源物流,是融商流、物流、信息流和资金流以及生产加工为一体的活动。

现在社会上容易将尚可回收一部分再生资源的排放物和最终排放物混淆,都称为废弃物,其实两者是不同的,前者中间还包含不废弃的部分,而后者则是现阶段科学技术或经济效益决定完全或基本不能再利用的部分。两者物流形态是不同的,因此本书将排放物分成再生资源和废弃物两个组成部分,对于前者的物流活动研究统称为狭义回收物流,它包括产品及其包装、零部件和边角料的回收利用,对于后者的物流活动研究称为废弃物物流。

二、组织再生资源回收物流的意义

随着工业化进程的迅速发展和世界人口的急剧增加,相对于人类的无限欲望而言,无论何种资源都是极为稀缺的,更何况工业化带来的环境污染和资源破坏使许多人类赖以生存的自然资源濒临枯竭的命运。

因而,为了人类长期的生存和发展,自 20 世纪 60 年代以来,许多学者、民间环保组织、各国政府都开始关注和研究环境问题,资源的再生利用就是从保护环境和可持续发展的角度来研究解决环境问题的途径。

对于企业和各类组织而言,作为“环境-经济”大系统的基础要素,也需要从再生资源的回收利用着手开始行动。这是由于再生资源回收具有以下的重要意义。

(一)使社会资源量相对增加

资源总是有限的,回收利用再生资源,相当于利用了社会资源的潜在资源,从而可以在一定程度上缓和资源的紧张状况。

 小贴士

例如,用 1t 废钢铁,可炼出好钢 900kg,可节约铁矿石 2t,石灰石 600kg,优质煤 1t;用 1t 废杂铜可提炼电解铜 860kg,节约铜矿石 160t;利用 1t 废玻璃可生产出好玻璃 900kg,可生产 1 斤装瓶子 2 000 个,和利用原材料相比,可节约纯碱 2 000kg,石英砂 720kg,长石 60kg,煤 1t,电 400kW·h,降低成本 20% 等。

资料来源:www.yibool.com/thread-15968-1-1.html

（二）提高经济效益

回收利用再生资源比原始性开发具有更高的经济效益。炼钢要经过采矿、炼铁、炼钢等这样一个复杂的过程方能成材，如果用废钢代替生铁炼钢，不仅可以节约找矿、采矿、炼铁等一系列生产所耗费的支出，而且冶炼的钢材质量比生铁作原料好。

据估计，建设中小型电炉钢厂时，用新开发的资源炼钢，每吨钢成本为 1 500 美元，而用废钢铁炼钢每吨建设成本仅为 250 美元，成本降低了 5 倍。因此，发展中国家十分重视废钢铁的回收利用，将之称为"还原工业"；在发达国家，废钢铁用于炼钢的比例一般可在 50%～70%左右，而我国仅有 30%左右。

（三）可以节约能源

用废钢铁炼钢比用铁矿石炼钢可节约用煤 75%，节约用水 40%，节约矿石消耗 95%；用 1t 废纸可造新纸 800kg，可节煤 500kg，节电 500kW。总之，利用再生资源既可以节约开采资源的能源消耗，又可以节约资源生产过程中的能源消耗。

（四）减少资源废弃时对环境的破坏污染

在我国，由于"三废"污染每年所造成的经济损失超过 500 亿元；通过回收利用废旧物料，可以大大减少废旧物料对环境的破坏。据美国工业部门估计，利用废旧物料进行生产，可使一些生产造成的空气污染减少 60%～80%，水污染减少 70%以上。

另一方面，钢铁工业生产过程中产生大量 CO_2，而 CO_2 的排放将加剧大气层的温室效应。由于高炉流程产生的数量是电炉流程的 2.5 倍，且兼有 NO_2、SO_2 气体的产生和排放，因此，利用废钢可以减少对大气的污染。

 小贴士

据资料分析，用废钢代替铁矿石炼钢，可减少气体污染 86%，减少水污染 76%，减少耗水量 40%，减少采矿废弃物 97%。因此废钢铁也被称为钢铁工业的清洁资源。

（五）有利于加快工业化发展的步伐

组织再生资源回收物流，可以缩短产品的制造周期和提前期，为企业赢得竞争优势，也有利于加快工业化发展的步伐。例如，利用废钢铁炼钢，可以节约铁矿石、石灰石等材料的生产时间和运输时间，从而提高生产的效率。

（六）带动地方经济的发展

再生资源产业是典型的劳动密集型产业，可以提供大量的就业机会，即使在发达国家，旧物拆卸和分类的部分工作也由手工完成。据有关研究，全国再生资源回收企业达 5 000 多家，回收网点 16 万个，回收加工厂 3 000 多个，从业人员超过 1 000 万人。我国"长三角"、"珠三角"地区出现很多废物回收和拆解企业，不仅吸收了大量劳动力就业，也促进了地方经济发展和社会稳定。

研究表明,在北京的再生资源行业中,大约有20万人从事废旧物资回收,200万周边地区的人口从事加工利用,对带动相邻地区经济发展起到了积极作用。

总之,发展再生资源产业,对于提高我国资源利用效率、实现节能降耗减排目标,减轻资源约束和环境污染压力;对于提供就业机会,带动地方经济发展,推进资源节约型和环境友好型社会的建设,均产生了积极影响。

三、再生资源回收物流的分类

(一)根据再生资源的物理属性分

1. 金属材料回收物流

主要包括黑色金属、有色金属。其中黑色金属又包括板材(主要是薄钢板、镀锌板、钢板、马口铁等)、带材(钢带、铁丝、圆钉),有色金属又包括铝材、合金铝板、铝箔、合金铝箔。金属材料有良好的延伸性,不易破碎,容易加工,易于再生使用。

2. 玻璃材料回收物流

玻璃材料主要有钠、钙硅酸盐玻璃、中性玻璃、石英玻璃、微晶玻璃、着色玻璃、玻璃钢等。玻璃耐风化、不变形、耐热、耐酸、耐磨、无毒无气味、易于加工、易于回收复用、便于洗刷、消毒、灭菌、能保持良好的清洁状态。

3. 木材材料回收物流

木材材料主要有天然木材包括红松、落叶松、白松、马尾松、冷杉等软质木材和杨木、桦木、榆木、柞木等硬质木材,另外,还有人造木材即纤维板、刨花板、木丝板、三夹板和五夹板等。木材易于吸收水分,易于变形开裂、易腐败,易受白蚁蛀蚀,还常有异味。木材是一种天然材料,因树种不同,生长地不同,树干部位不同,而在性质上产生很大差异,因此在处理时应有所区别。

 **知识链接**

德国的森林覆盖率为国土面积的30%,约10万平方公里。德国每年木材生产量是2 000万吨,应该说德国具有足够的森林储备来满足这一需求,可是,2003年3月,德国颁布实施了一项有关废旧木材回收的管理法令,这可以说是德国在环保领域继对易拉罐等饮料包装进行收费之后的又一惊人之举。

据汉堡大学林业科学与技术研究所中心介绍,德国每年产生的废旧木材达800万吨左右,在固体废物中占相当比重。木材是可持续能源,如不加以回收利用,将造成很大的资源浪费。废旧木材的物质循环利用和能量利用是目前最常见的两种回收利用方式。

物质循环利用是指对废木材回收后进行二次加工,制成木屑板、纤维板或各种家具等,也可制成包装材料重新使用。在工业上,废旧木材又可被制成活性炭、工业炭或制成合成气体作为化学原料使用。而所谓废旧木材的能量利用,就是指将其作为工业燃料用于锅炉或发电,也可用于民用的家庭取暖。

总的来说,废旧木材可以是来自工业或民用的废弃木料,如木材加工厂的废料、废旧家具、门和窗户的边框、木制包装以及建筑施工时遗弃的废木料。事实上,原木在被应用到工业或民用的过程中,都不同程度地进行过化学处理,如油过漆、添加防腐剂等,从而使一些废旧木材中含有有毒化学物质。

根据德国的另一项关于有毒废物的法令规定,如果废物的着火点为55摄氏度,剧毒物质含量达到0.1%,有毒物质含量达3%,有害物质达25%,刺激性物质达20%,即为有毒废物。

在废旧木材中,常见的有毒物质有砷、铅、汞等金属,卤素类有机混合物,防火剂等。汉堡大学的一项研究表明,意大利的许多木屑板几乎百分之百是用废旧木材制成,其中有毒物质含量严重超标。所以处理有毒废木材最环保的方式就是进行能量利用,这样那些有机混合物在高温下就会被分解,而重金属则会被留在炉渣中。

根据德国的废旧木材管理法令,废旧木材分为四类:第一类,不含任何化学物质而只是经过机械处理的;第二类,被油过漆或木胶粘过但不含任何卤素类有机混合物和防腐剂的;第三类,含有卤素类有机混合物且不含防腐剂的;第四类,只含有防腐剂的。而第三、四类废旧木材是不能用于物质循环利用的。

据汉堡大学一项调查表明,德国目前废旧木材回收所面临的问题是,市场缺乏统一的规范。在一些地区,大量的废旧木材被轻易地运到了填埋场进行填埋,造成资源浪费。同时,在市场利益的驱使下,许多废物循环公司一直把废旧木材的回收作为一项主要业务在经营。因此,新法令的颁布非常及时。

新法令实施后,首先明确禁止随意填埋废旧木材,同时对废物循环公司也进行了限制,那就是废物循环公司只能把属于第一、二类的废旧木材卖给厂家进行再利用,而对于第三、四类废旧木材,则只能作为燃料卖给发电厂。这样从根本上杜绝了对废旧木材的随意处理,也规范了市场的竞争,从而进一步保护了德国的森林资源。

资料来源:www.bmlink.com/news/message/10354.html

4. 纸材料回收物流

纸材料折叠性优良,容易达到卫生要求,本身重量轻,质地细腻、均匀、耐摩擦、耐冲击、容易黏合,不受温度影响,无毒、无味、易于加工,废弃物容易处理,可回收复用和再生,不造成公害,节约资源。

纸材料包括纸和纸板,其中:纸包括普通纸、特殊纸和装潢纸。普通纸又分为牛皮纸,包裹纸等;特殊纸又有邮封纸、玻璃纸、羊皮纸、上蜡纸、透明纸、沥青纸、油纸、耐碱纸、防锈纸等;装潢纸则包括书写纸、胶版纸、铜版纸、压花纸、肋纹纸、表涂层纸等。

纸板又包括箱板纸、黄纸板、白板纸、卡片纸、瓦楞纸,瓦楞纸还可分为瓦楞原纸、瓦楞纸板。

 **知识链接**

据美国报业协会的统计,全美共有各类报纸约9 000种,2001年仅发行的日报(含星期日刊)就达2 381种,年发行总量超过1亿份。为减少造纸业对木材的依赖,美国一直重视废报纸的回收再利用,近些年废报纸在造纸业中的使用量逐年攀升。

据美国森林及造纸协会提供的数据,美国回收的废纸近四成得到造纸业的再利用,被制成了新闻纸、纸箱、包装纸、卫生纸等纸品再次进入人们的生活。另有相当一部分用于出口。

美国一些州政府从1987年开始制定了关于垃圾回收的地方法规。加利福尼亚、肯塔基等州就对报纸回收出台了明文规定。此外,美国政府对废报纸回收还采取了一些奖励措施。美国森林和造纸协会每年都要根据回收废报纸的质量,评选在回收废报纸方面的成绩突出者,评选范围包括政府部门、公司、院校及非营利机构,奖金2 000美元。

资料来源:www.cqvip.com

5. 塑料材料回收物流

塑料有一定强度、弹性,耐折叠、耐摩擦、耐酸碱、耐化学试剂、耐油脂、防锈蚀、无毒,加工简单、回收利用性强,可经过吹塑、挤压、铸塑等环节再利用。

塑料材料包括塑料和复合塑料两种。其中塑料包括热塑性塑料和热固性塑料。

热塑性塑料:包括聚乙烯、聚氯乙烯、聚苯乙烯、聚丙烯和各种塑料薄膜。

热固性塑料:包括酚醛塑料、脲醛塑料等。

复合塑料又包括塑料与塑料复合、塑料与其他系列复合。塑料与其他系列复合有:与纸复合、与金属复合、与木材复合。

 **知识链接**

中国已发明了一种以纯天然纸浆为原料的一次性快餐盒。这种纸膜餐具用毕丢弃后,7~15天即全降解,且不留任何有毒物质。可是喜中有忧的是,这种纸餐盒不能尽快地推向市场,影响因素有以下五点。

(1) 法规建设相对滞后和地方保护主义,替代产品跟不上和消费习惯的影响等方面,再有对纸餐盒的研制和开发缺乏具体的产生政策,如何引导和鼓励无章可循,对其制造设备、系列产品以及检测方法尚无国家或部分专项标准等。

(2) 扶持基金没有到位,需要新设备、新材料、新工艺和新技术,靠少数科研、生产和使用单位是难以承受的,人力购置高效率的设备设施,不能形成规模。

（3）消费市场不成熟，纸餐盒在大量集中使用时遭遇摒斥，大量上市的大气候尚未形成。

（4）制作成本居高不下，纸餐盒的成本比塑料餐盒贵 0.05～0.30 元，它需要反板纸为原料，木纸浆制作工艺复杂、原料昂贵。

（5）产品质量不够稳定。由于原料、辅料与制造技术等方面的原因，在质量方面尚未达到泡塑餐盒那样成熟的水平，有待进一步攻关。例如，纸餐盒的抗压、抗拉和层压张度、保温性等问题，而且外观质量还不稳定。

综上所述，当前我国纸餐盒之所以未能有效的占领市场，除了社会因素，更主要的是质量问题，但是"以纸代塑"已是世界大势所趋，人类生存之所需。因此，可以断言，随着全体国民环保意识的日益增强，随着纸餐盒制造的日臻成熟，加之国家产业政策的正确引导和全社会的积极参与，在我国市场上将实现普遍使用纸质快餐盒的目标，解决这一"白色污染"的问题，就会带动更多的商品包装走向绿色，为子孙后代留下宝贵的环境资源。

资料来源：www.chinawuliu.com.cn

（二）根据再生资源的来源分

1. 工业企业产生的废旧资源

（1）生产过程中产生的废旧资源

生产过程产生的废旧资源，包括报废成品、半成品、加工产生的边角废料、钢渣、炉底、损坏报废的机械设备，由于设计变动或产品更新换代而不再用的呆滞物料等。

（2）流通过程中产生的废旧资源

流通过程中产生的废旧资源，包括各种原材料和设备的包装物，流通中因长期使用而损坏的设备工具，产品更新中因标识改变而废弃的资源，保管中因储存时间太长而丧失部分或全部使用价值的资源。

（3）精神损耗而产生的废旧资源

由于精神损耗而产生的废旧资源是指由于生产的提高，科学技术的进步而造成某些再生资源继续使用不经济的现象。尤其是机器产品，更新换代很快，老的产品只能作为废旧物料被淘汰。

2. 来自于消费者的废旧资源

主要是一些过期产品，破损的废铜烂铁及产品的包装物废纸等。往往以城市垃圾或专门收购方式集中起来。生活垃圾的物流特点是垃圾本身对环境卫生有很大影响，有污染，有异味，有细菌传播和蚊蝇滋生，而且数量大，是经常性排放物，需用防止散漏的半密封物流器具储存和运输，而且需要专用，因而物流费用较高。

如图 2-3 所示是垃圾专用收集及运输车，该车不仅解决生活垃圾的装卸，而且可密封运输。

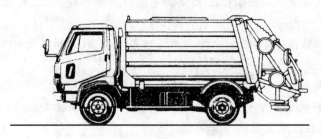

图 2-3 垃圾专用车图示

 小贴士

在整个再生资源的回收物流中,来自于消费者的再生资源主要以生活垃圾为主,其回收在整个再生资源回收物流中比重较小。

(三)按行业来分

生产企业中几乎各行各业都有排放物。由于不同行业的排放种类、排放方式不同,所形成的再生资源回收物流特点也不相同,归纳起来主要有以下几种。

1. 钢铁冶炼工业企业

这类企业的主体再生资源回收是废金属和废渣。废金属主要是通过企业内部物流,更新进入生产工艺过程中。废渣主要是进行厂内处理(如水淬),进入全社会废弃物物流,或由其他行业实行再生加工利用。

2. 煤炭工业企业

这类企业的主体再生资源回收是煤矸石。煤矸石的物流特点是装运量大,占地面积大,物流成本高,回收利用的关键是降低成本。

3. 电力工业企业

这类企业的主体再生资源回收是粉煤灰。粉煤灰形态特殊,污染严重,一般不能利用社会回收物流来完成。粉煤灰的排放量大都是连续排放,电力企业内部也难以消化。这类回收物料常采用专用物流管道排放或输送到利用粉煤灰的其他企业,形成稳定的、专用的物流线。

4. 林产、木材加工业企业

这类企业的主体再生资源回收是木屑和木材下脚料。林产业的主体再生资源回收是林木采伐、加工中产生的枝条、树皮、刨花和碎木等;木材加工业的主体再生资源回收主要是木屑(包括锯木、刨花、碎木等),这类再生资源主要是企业内部复用或企业内部设立再利用生产线,一般不进入社会物流领域。

5. 机械加工业企业

这类企业的主体再生资源回收是金属废屑、边角头残余和机械加工废品等。这些再生资源回收物流的特点是装运难度大,体积不规则且容量低。因此,这些回收物料往往经过压块的流通加工后再运输,利用社会公共物流设施送至需要单位。也有的企业内部设熔炼设备,再生成原始状态后重新使用。

6. 粮食加工业企业

这类企业的主体再生资源回收是谷、壳和糠等。这些回收资源的利用主要是企业再生加工成饲料和其他产品,也可以利用社会物流运输出厂,供其他企业使用。

7. 化工工业企业

这类企业的主体再生资源回收有化工原料、材料、化肥、日用、化工、化工产品及这些企业生产的排放物(电石废渣、废油脂、废碱、废酸等)。这些回收资源主要是企业内部综合利用或提供给相关企业。

8. 畜物屠宰业企业

这类企业的主体再生资源回收有废毛、角壳、骨等。这些回收资源主要是参与社会物流综合加工利用。

四、再生资源回收物流的特点

企业再生资源回收物流的特点主要表现在以下四个方面。

(一)种类繁多

再生资源回收种类繁多是由于它的产生渠道多、方式复杂,这就决定了再生资源回收物流方式的多样性。

企业再生资源回收种类繁多是由以下三个因素决定的。

(1)几乎所有的生产企业都可能产生再生资源回收,企业类型不同产生的再生资源回收也不同。

(2)几乎每个生产企业的每一个工序,每个阶段的生产过程都会产生资源回收。

(3)社会各行业,几乎所有人类的物质成果,最终都可能转化为资源回收。

(二)数量大

企业再生资源回收数量较大,不仅总量大,而且许多种类再生资源回收单独处理数量较大。这就决定了再生资源回收物流要消耗很大的物化劳动及活劳动,需要有一个庞大的物流系统来支撑。

(三)粗放运作

企业再生资源回收中除少数特别有价值外,绝大多数是低价值。一般经过一次生产或消费之后,主要使用价值已耗尽,因而在纯度、精度、质量、外观等方面都很低,这就决定了采取粗放的物流方式处理企业再生资源回收。这样,可以使再生资源回收在重新使用形成新的价值中,物流成本不至于太高。

（四）路程较短

企业再生资源回收物流的路程一般都较短，这是由于企业在处理再生资源回收时，承受的物流费用较高。企业一般都尽可能在企业内部解决或相关企业消化。企业再生资源回收的主要使用价值已丧失，新的使用价值需要承受的物流费用和研究费用等，决定了就近利用的性质，因而企业再生资源回收的物流路程不会太长。

第二节　我国再生资源的回收

20 世纪 50～60 年代，为了解决社会物资严重匮乏的问题，政府大力提倡勤俭节约、收旧利废，建立起了较完善的废旧物资回收系统。20 世纪 90 年代以来，为了实现资源再利用，减轻环境污染，国家先后推出一系列优惠扶持政策，再生资源回收行业发展较快。

 小贴士

目前，全国再生资源回收企业 5 000 多家，回收网点 16 万个，回收加工厂 3 000 多个，从业人员 140 万人，年再生资源回收量 5 000 万吨以上，年回收总值接近 500 亿元。

一、再生资源回收的现状

（一）我国再生资源产业的发展初具规模

从总体上看，改革开放 30 年来，随着社会主义市场经济体系的日臻完善，我国再生资源产业规模逐步扩大，区域性集散市场初步形成，技术水平有所提高。再生资源产业发展初具规模，非公有制企业已成为再生资源回收行业的主体。

回收体系发生了很大变化，功能逐步完善。新中国成立初期，全国建立了各级物资（包括金属回收）和供销合作社废旧物资回收公司两大体系，成为当时世界上最为完善的废旧物资回收系统。改革开放后，随着我国市场经济体制的日臻完善，按照计划经济体制建立的回收体系，由于回收人员的分流、改行或退休而逐步萎缩；特别是物资管理部门撤销以后，一些地方物资和供销社系统的回收公司所起的作用在下降。

另外，进城务工农民大量进入回收行业，以企业或工业园区为龙头的、利益导向的社会回收体系也逐步发展壮大，所起的作用越来越大。

 小贴士

有关研究表明，全国每年约 50 万吨废铝、40 万吨废铜、30 万吨废铅是由社会回收体系回收起来的。废旧物资回收体系的调整和发展，为我国再生资源产业发展奠定了基础。

目前,回收行业中个体和股份制等非公有制企业占70%,国有企业仅占30%。

(二)再生资源产业发展取得显著经济效益和社会效益

据有关研究表明,"十五"期间,我国回收的再生资源总量约4亿吨,年均回收量约8 000万吨,年均增长率在12%以上。2006年,我国废金属、废塑料、废纸等主要再生资源的回收总量达10 275.5万吨,总值2 420.98亿元,占当年GDP(20.94万亿元)的1.15%。

(三)经营逐步向深加工、多领域发展

近几年来,再生资源回收企业不断在深加工上做文章,基本摒弃了"收进来,卖出去"的传统经营模式,采取了清洗、除油、去污、干燥、拆解、剪切、打包、破碎、分选、除杂等加工预处理手段,提高了再生资源的加工利用率。

例如,对废塑料进行清洗后粉碎、加工成塑料颗粒状原材料;将废有色金属经过提炼加工压延成原材料;将边角余料等可用材料加工成各种小型产品;将不能直接利用的废料进行拆解、打包、压块,供给生产企业。

(四)形成一些区域性集散地和交易市场

改革开放以来,随着城乡收入差距的扩大,特别是城市居民日常用品更新速度的加快,淘汰下来的 些物品还有大半新,甚至是全新的,可以继续利用,从而带动再生资源从大城市到中小城市,再到农村的二手货的流通,这可以从不少城市周边分布废物回收、加工、交易市场得到佐证。

随着国内资源供应紧张,废料进口成为沿海港口附近地区出现的一种新产业。20世纪90年代以来,广东、浙江、江苏、上海、天津等沿海地区,进口、拆解废金属逐步发展形成较大的产业规模;山东、河北等省也是进口拆解废金属产业发展较快的地区。中部地区的湖南汨罗、永兴等地,再生资源产业发展初步形成特色。

(五)废旧物资回收利用的进口,成为资源供应的一个重要补充

虽然铜、铁、铝等矿产资源是不可再生的,但废钢铁、废铝等则是可以反复利用或循环利用的。开发利用这些资源,不仅可以增加资源供应,还可以减少自然资源开发对生态的破坏和污染物排放,从而减轻经济发展的资源环境压力。

一些没有原生资源的地方,通过废旧物资的回收利用或进口废物的拆解加工,发展形成了相关的原料生产基地。如浙江台州,江苏太仓,广东清远,湖南汨罗、永兴,以及天津等地的一些再生资源加工园区,就是如此。

二、再生资源回收存在的主要问题

近年来,随着我国经济的快速发展和人民生活水平的提高,再生资源的品种和数量有了很大变化,虽然我国再生资源产业发展取得了不少成绩,但也存在不少新的情况和问题,包括:回收体系不健全,经营不尽规范,加工利用技术较为落后,法制化和标准化程度

不高等。这些问题既有产业发展本身的问题,也有管理方面的问题,主要体现在以下几个方面。

(一)行业监管不到位,市场秩序较乱

回收企业规模小,违法销赃、偷税漏税现象在一定程度上存在;回收环节多,废品从居民手中到最终用户要经过多次转卖,增加回收成本;社会回收体系受利益导向,一些利用价值不大的废品得不到回收,如废塑料。

🛍 小贴士

塑料制品的大量使用,给人们生活带来极大便利,但也留下了环境污染的隐患。

废塑料在自然条件下不易降解,尤其是厚度小于 0.025mm 的超薄塑料袋,因回收利用价值不大,往往被随手丢弃,不仅带来视觉污染,还为治理留下长期隐患。

据报道,我国铁路运输系统一年使用 4 亿多只泡沫塑料餐盒,但回收率仅 16.6%,其余的大多数被扔在铁路沿线两侧,形成了"白色污染带"。在某些状况严重的地段,情形触目惊心。为回收并掩埋这些餐盒、塑料袋,铁道部 1994 年竟花去一亿元巨资。

化学专家指出,这种高分子化合物需要 200 年至 400 年才能分解掉。这类塑料制品丢弃或掩埋在土壤中,会妨碍农作物生长。

据测算,每亩土地残留废塑餐盒、碗 1kg,可使玉米减产 11%～23%,小麦减产 6%～10%,大豆减产 6%～10%,蔬菜减产 15%～60%。近年来残留在全国农田里的废塑餐盒、碗、膜、塑料袋就达几十万吨,仅 1994 年全年使用的塑料餐具两年就可覆盖一个新加坡。这些塑料被牲口误吃,轻者消化系统得病,重者死亡。

若焚烧则释放大量有毒气体。"白色污染"正在污染着人类的生存环境,消除"白色污染"已成为当今世界的热门课题。

2003 年 6 月 25 日,是第 25 个世界环境保护日。这次世界环保日的主题是"为了地球上的生命发展绿色包装",正是这一课题的具体化和深入化。这次展出的绿色包装产品有四类:一是国际公认的环保材料,如 BOPS 纵向拉伸聚苯乙烯及其产品;二是绿色包装材料纸浆模塑;三是纸餐盒及其生产设备;四是双降解塑料制品。

资料来源:www.chinawuliu.com.cn

监管不到位,一些企业无照经营,自行收购报废汽车,私下改装或拼装,干扰报废汽车拆解市场秩序,甚至留下安全隐患。一些国家甚至将井盖丢失归罪于中国的废旧物资进口,影响我国的国际形象。所有这些均要通过制度安排加以规范。

(二)企业规模小,技术水平低,二次污染问题突出

从总体上看,我国废旧物资回收利用的企业规模较小,不足 50 人的小型企业占相当一部分。再生资源加工利用技术水平低,大量再生资源利用企业土法上马,以手工为主,小作坊或家庭作坊式生产,一些企业用的打包、压块、剪切设备是 20 世纪 60～70 年代的水平。

一些地方企业利用废旧轮胎土法炼油;一些地方的农民通过焚烧回收电线中的铜;一些从事报废车辆回收、加工、拆解企业,设备简陋、技术落后;一些农民靠一把锤子和一池硫酸就从废旧电子产品中获取贵重金属。所有这些,不仅浪费资源,污染环境,还给再生资源产业留下了不好的名声。再生资源产业的技术进步和结构升级迫在眉睫。

 小贴士

一则报道称,在桂林市有私人业主获得市环卫处新安危险废弃物处置中心(股份制企业,桂林市某些主管部门持有其中的部分股份)的授权,经营一家非法处置一次性医疗废弃物的私企。

据称该私人业主雇请 9 名员工负责医疗垃圾的回收和分类,但既没有与他们签订用工合同,也没有进行任何培训,新安危险废弃物处置中心还为拉车的员工办理了上岗牌。他们在工作中无任何消毒和防护措施,有的员工负责到市区各医院、诊所,用"医疗废物收集车"收集使用过的输液管、注射器、针头等,拉到平山垃圾场过秤。该私人业主则根据他们收集的一次性医疗废弃物的多少来开工资,多者每月可得 700 元左右。有的员工则在平山垃圾场对送来的一次性医疗废弃物进行清洗、筛选、分类、打包。

据介绍,处置后的医疗废弃物以每吨 3 500 元到 4 000 元不等的价格卖往广东、浙江等地。在一次性医疗废弃物的处理过程中,断的、脏的输液管和坏的注射器,私人业主就请人用车拉到临桂县两江冲口垃圾场处理;好的注射器选出后,在平山垃圾场毁形后打包;好的输液管则分类、洗净、"消毒",然后打包运往外地,究竟运往何处,员工不得而知。如果这些外表看似完好的一次性医疗废弃物再度流入市场,后果不堪设想。

(三)缺乏优惠政策,增值税抵扣依据设置不合理

我国没有废旧物资再生利用的优惠政策,导致利废企业经营困难。由于利用废旧物资加工生产的企业不享受优惠政策,只能从经营单位取得的销售发票按面额 10% 抵扣进项税。现行增值税的基本税率为 17%,购进废旧物资的抵扣税率为 10%。

计算发现,利废企业即使没有任何增值也要缴纳 4.53% 的税款。也就是说,由于没有优惠政策,利废企业要多付增值税,从而成为企业经营的一种负担。同时,在再生资源产业的增值税设置上也存在不合理的问题。

由于从城乡居民手中收购废物不可能有税务发票,回收经营企业为降低成本,将企业或个体户销售的废旧物资变通为自行向居民或非生产经营单位收购,违反规定开具收购凭证入账,即做假账。

回收经营企业与利废企业联合避税问题时有发生。此外,少数企业缺乏诚信,并成为

效仿的"对象";一些回收经营单位通过做假账或账面上不反映加工生产过程,将进行深加工后的产品冒充废旧物资免交增值税,还增加了税务机关的监督和管理成本。

(四)废物进口政策不明确,配额管理尚需完善

受舆论左右,对废料进口管理以及沿海地区再生资源产业发展出现政策摇摆情况。

 小贴士

1996年,国家环保总局等五部委局联合颁布《固体废物进口环境保护管理暂行规定》,加强"七类"废物定点企业管理和配额制。

七类废物是我国铜、铝等有色金属的主要来源,但拆解过程中易造成污染,实行定点审批制度,要求拆解加工企业具备一定条件,出发点是好的。但不顾生产能力,只给每个企业每年5 000t进口指标,留下指标倒卖和"寻租"空间。由于进口废物体积大、附加值较低,运输超过200km基本无利可图。内地企业申请的指标大多卖给了沿海企业,滋生出一些指标"倒卖"专业户,还增加了管理部门与地方的矛盾。

另外,我国家用电器和机电产品出口企业面临发达国家要求回收报废产品的挑战。据中国机电出口商会估算,欧盟《关于报废电子电器设备回收指令》(WEEE)和《关于在电子电器设备中限制使用某些有害物质指令》(RoHS)的实施,使中国受影响的电器出口额约为300亿美元,占中国出口欧盟机电产品总值的70%以上。我国相关产品出口企业承担回收责任后,必须解决其回收和加工利用问题,这已经成为十分迫切的课题。

(五)法规不健全,废物回收责任不明确

从总体上看,再生资源回收利用法规不完善。我国只有《中华人民共和国固体废物污染环境防治法》,没有再生资源开发利用的法规,也没有再生资源利用条例。对废弃物主要强调了处理处置,对回收利用在法律上不够明确。如《报废汽车回收管理办法》,强调"五大总成"必须以材料形式回收,虽然对规范报废汽车市场、减少安全隐患起到了一定的作用,但也使蕴涵在产品中的附加值全部丧失。当然,如果汽车使用过度会多耗油,降低能源利用效率,但如果报废汽车只能回炉也不利于资源的高效利用。

发达国家根据"谁污染谁处理"原则,实行生产者责任制,回收费用一般由消费者承担;消费者随意丢弃废旧汽车或废旧家电,将会受到经济处罚。我国虽然在有关法律中明确了产品回收责任,但缺乏具体的实施细则,回收主要由利废企业完成,增加了回收利废企业的生产成本,这也是再生产品价格高于原生产品的重要原因。

(六)认识不到位,妨碍再生资源产业的健康发展

受资源意识、环境意识以及资金、技术、设备、人才、市场等方面的影响,各级政府对再生资源回收利用技术研发投入不足,再生资源回收利用及处理方式处于较低水平。社会上对资源再生产业发展,还存在一些模糊认识。一些可以用作为原材料的废物,如废塑料、旧轮胎等,均看做是"洋垃圾"被限制或禁止进口。

再生资源往往被认为是"垃圾"和"破烂",回收人员受到某种程度的歧视。有人认为在中国发展再生资源产业还为时尚早,有人对"再制造"不了解不熟悉,当商品冠以"再制造"或"再循环材料生产"时,便认为其质量有问题。所有这些,均影响了再生资源产业又好又快地发展。

此外,在国家统计体系中,要求统计规模以上企业,但再生资源产业的很大一部分在规模以下,从而导致我国再生资源利用率的失真。

小贴士

根据专家估计,2001 年我国废旧轮胎约 5 000 万条,其中旧轮胎翻新 400 万条,其余为废轮胎 4 600 万条。按每条翻新轮胎 45kg 计算(900 型载重胎重),400 万条约 18 万吨;每条废轮胎平均按 24kg 计,4 600 万条共计 110 万吨。废旧轮胎合计 128 万吨。

每吨橡胶原料可生产 2.3t 轮胎,128 万吨废旧轮胎消耗 56 万吨生胶,这与上年度全国 270 万吨橡胶总消耗量中 50% 用于轮胎生产,即消耗 135 万吨生胶相差甚远。

根据中国橡胶工业协会统计:当年全国再生胶的产量为 30 万吨。1.1t 原料生产 1t 再生胶,就是 33 万吨废橡胶胎被利用,加上农民使用的帘子布层这两个行业共计利用废轮胎 39.7 万吨,约占当年废橡胶胎的 41%,占废轮胎总量的 20.0%。除去旧轮胎,我国废轮胎资源 70% 没有被回收再利用,废旧胶胎的回收利用率也不到一半。

三、再生资源回收物流行业发展中应采取的一些措施

再生资源回收工作是关系到全面建设小康社会的生态文明目标能否顺利实现的关键,必须切实按照中央、国务院的统一部署,充分认识新时期加强再生资源回收工作的重要意义,积极探索规范行业发展的途径和方法,学习借鉴发达国家的先进经验,研究制定有利于行业健康发展的政策措施,建立与国民经济发展要求相适宜的再生资源回收体系。

(一)加快法规和标准建设

再生资源回收管理涉及多个部门,行业管理基础较差,经营秩序混乱,迫切需要出台一部调控力度较强的行政法规,以加强行业管理。

应借鉴发达国家的经验,着手制定绿色消费、资源循环再生利用等方面的法律法规;建立健全各类再生资源回收制度,明确工业废弃物和产品包装物由生产企业负责回收,建筑废弃物由建设和施工单位负责回收,生活垃圾由政府负责回收,排放垃圾的居民和单位适当缴纳费用;制定充分利用再生资源的鼓励政策,在税收和投资等环节对再生资源回收采取激励措施。

（二）加强国际交流与合作

一方面,要引进并吸收国外新工艺、新技术、新设备,促进我国再生资源回收企业的技术进步,提高资源利用率;另一方面,制定相关优惠措施,加大招商引资的力度,积极引导外商向再生资源行业投资,鼓励外商到中国投资建立再生资源加工处理中心。

与此同时,要与世界发达国家或地区的再生资源协会建立广泛联系,吸取他们在工业化过程中处理经济发展与资源、环境问题的经验教训,借鉴其对再生资源行业的管理措施和相关政策,提高整个行业的技术水平和管理水平。

（三）给予再生资源回收行业政策扶持

目前国家对再生资源回收企业免征增值税的政策只能维持企业的生存,不能解决行业的发展问题。应制定有效的措施,在财政体制和投资体制改革的过程中,研究加大公共财政对再生资源回收利用的支持力度,并在信贷等方面给予必要支持,对经济效益差、但社会效益显著的不易回收的再生资源,国家在政策上鼓励企业回收和利用,包括支持一些经营好、符合上市条件的物资回收企业上市,为企业直接融资创造条件;对再生资源回收加工处理中心、再生资源信息网络等方面的示范项目,优先安排技改投资并给予财政贴息,缓解开发的资金压力。

 小贴士

香港环保署与香港餐饮业协会和现代管理专业协会 2008 首次推出了"月光宝盒回收计划",市民可于 9 月 12 日至 14 日及 20 日至 21 日上午 11 时至晚上 8 时,把干净的纸质及铁质月饼盒交到全港 14 个大型商场的回收站,同时可换领一张食肆优惠券,凭券于 9 月 30 日或之前到指定食品店消费可获 9 折优惠或领取免费甜品等。

香港环保署助理署长邓建辉表示,香港每年大约有 300 万个铁质月饼盒被运往堆填区弃置,总重量达 750t,仅堆填费每年就要花掉 60 万港元。根据"月光宝盒回收计划",回收后的铁盒将被压成废铁,然后运往中国内地、中国台湾、韩国,炼制成含铁金属原料。该计划的目的是提高市民的废物循环再利用意识。

"月光宝盒回收计划"只是环保署与餐饮界携手推行的伙伴计划中的一项,减少废物是 2008 年的主题。其实,除了月饼盒,环保署近年来与不同业界联手回收过多种废品,包括废纸、废金属、废电池、塑料瓶子、塑料袋等。

（四）规范再生资源回收加工网络体系

再生资源回收行业是具有社会公益性质的行业,随着社会的不断进步和发展愈趋重要,应当作为特殊行业来管理,并纳入国民经济发展纲要、城市建设整体规划和城市商业网点规划,按照方便、卫生、规范、有序和可持续发展的原则,建立城市回收网络体系,包括:社区回收站点设立;集回收、分拣、市场交易为一体的再生资源加工交易市场;综合利用加工网络建设；从根本上解决再生资源回收企业环境卫生差、城市综合管理难的问题。

（五）加强宣传教育

要加大对再生资源回收、利用重要性的宣传力度，将有关再生资源回收利用的知识列入中、小学教育课本，让循环经济在下一代的思想中根深蒂固；在大中专院校设立再生资源专业教程，培养专业技术人才；加强对从业人员的培训，提高从业人员的素质；通过举办各种形式的宣传教育活动，提高全社会节约资源，保护环境的意识，使全社会都来理解、支持和自觉参与再生资源回收利用事业。

 小贴士

可降解新型塑料：目前国际上流行的"可降解新型塑料"具有废弃后自行分解消失、不污染环境的优良品质。德国发明了一种由淀粉做的、遇到流质不溶化的包装杯，可以盛装奶制品，这项发明为德国节省了 40 亿只塑料瓶，其废弃后也容易分解掉。

美国研究出一种以淀粉和合成纤维为原料的塑料袋，它可在大自然中分解成水和二氧化碳。荷兰和意大利等国已立法规定某些塑料包装材料必须采用可降解塑料，有害环境的包装一律不得投放市场。

纸：由于纸制品包装使用后可再次回收利用，少量废弃物在大自然环境中可以自然分解，对自然环境没有不利影响，所以世界公认纸、纸板及纸制品是绿色产品，符合环境保护的要求，对治理由于塑料造成的白色污染能起到积极的替代作用。

目前，国内外正在研究和开发的纸包装材料有：纸包装薄膜、一次性纸制品容器、利用自然资源开发的纸包装材料、可食性纸制品等。

玻璃：如果不含有金属、陶瓷等其他物质，玻璃几乎可以全部回收利用，某一颜色的玻璃中其他颜色玻璃碎片的含量有最大限值：

（1）绿色玻璃中其他颜色玻璃的最大含量不超过 15%。

（2）白色玻璃中其他颜色玻璃的最大含量不超过 3%，其中棕色玻璃的最大含量不超过 2%，绿色玻璃的最大含量不超过 1%。

（3）棕色玻璃中其他颜色玻璃的最大含量不超过 8%。

为此，必须加强不同颜色玻璃的分类收集，在一些发达国家，白色玻璃和彩色玻璃分别用不同的容器收集。由于玻璃包装具有可视性强、易于回收复用的优点，它已成为饮料等产品传统包装的主要容器。

竹：竹包装具有无毒、无污染、易回收等特点。竹包装是指竹胶板箱、丝捆竹板箱等。中国是世界上木材缺乏的国家，但中国的竹林总面积和竹资源蓄积量分别居世界首位和第二位。中国具有浓郁传统文化气息的竹包装已受到欧美及日本等国的青睐。

第三节　再生资源回收物流的业务处理及发展方向

一、再生资源回收物流技术流程

再生资源回收的目的是将其经过修复、处理、加工后再次反复使用。因此,研究再生资源复用的技术是回收物流的基础和前提。

一般来说,再生资源回收物流技术可以概括为以下几个方面。

1. 原厂复用技术流程

原厂产生再生资源→原厂回收→原厂分类→原厂复用。

采用原厂复用技术流程的典型例子有钢铁厂的废钢铁回收再利用。

2. 通用回收复用技术流程

通用化、标准化的同类再生资源→统一回收→按品种、规格、型号分类→达到复用标准后再进行通用化处理。

3. 外厂代用复用技术流程

本厂过时的、生产转户及规格不符合标准的再生资源→外厂统一回收→按降低规格、型号、等级分类或按代用品分类→外厂验收→外厂复用。

4. 加工改制复用技术流程

需改制的再生资源→统一回收→按规格、尺寸、品种分类→拼接→验收→复用。

5. 综合利用技术流程

工业生产的边角余料、废旧纸、木制包装容器→统一回收→综合利用技术→验收→复用。

6. 回炉复用技术流程

需回炉加工的再生资源→统一回收→由各专业生产厂家进行再生产性的工艺加工→重新制造原物品→验收→复用。

◆ **案例 2-1** ◆

自福特发明汽车生产的流水线以来,汽车产业的规模化经营已使世界上许多国家成为汽车消费大国,因此而带来的废轮胎的回收再利用问题也日益受到重视。

那么,废轮胎回收后主要干什么用呢? 在欧洲,废轮胎现在往往被用做修建公路的材料,就是把沥青跟轮胎熔化以后,加一定比例的橡胶作为路面,防止路滑。因为欧洲下雨非常多,用上述材料修建的路面不但防滑,而且由于使用的原材料是大量进口的废轮胎,因而价格也特别便宜。

资料来源：www.wendang365.cn

二、具有代表性的再生资源回收物流实践

(一) 钢铁材料循环分析

废钢铁是企业再生资源回收的重要组成部分。它是指失去原有使用价值的钢铁材料及其制品。废钢铁是生产建设产生的废料，但是它又是生产建设的重要原材料。

1. 钢铁材料的生产构成

钢铁材料最初的来源是自然界，随着钢产量不断提高，废钢代替了一部分铁矿石成为冶金原料。据统计，1994 年世界钢产量为 733Mt，其中约有 1/3 是以废钢铁作为原材料生产的(该比例与我国大体相同)。由自然界资源产生的钢铁材料占 2/3 左右。

2. 社会钢铁蓄积量的形成

钢铁厂的一部分产品直接作为成品投入使用，如钢铁教材、各种型钢组成的钢结构件(建筑、桥梁)；另一部分要通过机械加工，制成机器的零部件，组成用户所需要的产品。社会所拥有的钢铁材料及制品总量称为社会钢铁蓄积量，据统计，世界钢铁蓄积量超过10 亿吨，我国钢铁蓄积量超过 1 亿吨。

社会钢铁蓄积量是处于动态平衡状态的，每年有新的成分补充进来，又有不少钢铁制品或构件由于使用寿命的终结失去了使用价值而成为废钢铁，从而减少了社会钢铁蓄积量。

钢铁制品或构件的使用寿命差别极为悬殊，一些机器零件可能经过几个月甚至几天的使用就已失效，一些钢结构件的使用寿命可能长达数百年，通常取其平均值按 14 年计算，由此可以推算出每年全世界由社会蓄积量中产生 700t 左右的废钢铁，我国由于工业基础较差，折旧周期约为 20 年。

3. 废钢铁的平衡

废钢铁按其来源可以分为返回废钢、加工废钢和折旧废钢，所有的废钢产生地都会发生永久性的耗损，如粉尘散失或深埋于地下、海底的废钢等，此处的废钢铁的平衡是对可回收的废钢铁而言。

 小贴士

回收的废钢铁主要用做炼钢原料，在我国这部分所占的比例为 68%，其余部分不进入冶金生产循环而直接利用，如被加工成钢铁制品进入社会蓄积量，其中用于铸造或生产的铁合金约占 21%，用于农业和轻工业(制造农具及小五金)的约占 11%。

就某一地区和国家来说，如果废钢铁的产出和消耗不平衡，就要输入或输出废钢铁，以达到平衡。美国是主要的废钢输出国，而我国则为输入国，目前也有使用废钢代用品以减少废钢消耗量，从而达到供需平衡的目的。

4. 钢铁材料循环图

如图 2-4 所示,描述了钢铁材料的生产→加工→使用→废弃→再利用的完整循环过程。

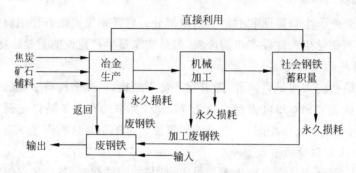

图 2-4　废钢铁的回收流程图

图中返回废钢铁的回收流程是最短的,有时炼钢炉旁产生的注余、汤道等废钢可以直接进入炉中重新加入冶炼过程,尽管从空间上来说这部分材料未离开车间,但是从概念上它们已属于被回收再利用的废钢铁,它们在本质上与经历很长时期和许多环节后才回到冶金过程的折旧废钢铁没有区别。

此外"直接利用"指的是不经冶炼过程,直接利用浇注、锻打、冲压、切削等方式制造成钢铁制品,使其重新获得使用价值而进入社会蓄积量中。"输入"和"输出"是由系统外输入和向其他系统输出,二者可以同时存在,也可能一方为零或双方均为零。

(二)以玻璃瓶为代表的回收物流系统

玻璃瓶作为可再生利用资源物流方式的特点是,有一个回送复用的运输系统,如图 2-5所示,依靠这个运输系统,可以将用毕的玻璃瓶再回运给生产企业,而不使之成为废弃物。这个回送复用的运输系统是配送运输的逆运输,在实践中,配送运输和回送复用运输两者构成了一个往返式的物流系统,一般将这种系统看成是一个完整的双向配送系统。

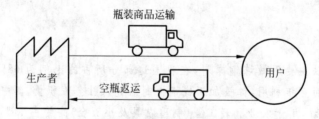

图 2-5　废玻璃瓶回送复用的物流系统示意图

双向配送系统的主要优点在于,回送复用运输并不专门安排运力,而是配送回程,不增加城市区域的物流密度。这种回运系统只适合汽车运输方式。如果返程是实载的火车、大型汽车等远程物流,返程只载空瓶则运力浪费很大,运费往往超过新瓶的价格,这种回送复用的物流系统便失去价值了。除了瓶子之外,采用这种方式的还有包装箱等。

（三）以废纸为代表的再生资源回收物流系统

废纸物料回收的物流系统特点在于,有一个收集废纸的废纸收集物流系统,这种收集系统是集货系统的一种,和上述两种物料回收不同,废纸需要收集、集中,才能批量提供给再生加工业,所以收集废纸的物流是这种物料回收物流的主体方式。

金属加工碎屑、不复用玻璃器皿、破旧废布等物料回收也采用这种物流方式。如图 2-6 所示,为废纸物料回收的物流系统示意图。

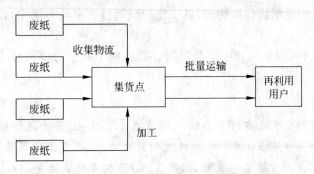

图 2-6　废纸物料回收的物流系统流程示意图

（四）以粉煤灰为代表的再生资源回收物流系统

粉煤灰回收的物流方式不是单一的,其中较有特殊性的一种方式是联产建筑材料的供应物流方式,这种物流方式所采用的物流手段主要是管道。

电厂排放的粉煤灰,如不采取联产建筑材料的供应物流方式,则只能排到山谷、河谷、坑塘之中,形成这种再生资源回收的人为堆积地,日后有可能取走复用,也有可能堆积不用,成了有疑义废弃物。而采用这一方式,电厂通过管道将粉煤灰直接输送供应给建筑材料生产企业,这种物料回收也成了建筑材料生产企业的主要原料。这个物流系统既是电厂的排放系统也是建材厂的供应系统。

此外,化工石膏、冶金矿渣等也采取这种物流方式。

（五）以碎玻璃为代表的原厂复用物流系统

玻璃厂中碎玻璃物流系统,如图 2-7 所示,是原厂复用,即无论哪道工序产生的碎玻璃,都可回运至配料端,由于其成分与本厂生产玻璃成分一致,无须再进行成分的化验和组成的计算,而按一定配料比例与混合料一起投入炉内重新炼制。

这种回收物流系统中所使用的物流设备大体有两种:一种是料斗与传送带配合,各工序碎玻璃扔于料斗中,通过料斗漏置于传送带上,再由传送带直送投料处的废玻璃堆

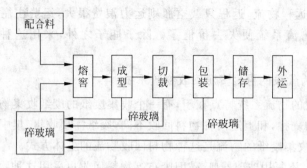

图 2-7　碎玻璃原厂复用物流系统流程示意图

场；另一种是采用作业车辆完成物流，各工序碎玻璃投入带斗车辆中，定期用车辆运至投料端待再熔化。

陶瓷工业的泥料，冶金工业中的金属屑、块，机械工业中的边角料等物料回收也采取这种物流方式。

◆ **案例 2-2** ◆

2001 年，我国 668 座城市所丢弃的垃圾多达 1.7 亿吨，而清运的垃圾却只有 1.4 亿吨，也就是说，每年至少有 3 000 万吨垃圾我们无法清运，在那里被随意地丢弃。3 000 万吨意味着如果用解放牌货运卡车来拉，需要 1 000 万辆车才能运走。而这 1 000 万辆解放卡车若一字排开，长达 10 万公里，中国高速公路的总里程也才不过 3.5 万公里。

在这被清运到垃圾场的 1.4 亿吨垃圾中，有一多半未能进行无害化处理，即 7 000 多万吨的垃圾在露天堆放着，向天空散发着臭气，向地下渗透着污浊，日甚一日地、严重地恶化着我们的生活环境。

由于天然气、煤气以及生活用电的大面积推广，在城市垃圾中，几乎占到一半以上的炉灰煤渣已悄然引退，而大量的有机物质比例迅速增加，如包装物品、一次性木筷、塑料制品、菜根菜皮、一次性饭盒、玻璃制品、废旧铁器、橡胶制品……仔细分类就会明白，这些东西都不是废品，都是可利用的可再生资源，只是我们未能将它们加以认真地开发利用而已。

据业内专家分析，在城市垃圾的比例中，塑料占到了 8%～9%，玻璃占到了 4%～5%，纸张占到了 2%～3%，而树叶、蔬菜根皮、瓜果皮核等有机物，所占比重高达 20%～25%，这可以直接转化为绿色肥料，卖给城市绿色农业生产业。这都是丢弃在垃圾中的财富。

如果将其中的有机可燃物质加以燃烧，一吨城市垃圾其热能相当于半吨煤炭。垃圾发电、垃圾处理的资源化，早已不是纸上谈兵。在国外许多国家，已经成为新的投资热点。在中国也已渐成新兴产业。

资料来源：www.smth.edu.cn

三、再生资源回收物流的发展方向

（一）制定更加合理的再生资源回收物流的组织方法

根据经济技术发展的要求,应制定出更加合理的再生资源回收物流的组织方法。

同产品物流相比,再生资源回收物流具有分散性、缓慢性、混杂性等特点,如何组织好再生资源的回收物流是摆在物料管理工作者面前的一项重要任务,相应的组织方法如下。

1. 编制再生资源回收计划

编制计划时要突出重点,抓住一般,先考虑对国民经济有重要影响作用的紧缺资源的回收项目,同时考虑生产、技术、经济方面的可能性。

2. 建立健全再生资源回收管理机构

再生资源回收管理机构是完成再生资源回收任务的组织形式,应本着精简统一的原则,建立健全从中央到地方,从地方到企业的物料回收网。

3. 制定再生资源回收的技术经济政策

如制定再生资源的价格政策,鼓励再生资源回收的政策,开发再生资源的政策,确定再生资源的合理流向政策等。这些政策是开展再生资源回收利用的重要依据。

（二）发展再生资源的第三方物流

再生资源回收物流工作的混杂性、分散性决定着第三方物流的发展。

 小贴士

所谓第三方物流是指由买卖双方以外的第三方来承担物流业务这种模式,最初诞生在美国,后来已传送到了世界各国。

利用第三方物流主要有以下两点好处。

首先,利用第三方物流在了解市场、了解价格、了解制度和政策方面,可以发挥信息优势。

其次,第三方物流可以实行物流领域的专业化运作。实行专业化物料的回收、收集,运输规模化管理,可以大大降低物流成本。

在1996年日本内阁阁僚会议上通过的"经济结构的变革和创新计划"中,第三方物流被定义为:由买卖双方以外的第三者按照货主的要求受托完成相关的物流业务。

不少企业将物流业务外包给第三方物流企业,力图提高物流效率和降低物流成本。此外,一些企业为了专心于具有核心竞争力的业务,将物料回收业务外包,这样,今后第三方物流企业将成为企业物流业务外包的主要承担者。

第三方物流与以前的外部委托的主要不同点在于:第三方物流不仅承担运输和保管

职能,而且还要承担仓储、流通加工、库存管理、分拣拆卸、降低成本等职能,使得第三方物流成为专门从再生资源的回收至集中运输至制造商(或生产商)的物料循环的重要组成部分之一。

第三方物流企业一般可分为资产型和无资产型两种。资产型是指拥有仓库、运输工具、物流网点等资产的第三方物流企业。无资产型是指不拥有上述资产的第三方物流企业,这类企业只是通过与运输业者、仓库业者等的协作来开展业务活动。一方面为运输、仓储等企业寻找货源;另一方面,也为各种不同类型的货主介绍能够承担物流业务的企业。

目前第三方物流企业主要是资产型的。但是,资产型的企业往往是在本公司现有资产的基础上构筑其物流系统,很难达到专业化的优化服务,比如说目前在日本,大型卡车运输企业、物流子公司、大型商社的物流部门等都在承担第三方再生资源回收业务,但是,其中一些企业并不能彻底根除以前的经营思想,只能承担部分物流业务,只是形式上的第三方物流企业而已。

今后,对第三方物流企业的期待是:不仅要满足业务需求,而且要改善管理,只有货主的物流部门完全外部化,才能实现真正的第三方物流。发展到后来,无资产型第三方物流又将会成为主要的第三方物流。

(三) 促进共同物流

再生资源回收物流由于面广、量大,且成为一个企业普遍的业务,因此,发展到将来将会促进共同物流的发展。

1. 物流共同化

为了达到降低成本,提高效率,保护环境的目的,不少企业从经济性和社会性的观点出发,正在追求物流共同化。

 小贴士

所谓物流共同化,是指不同企业之间合作,共同完成各自的物流职能的系统。

在交通拥挤日益加剧的城市中心地区,协同组合作为一个组织,正在组织实施共同配送。通过供货代理、零担运输、集中收集检测及收集信息的集中管理等方式使物流业务共同化,借此减少卡车的数量以及减少卡车在马路上的行驶。

目前,在不同业种和少数同业种企业之间实施了物流共同化,引人注目,如图 2-8 所示。

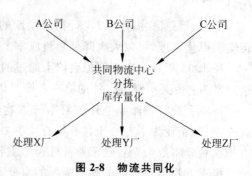

图 2-8 物流共同化

在共同物流企业中,卡车运输企业等也构成了共同配送的系统,最近一些大型的制造商也加入到共同物流中来。

2. 再生资源回收物流体系的架构

从流通的角度看物流活动,传统物流是两级物流架构。一级制造商的物流过程是从原材料流通到产品形成的过程;二级代理商的物流过程是产品通过一系列物流活动销售到顾客的价值实现过程。在这种传统的物流架构下,因为层级过多,以及信息的流通不能得到即时的共享,不能克服牛鞭效应带来的影响,造成传统物流活动在对于无效活动上的效率化浪费甚多。

所以,类似于传统销售模式带来的物流成本的增加,最好的方法不是仅仅借助于物流技术,解决方法应该是改变现有的物流架构为供应链物流架构,在供应链一体化的前提下来考虑如何有效利用先进的物流技术构筑供应链物流架构。

3. 建构供应链再生资源回收物流管理架构

物流架构的改善将使物流技术的应用更为有效,供应链物流以用户满意度最大化为目标,以供应链一体化为基础,充分即时地共享信息,通过即时快速的响应市场需求来减少不必要的物流活动,降低库存,从而降低成本,实现用户的价值应对。

供应链物流管理架构有三个要点:基于原材料供应商、生产商、销售商和顾客的供应链体系;信息的即时共享;生产对需求的快速有效响应。

供应链物流体系是其组织架构,在这个组织架构的基础上利用 IT 技术实现供应链成员之间的信息共享,并最终实现通过灵敏度生产、运输以及库存而带来的有效物流活动效率化,从而给整个供应链组织成员带来收益。

供应链物流架构的建构,主要应解决供应链成员的选择以及利益分配问题。对于核心企业,选择合适的供应链成员非常关键,关系到最终的价值实现问题,或者说关系到能不能为终端提供有价值认可的产品。产品的价值实现涉及许多方面,包括原材料的选择,加工以及加工能力,质量水平的高低,实现质量水平的能力,产品代理商(如果是非核心成员)的市场能力以及其信息消化的能力等。供应链是一个整体,任何一个环节或者说成员的选择不当,就会影响到整个供应链的竞争能力。

对于利益的具体分配,关系到成员之间的契约,供应链的成立并非是口头的承诺,应该是在法律基础上的义务和责任风险的共同承担。在供应链体系基本架构确定以后,对于成员之间的信息共享需要做一再造工程,这是整个供应链对于市场变化能够灵敏反应的需要,也是供应链能够做到高效的有力保障。

对核心企业而言,如何充分有效地和成员之间进行信息共享,是其战略管理的重要部分,目前用的较多的技术是 EDI(Electronic Data Interchange,电子数据变换)技术,EDI的出现来自于企业界的共识——企业间交换数据的灵活性会带来效率的提升。对于供应链物流体系,这种信息的共享能克服多余的生产、不必要的移动以及无效的库存,从而为效率化活动的开展带来了基本的前提。

对于供应链物流体系,价值的最终实现,从供应链内部的角度看,是在供应链终端——顾客的交易中获得,从外部看,在与供应链物流体系的构建中获得了竞争者没有的能力。合二为一,就是供应链物流体系的作用能给顾客提供别的物流体系不能提供的超额价值,这来自于体系的成本节省和效率的提高,从而在整个供应链从原材料供应商到终端顾客都能分享这一效率所带来的成果,而这一成果是别的供应链体系不能带来的,从而给顾客带来等多的价值,这就是供应链物流体系的竞争力所在。

 小贴士

为了减少成本、降低库存和增加灵活性,完成对主供应链的再造,某大型家用电器生产厂用一个更大区域范围的结构化供应链代替原自发的供应链。因此,把几个国家原来自然形成分拨中心整合成一个中心库,这涉及所有国家的供应零售商。该厂考虑了两类从零售商到生产厂家的回收产品,第一类是商业回收,如过期的存货;第二类是客户投诉退货品的回流,如错误的送货或损坏的商品。

应该注意到,在本例中,回收产品流都跟物流系统中的错误有关。因此,应该努力避免产品回流,这是跟许多产品用旧引起的回收物流有所不同的地方。直到现在,上例中所有的产品回收都通过自然分拨中心运输。

对这些产品的处理,有三种处理方法可以选择,A级质量的产品回送到原商品库中,B级质量的产品在个体店里出售,其余的被粉碎或运回原生产厂。另外,产品分类和投诉原因调查是原分拨中心的责任。面临的问题是如何在新的供应链中整合对回收品的处理。

◆ **案例 2-3** ◆

见过这样的井盖、井座吗?

长期以来一直被人们废弃的粉煤灰和废旧塑料,经过我国科技人员开发利用,实现了废弃资源再生,"黑白垃圾"变宝。2003 年 12 月 10 日,由中国科学院长春应用化学研究所承担的中国科学院、上海浦东新区高新技术种子资金项目——"市政工程用粉煤灰和废旧塑料复合新材料高性能井盖、井座"在长春顺利通过验收。这一技术开拓了我国固体废弃资源再生的新途径,同时可带动相关产业的发展。

根据资料显示,2000 年我国废旧塑料约在 600 万吨以上,粉煤灰年产量达到1 亿 6 千万吨,造成十分严重的环境污染,严重地影响了人民的生活质量,制约了国民经济的发展,已成为世界性公害。这一问题已日益引起各国政府的广泛关注,相继投入了可观的人力物力去研究开发这种固体废弃物的再利用。

以粉煤灰与废旧塑料复合新材料制造的高性能井座、井盖具有以下特点：一是性能优良，抗压、抗弯、抗冲击能力高于其他同类产品，制品力学性能高；二是价格低廉，该产品原料的90%为火电厂排放的粉煤灰和废旧塑料，生产成本低，可部分取代钢材、水泥制品；三是净化环境，资源再生；四是美观、安全、不易丢失。

这种井座、井盖完全可取代传统的铸铁井盖、井座，它不仅克服了铸铁井盖、井座易腐蚀、稳定性差和易丢失的缺点，而且可节省大量钢铁资源，其社会效益与经济效益十分巨大。

思考：结合本章内容请分析以粉煤灰与废旧塑料复合新材料制造的高性能井座、井盖能否在我国生存及普及？为什么？

资料来源：www.wendang365.cn

本 章 小 结

近几年来，随着我国经济的快速发展和人民生活水平的提高，各种资源的消耗量越来越大，资源供给不足已成为我国可持续发展的重要制约因素。

本章从中铝把边角料"再生"变铝棒，实现循环经济出发，结合我国再生资源回收的现状，介绍了我国再生资源回收物流的种类及发展意义。立足于现状，探讨再生资源回收的发展方向。并重点介绍了几种重要的再生资源的回收实践，结合钢铁材料、玻璃瓶、废纸、粉煤灰以及碎玻璃等再生资源的回收利用，指出供应链物流、第三方物流、共同物流才是再生资源回收物流的研究及发展方向。

再生资源回收管理办法

第一章　总　　则

第一条　为促进再生资源回收，规范再生资源回收行业的发展，节约资源，保护环境，实现经济与社会可持续发展，根据《中华人民共和国清洁生产促进法》、《中华人民共和国固体废物污染环境防治法》等法律法规，制定本办法。

第二条　本办法所称再生资源，是指在社会生产和生活消费过程中产生的，已经失去原有全部或部分使用价值，经过回收、加工处理，能够使其重新获得使用价值的各种废弃物。

再生资源包括废旧金属、报废电子产品、报废机电设备及其零部件、废造纸原料（如废纸、废棉等）、废轻化工原料（如橡胶、塑料、农药包装物、动物杂骨、毛发等）、废玻璃等。

第三条 在中华人民共和国境内从事再生资源回收经营活动的企业和个体工商户（统称"再生资源回收经营者"）应当遵守本办法。

法律法规和规章对进口可用做原料的固体废物、危险废物、报废汽车的回收管理另有规定的，从其规定。

第四条 国家鼓励全社会各行各业和城乡居民积攒交售再生资源。

第五条 国家鼓励以环境无害化方式回收处理再生资源，鼓励开展有关再生资源回收处理的科学研究、技术开发和推广。

第二章 经营规则

第六条 从事再生资源回收经营活动，必须符合工商行政管理登记条件，领取营业执照后，方可从事经营活动。

第七条 从事再生资源回收经营活动，应当在取得营业执照后 30 日内，按属地管理原则，向登记注册地工商行政管理部门的同级商务主管部门或者其授权机构备案。

备案事项发生变更时，再生资源回收经营者应当自变更之日起 30 日内（属于工商登记事项的自工商登记变更之日起 30 日内）向商务主管部门办理变更手续。

第八条 回收生产性废旧金属的再生资源回收企业和回收非生产性废旧金属的再生资源回收经营者，除应当按照本办法第七条规定向商务主管部门备案外，还应当在取得营业执照后 15 日内，向所在地县级人民政府公安机关备案。

备案事项发生变更时，前款所列再生资源回收经营者应当自变更之日起 15 日内（属于工商登记事项的自工商登记变更之日起 15 日内）向县级人民政府公安机关办理变更手续。

第九条 生产企业应当通过与再生资源回收企业签订收购合同的方式交售生产性废旧金属。收购合同中应当约定所回收生产性废旧金属的名称、数量、规格，回收期次，结算方式等。

第十条 再生资源回收企业回收生产性废旧金属时，应当对物品的名称、数量、规格、新旧程度等如实进行登记。

出售人为单位的，应当查验出售单位开具的证明，并如实登记出售单位名称、经办人姓名、住址、身份证号码；出售人为个人的，应当如实登记出售人的姓名、住址、身份证号码。

登记资料保存期限不得少于两年。

第十一条 再生资源回收经营者在经营活动中发现有公安机关通报寻查的赃物或有赃物嫌疑的物品时，应当立即报告公安机关。

公安机关对再生资源回收经营者在经营活动中发现的赃物或有赃物嫌疑的物品应当依法予以扣押，并开列扣押清单。有赃物嫌疑的物品经查明不是赃物的，应当依法及时退还；经查明确属赃物的，依照国家有关规定处理。

第十二条　再生资源的收集、储存、运输、处理等全过程应当遵守相关国家污染防治标准、技术政策和技术规范。

第十三条　再生资源回收经营者从事旧货收购、销售、储存、运输等经营活动应当遵守旧货流通的有关规定。

第十四条　再生资源回收可以采取上门回收、流动回收、固定地点回收等方式。

再生资源回收经营者可以通过电话、互联网等形式与居民、企业建立信息互动，实现便民、快捷的回收服务。

第三章　监督管理

第十五条　商务主管部门是再生资源回收的行业主管部门，负责制定和实施再生资源回收产业政策、回收标准和回收行业发展规划。

发展改革部门负责研究提出促进再生资源发展的政策，组织实施再生资源利用新技术、新设备的推广应用和产业化示范。

公安机关负责再生资源回收的治安管理。

工商行政管理部门负责再生资源回收经营者的登记管理和再生资源交易市场内的监督管理。

环境保护行政管理部门负责对再生资源回收过程中环境污染的防治工作实施监督管理，依法对违反污染环境防治法律法规的行为进行处罚。

建设、城乡规划行政管理部门负责将再生资源回收网点纳入城市规划，依法对违反城市规划、建设管理有关法律法规的行为进行查处和清理整顿。

第十六条　商务部负责制定和实施全国范围内再生资源回收的产业政策、回收标准和回收行业发展规划。

县级以上商务主管部门负责制定和实施本行政区域内具体的行业发展规划和其他具体措施。

县级以上商务主管部门应当设置负责管理再生资源回收行业的机构，并配备相应人员。

第十七条　县级以上城市商务主管部门应当会同发展改革（经贸）、公安、工商、环保、建设、城乡规划等行政管理部门，按照统筹规划、合理布局的原则，根据本地经济发展水平、人口密度、环境和资源等具体情况，制定再生资源回收网点规划。

再生资源回收网点包括社区回收、中转、集散、加工处理等回收过程中再生资源停留的各类场所。

第十八条　跨行政区域转移再生资源进行储存、处置的，应当依照《中华人民共和国固体废物污染环境防治法》第二十三条的规定办理行政许可。

第十九条　再生资源回收行业协会是行业自律性组织，履行如下职责：

（一）反映企业的建议和要求，维护行业利益；

（二）制定并监督执行行业自律性规范；

（三）经法律法规授权或主管部门委托，进行行业统计、行业调查，发布行业信息；

（四）配合行业主管部门研究制定行业发展规划、产业政策和回收标准。

再生资源回收行业协会应当接受行业主管部门的业务指导。

第四章　罚　则

第二十条　未依法取得营业执照而擅自从事再生资源回收经营业务的，由工商行政管理部门依照《无照经营查处取缔办法》予以处罚。

凡超出工商行政管理部门核准的经营范围的，由工商行政管理部门按照有关规定予以处罚。

第二十一条　违反本办法第七条规定，由商务主管部门给予警告，责令其限期改正；逾期拒不改正的，可视情节轻重，对再生资源回收经营者处 500 元以上 2 000 元以下罚款，并可向社会公告。

第二十二条　违反本办法第八条规定，由县级人民政府公安机关给予警告，责令其限期改正；逾期拒不改正的，可视情节轻重，对再生资源回收经营者处 500 元以上 2 000 元以下罚款，并可向社会公告。

第二十三条　再生资源回收企业违反本办法第十条第一、二款规定，收购生产性废旧金属未如实进行登记的，由公安机关依据《废旧金属收购业治安管理办法》的有关规定予以处罚。

第二十四条　违反本办法第十条第三款规定的，由公安机关责令改正，并处 500 元以上 1 000 元以下罚款。

第二十五条　违反本办法第十一条规定，发现赃物或有赃物嫌疑的物品而未向公安机关报告的，由公安机关给予警告，处 500 元以上 1 000 元以下罚款；造成严重后果或屡教不改的，处以 1 000 元以上 5 000 元以下罚款。

第二十六条　有关行政管理部门工作人员严重失职、滥用职权、徇私舞弊、收受贿赂，侵害再生资源回收经营者合法权益的，有关主管部门应当视情节给予相应的行政处分；构成犯罪的，依法追究刑事责任。

第五章　附　则

第二十七条　本办法所称"生产性废旧金属"，是指用于建筑、铁路、通讯、电力、水利、油田、市政设施及其他生产领域，已失去原有全部或部分使用价值的金属材料和金属制品。

第二十八条　本办法由商务部、发展改革委、公安部、工商总局、环保总局、建设部负责解释。

　　各省、自治区、直辖市商务、发展改革(经贸)、公安、工商、环保、建设、城乡规划主管部门可依据本办法,根据当地经济发展客观实际,制定实施细则。

　　第二十九条　本办法自 2007 年 5 月 1 日起施行。

资料来源:www.gov.cn

复习思考题

　　请同学们进行社会调研,分析所在城市再生资源回收物流的发展现状,存在的问题有哪些?

第三章

废旧包装的回收物流

◆ **主要内容** ◆

　　本章在介绍废旧包装回收物流含义的基础上,介绍了进行废旧包装回收的意义;根据目前我国现状总结了我国废旧包装回收的渠道、方式和处置流程;最后在结合国外废旧包装先进经验的基础上,分析了我国废旧包装回收存在的主要问题,并针对问题指出了我国废旧包装物流的发展方向。

◆ **技能要求** ◆

　　1. 掌握废旧包装物流的含义,理解进行废旧包装回收的意义。

　　2. 掌握废旧包装回收的渠道、方式和处置流程。

　　3. 了解国外废旧包装回收物流的现状。

　　4. 了解我国废旧包装回收物流存在的问题,理解解决问题的基本方向。

◆ **引导案例** ◆

　　随着包装工业的迅速发展,产生了数量巨大的包装废弃物,对环境造成了严重的污染。大量的包装废弃物占据了本已紧张的土地资源并使农作物减产,据统计,我国每亩土地残留塑料制品 3.9kg,致使玉米减产 11％～12％,大麦减产 9％～10％,蔬菜减产 14.5％。同时,大量包装材料的循环利用率低,废弃物回收再生产率低,使我国的资源紧张状况愈加严峻。

包装废弃物对环境造成的严重污染引起了全社会的关注,在世界范围内掀起了一场以保护环境和节约能源为中心的绿色浪潮,世界许多国家的包装界开展对包装废弃物的污染治理,并加大了对废旧包装的回收利用,这对于节约能源、环境保护都大有裨益。

2003 年,德国通过废弃包装循环利用节约了 641 亿兆焦耳的天然能,转化为电能计算,相当于同期德国风力发电量的三分之一。

另外,通过循环利用德国减少排放大约 132 万吨温室气体。据报道,德国自 1991 年的《包装条例》出台后,每年的包装消耗减少 140 万吨,仅经过个人消费者手上的销售包装,每年就减少大约 85 万吨。2003 年德国回收包装材料 599 万吨,人均 72.6kg。

第一节 废旧包装回收物流概述

一、废旧包装回收物流的概念

随着经济的快速发展以及人们对各方面产品需求量的日益增加,使得废旧包装物在生产和生活垃圾中所占的比例越来越大。有效地控制和利用废旧包装物,对于减少固体废弃物的产生,保护环境是十分必要的。

 小贴士

废旧包装包括运输包装和商业包装。

运输包装是指商品运输过程中使用的可循环再用的包装。如为保证运输物品的安全性和提高装卸搬运的效率,在运输的过程中经常使用的托盘、集装箱、货笼、木箱等。这些包装因其可循环多次使用,所以要通过回收物流系统来促进其循环使用。

商业包装主要是指为了商品的销售而进行的包装,这些包装经过回收后有的经过简单的加工后可循环再用,如酒瓶等玻璃瓶经过简单的清洁消毒后可循环使用,有些包装所使用的材料经过回收后可继续作为生产包装的原材料或者作为其他产品的原材料。这些商业包装的循环再用也要通过回收物流系统来实现。

二、实施废旧包装回收物流的意义

废旧包装的回收循环再用的价值因素体现在可以节约能源和资源,可以降低企业的生产和物流成本。

(一)节约大量资源

包装材料对资源的消耗数量巨大,企业如能回收利用旧包装,能为国家节省大量的资源。作为包装用材,不仅要严格控制,而且更应大力开展回收利用,才能合理利用有限的资源。

(二)节约大量能源

回收利用废旧包装物可以为国家节约能源。绝大多数包装材料的生产制造都需要消耗大量的能源。

◆ 案例 3-1 ◆

生产一个饮料容器所消耗的电能是:铝容器为 $3kW \cdot h$;玻璃容器为 $2.4kW \cdot h$;铁容器为 $0.7kW \cdot h$;纸板容器为 $0.18kW \cdot h$;塑料容器为 $0.11kW \cdot h$。

在英国等西欧国家 1kg 以上的玻璃瓶都已被塑料瓶罐代替。即便是这样,塑料等高分子材料的合成还要消耗大量的石油。如果能够使得大量的包装材料进行回收,就可以节约生产大量包装材料的能源。因此,企业回收复用废旧包装物,能为国家节约大量能源。

(三)降低生产成本

企业回收利用旧包装能解决企业的部分急需,并能降低生产成本。企业回收旧包装,经过加工整理,重新供企业使用,可以减少企业对包装材料的采购。而且回收利用旧包装比制造新包装用的时间短,常能解决企业生产的急需。

(四)有利于物流的进行

企业回收利用旧包装有利于物流的进行。产品包装作为保护功能在物流过程中是时刻不能缺少的。由于资源或成本过高使企业包装不足或供应不及时,就会影响到企业的物流活动。企业产品包装的回收利用,能及时解决产品的包装问题,保护产品的物流活动顺利进行。

第二节　废旧包装回收的业务处理

一、废旧包装回收渠道

企业生产的产品种类不同,所用包装种类繁多。包装随产品分散到全国各地、各行业及最终消费者手里,回收起来难度相当大。但就商品的流向来看,商品包装与商品的流向是一致的，即什么地方有商品，什么地方就会有腾空的包装可以回收，建立适当的废旧包装回收渠道，企业回收复用旧包装的潜力还是相当大的。

具体来说，企业废旧包装的回收渠道主要有以下几个方面。

（一）商业部门

商业部门主要尽享生活资料商品，是企业废旧包装回收的主要渠道，如各级百货商店、纺织品公司、五金交电公司、副食品公司及零售商店等，都有较大的废旧包装回收潜力；医药、中药材、医疗器械等也有大量的商品包装可供回收；各种粮油的专用包装、进口商品的各种包装都可以回收利用。

商业部门不仅可以回收本系统经销商品的废旧包装，还可以回收消费者手中的其他废旧包装，如厂矿企业购进原材料及劳保用品的包装；医疗单位的药品、医疗器械的包装；机关和科研单位的文化用品包装；甚至流散在消费者手中的能回收复用的旧包装，如啤酒瓶等。

（二）生产资料产品销售部门

这些部门主要是经营各级生产资料的机电设备公司、化工材料公司、建筑材料公司、交通配件公司等，这些生产资料产品销售部门大都会产生废旧物品，其中相当一部分是专用包装物，如平板玻璃木箱、化工原材料铁桶、电缆盘等。

（三）社会废旧回收公司或回收队伍

利用社会废旧回收公司或回收队伍，可以回收那些专业回收单位或综合回收机构不予回收的旧包装。如各种杂乱玻璃瓶、塑料瓶和其他棉、麻、金属制品包装等。

（四）企业废旧包装回收渠道

（1）由企业设立专门的回收门市部，在固定的地点、时间专门回收各种产品包装。

（2）由企业采取上门回收方式，企业定期定点或预约时间到交回包装的单位或用户处上门回收包装，如回收牛奶瓶等。

（3）由企业在产品销售部门设立回收包装柜台，产品销售部门在出售商品时，要求消费者交回已购买使用过的旧包装，以押金的形式相约束，如用空瓶换啤酒、酱油、醋等回收旧包装。

（4）企业与消费者、使用单位对口交接，由产品销售部门或使用部门直接负责回收产品包装，交给生产企业重新使用，中间不经过旧包装回收单位，这对于一些专用包装，如平板玻璃木箱、电缆盘、周转包装等都可以采用此渠道。

二、废旧包装回收的方法

根据各地区、各部门的具体情况，可以采取以下不同方法回收废旧包装。

（一）门市回收

门市回收即包装经营单位设立回收门市部进行回收。

（二）上门回收

上门回收即包装经营单位定时定点到各交回单位进行回收。

（三）流动回收

流动回收即包装经营单位不定期到各个地段进行回收。

（四）委托回收

委托回收即包装经营单位委托其他单位或个人进行代收。

（五）柜台回收

柜台回收即零售、批发商场（店）在出售商品时折价向顾客回收。

（六）对口回收

对口回收即大宗专用包装由进货单位或用户直接把包装交回经营单位或生产厂家。常在城镇居民区、街道、工厂、学校、机关、部队、医院、群众团体、写字楼、公园、剧院、车站、码头等公共场所设置不同型号、不同种类的"生态箱"、"生态桶"或"生态袋"，由专门的回收单位负责按纸、木、金属容器、玻璃、塑料分类进行定时、定点、定专人回收。

（七）周转回收

周转回收即各生产厂家、商品经营部门内部使用的包装周转箱（桶）、托盘等，采取一定的制度或经济手段组织定向周转回收。

（八）押金回收

押金回收即凡应回收的包装资源，各商品经营单位在出售商品时，可采取收取押金的方式，保障如数回收。

（九）奖励回收

奖励回收即各单位、各部门、各机关团体内部均可采取提成奖励的办法，奖励有效回收。

 小贴士

目前，美国对可再生利用物质的回收主要采取四种形式：路边回收桶、收集中心、回购中心以及有偿回收。现在美国已有越来越多的产品全部或部分使用再生物质进行生产，如报纸、纸巾、铝、塑料、软饮料包装瓶、金属盒、塑料洗涤剂瓶等。

三、废旧包装的处置方法及流程

产品在运输和销售过程中使用的循环再用包装和一次性的包装经过回收系统回收后，通常采用以下流程进行处理，如图3-1所示。

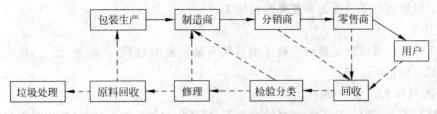

图 3-1 废旧包装的处置流程图

（一）包装的循环再用

对于供应链上的各个环节中使用的包装进行回收，检查包装的完好性，如包装完好可循环再用。可再用的方式包括以下方面。

1. 社会回收旧包装复用

社会回收的旧包装经过适当的修复加工，按一定的途径交给使用部门，如供给轻纺、化工等工业产品的包装，供给商业批发部门发运商品用包装，供给储运部门换拼、拼装分运商品所需要的包装。

2. 生产企业对回收旧包装的复用

生产企业对回收旧包装的复用主要有以下几个方面。

（1）原企业复用

原企业复用就是把回收的旧包装交给原生产企业复用，针对完整无缺或有破损但经简单整理便可重新复用的包装。

（2）同类企业通用

同类产品生产企业通用的包装是指某产品的包装在规格实现统一后，其包装可以在同类产品的各个生产企业中通用。在产品包装实现通用化和标准化以后，同类产品在各个生产企业产生的包装规格、型号相同，简化了包装规格种类数，便于同类产品企业间的回收复用。

（3）旧包装物的异厂代用

旧包装物的异厂代用是指对一些零散、过时及某些生产企业已不再使用的无销路的产品包装，通过试装、套装，将甲商品包装改送乙企业产品包装使用或用原来甲产品的包装来装乙产品。

（二）经修理后复用

如果包装经多次使用后易发生破损时，一定要通过修理然后再重新循环再用。

经修理后复用的过程一般分为挑选整理、修复和改制加工三个过程。

1. 挑选整理

企业对旧包装的挑选整理是对回收旧包装的初步加工。回收的旧包装品种繁多，又都混杂在一起，无法直接复用，只有通过对旧包装的挑选、分类、除杂、分割等一系列加工，才能对旧包装进行进一步的修复和改制加工。

2. 修复

企业对旧包装的修复是对完整无损或稍有破损的旧包装,经清洁、修补、拼配等加工便可将其再使用的过程。

3. 改制加工

改制加工是在原包装不能恢复的前提下,将回收的包装作为材料,重新制作包装的过程,改制的方法有以大改小、以小拼大、混合拼制。

(三)原材料回收

对于一些无法通过修补来继续发挥作用的包装和一些一次性的包装,就要对其进行原料的回收,然后此原料或用于包装的重新加工,或作为其他行业的原材料。

(四)垃圾处理

对于包装中不可回收的部分要采用合理无污染的方式进行无害化处理。

第三节　废旧包装回收的现状

一、我国废旧包装回收现状

目前我国包装工业总产值仅次于美国、日本,已经成为包装大国之一,与此同时,也产生了大量的包装废物,所造成的环境污染问题逐渐引起公众的关注。

 小贴士

包装废物所带来的环境污染仅次于水质污染、海洋湖泊污染和空气污染,已处于第四位。

为保护生态环境、充分利用资源,世界各国除遵循绿色包装的原则开展深入的研究和开发外,还在包装废弃物的处理和综合利用技术与设备的研究方面取得了较大的进展,西方一些发达国家的包装废弃物回收利用率都较高,我国包装废弃物的回收工作在国家和地方政府主管部门有关政策和法规的指导下取得了较大进步,但总体形势仍不容乐观。

国家主管部门在"九五"末期对发展绿色包装提出了一些具体目标:包装制品废弃物总回收利用率达到43%。其中,纸包装回收利用率达到40%,塑料包装达到20%。玻璃包装达到50%,金属包装达到60%。根据这个目标,我国在包装废弃物的处理和综合利用技术与设备方面、包装废弃物的处理方式方面进行了全新的改革。但是其中还存在着大量的问题,主要表现在以下几个方面。

（一）回收渠道混乱

目前我国物资回收系统还处于由以行政行为为依托，向以市场行为为依托的转换过渡期。商业、轻工、街道、民政和供销等部门以及各类物质的专业协会都有从事回收工作的机构或部门，但既没有统一的回收系统和组织，也没有统一的管理与技术标准来对上述回收行为进行约束。

大部分价值相对较高、易于回收的包装废物，通常的回收途径是通过社区内的废旧物资回收点（固定的或流动的），集中到废旧物资回收公司，再分散到包装废物的利用企业。其中，纸和玻璃的回收还可以，塑料、金属容器的回收利用较差。

（二）垃圾分类水平较低，不利于低价值包装废物的回收

对包装废物回收渠道的调查表明，我国城市生活垃圾的分类工作严重滞后。现有自发的民间回收体系不具有专业化分拣、清洗等处理手段，各种包装废物和其他垃圾混合在一起，只能填埋或焚烧，难以再利用，大大降低了资源的再利用率。

包装废弃物的分类完全靠手工分拣，达不到准确的分类，使后期的处理难以进行，即便处理也只能获得很原始和粗陋的产品。而且，由于没有专用的分类的废弃物回收箱，废弃物的回收过程不仅繁复，而且废弃物普遍被再次污染。例如，我国聚酯（PET）处理加工企业选择进口国外废弃 PET 瓶，而不采用国内的废弃 PET 瓶。

（三）包装废物利用企业生产规范化程度低

目前我国利用回收包装废物的企业主要是技术、设备都不够先进的小型个体企业（造纸厂、铝厂、塑料造粒及加工厂等）。通过对这些企业的考察，发现普遍存在物资利用率很低、浪费资源和能源、二次污染情况严重等现象。另外，相对规范的企业却因为无法从正规回收渠道获得生产所需的原材料即包装废物而难以为继。

（四）缺乏相关的宣传、教育工作

由于过去对包装废物的污染认识不足，缺乏相关的宣传、教育工作，公众甚至不知道有些类型的包装废物，如饮料的纸塑复合包装也可以进行回收利用。近年来，虽然各种媒体对包装废物的回收利用开始有所关注，但企业和公众的认识仍有待进一步提高。

（五）我国包装废弃物回收处理的立法不够完善

从 20 世纪 80 年代到现在，我国环保、劳动、外贸、商检、保险及包装材料和容器的科研生产、运输储存、流通使用等各个有关部门一直致力于包装废弃物的处理与利用工作，但仍没有适合中国国情的包装废弃物处理法律、法规。

在包装废弃物的回收和处理方面的立法比较薄弱，现有法律中对此涉及的《中华人民共和国固体废弃物污染防治法》规定产品生产者应当采取易回收、处理、处置或在环境中易消纳的产品包装物，并要求按国家规定回收、再生和利用。但是，在该法的实施过程中至少存在两个问题。

（1）该法没有规定"易回收处理、处置或在环境中易消纳的产品包装物"的具体标准，也没有明确按哪项"国家规定"回收、再生和利用。

（2）从客观环境来看，该法各项规定得以实施的条件尚不具备，包装废弃物如何回收，如何存放，如何处理的相应配套机构与设施还很不健全。因此，《中华人民共和国固体废弃物污染防治法》的实施在今后相当长时间内难度较大。

（六）国家环保机构之间缺乏沟通协调

国家环保机构主要由各级环保部门和城市环境卫生系统组成。环保"站在墙里"，主要负责生产企业，即污染源的综合处理，开发无污染工艺和技术；环卫"站在墙外"，负责居民生活、商场、医院的垃圾的清运处理。所以，环保和环卫部门之间没有有机的联系和协调。

近几年，环卫部门的研究成果表明，环卫系统对形成垃圾的产品结构提出了不少新的见解，但由于管理范围和职能，最终对企业生产的决策不产生影响。因此，有必要冲破国家的所有制，调整机构设置，加强环境监测、研究开发、清运等机构之间的沟通和合作。

二、国外废旧包装回收现状

（一）建立包装再生资源回收利用体系

产品包装伴随着产品进入市场和消费领域后，产品包装废弃物就如同进入了茫茫大海，撕毁零落漂流，"居"无定所，"客死他乡"，造成严重的资源浪费和对环境的严重破坏。由于包装废弃物具有时间、地点分散性与品种多样性，给包装废弃物的回收再生利用带来很大的困难，建立全社会参与的包装物循环经济回收利用体系，成为包装产业循环经济发展的关键。

1. 德国的废旧包装回收体系

在德国，超市的肉、蛋、奶以及水果、蔬菜等绝大部分日常食品都有包装。几天下来，一般居民家里的复合纸盒、塑料盒、饮料瓶、易拉罐等废弃包装就堆成了小山。有统计显示，德国一般家庭中废弃包装与生活垃圾的体积比高达9∶1。然而与生活垃圾不同的是，这些废弃包装并不会直接进垃圾处理厂焚烧或择地填埋，而是通过各种流程，变废为宝，循环再利用。

德国于1991年开始实施《包装条例》，该条例首次对废弃包装的回收、重新利用及利用比率作了相关规定。依据这一法律，德国成立了一个名为"德国二元体系"的公司性质的管理机构，负责管理消费者手中的垃圾的回收利用。

 小贴士

欧洲的"绿点"标识是世界上第一个有关"绿色包装"的环保标识。它于1975年问世，双色箭头表示产品包装是绿色的，可以回收使用，符合生态平衡、环境保护的要求。

任何商品，只要包装上印有这种"绿点"标识，就表明其生产企业为将来自己产品废弃包装的回收处理交了费，参与了所谓的"商品包装再循环计划"。

"德国二元体系"负责处理所有印有"绿点"标识的废弃包装品。但该机构本身并没有垃圾分类、处理设备，而是与包装垃圾分拣处理公司签订合同，由它们负责清理和分拣。"德国二元体系"目前有大约 1.8 万家客户，包括饮料厂商、包装生产商、贸易公司和进口商等，下游有大约 400 家负责废弃包装处理的合作伙伴。德国还有很多类似的机构，但规模要小得多。此外，也有少数连锁店等商家自己解决产品包装的回收处理。

废弃包装品的回收利用依赖社会各环节的合作。为此，德国推行了严格的生活垃圾分类制度。废弃包装品中，纸制包装投入专门用于投放废旧报纸、杂志的蓝色垃圾桶；玻璃瓶罐按颜色不同分别投入不同的垃圾桶内；而铝、白铁皮、塑料等轻型包装材料需投入黄色垃圾桶。生活垃圾则投入褐色垃圾桶，由环卫部门直接焚烧处理。各种包装材料一般都经过分拣，然后进入不同的工业部门回收利用。

2. 瑞典的废旧包装回收体系

在瑞典生产包装的企业同时要负责包装的回收，正是这种包装回收的"生产者责任制"让废弃包装在瑞典实现了最大限度的循环利用。

 小贴士

1994 年，瑞典议会正式确立废弃物循环利用的"生产者责任制"，其战略目标是要建设一个"把今天的废弃物变成某种可利用新资源"的循环社会。

瑞典的法律规定，所有生产、进口包装和包装产品的企业，以及销售包装产品的企业都有对包装进行回收利用的义务。

由于绝大多数企业自身没有能力在全国范围内建立回收系统，瑞典工商界各行业协会和一些大包装公司经过协调，在 1994 年成立了 4 家专门的包装回收公司，以帮助企业履行"生产者责任制"所规定的义务。

瑞典纸和纸板回收公司、塑料循环公司、波纹纸板回收公司和金属循环公司应运而生，加上早先成立的瑞典玻璃回收公司——华光精工，五大公司承担了瑞典全国包装材料回收再利用的工作。除瑞典玻璃回收公司外，其余 4 家公司还共同组建了 REPA 公司作为其业务的服务机构。企业通过加入 REPA 并交纳回收费，可以让 REPA 代为其履行"生产者责任制"所规定的义务。

值得一提的是，瑞典五大回收公司都不以赢利为目标，会员企业交纳的回收费和回收包装再利用的销售所得被用于在全国建立和维持一个完善的分类回收体系，以及开展包装回收知识宣传等活动。

通过 REPA 履行"生产者责任制"所规定义务的企业成为会员,首先须按营业额交纳 400 克朗(1 美元约合 7 克朗)或 1 500 克朗的 REPA 入会费以及 500 克朗的年费,然后根据自己的包装类型和数量交纳回收费。为不给中小企业增添负担,年营业额在 50 万克朗以下的小企业可免交回收费。

加入 REPA 的企业可在包装上使用"绿点"标识,这种标志也为欧洲其他实行"包装回收费"制度的国家所采用。这样,无论是消费者还是产品链中的销售商都可一目了然地知道某个包装是否进入了循环利用体系。不加入 REPA 的企业也可向瑞典国家环保总局单独申报"绿点"标识。目前,瑞典仅有沃尔沃、麦当劳等少数大企业不是 REPA 会员。

自推行"生产者责任制"以来,瑞典在包装的回收利用方面取得了显著的效果。在 1994 年刚实行"生产者责任制"时,被回收再利用的包装仅为 25 万吨。而据瑞典国家环保总局最新的评估报告,2002 年对各类包装材料的平均回收利用率达到了 65%,超过了 66 万吨。这意味着色彩管理,大量原先被焚烧和填埋的废弃包装现在正被重复利用。这样做的结果是,环境负担减轻了,能源消耗也少了。

此外,"生产者责任制"的实行还促进了一批新型废弃包装回收利用企业的诞生。现在,瑞典每年甚至需要进口约 14.5 万吨的包装垃圾才能满足这些企业的生产需求。

3. 日本的废旧包装回收体系

日本政府在 1995 年就制定了《包装容器回收再利用法案》,明确规定生产厂家和消费者有义务将各种包装废弃物回收,进行循环利用。为此,日本还设定了社团法人"日本容器包装物回收利用协会",指导消费者积极配合包装废弃物的回收利用。

4. 欧盟对废旧包装的回收问题定下严格规定

欧盟对包装的定义和种类进行了详细的界定。所谓"包装"是指"一切用来盛装、保护、掌握、运送及展现货品的消耗性资源",包括糖果盒、塑料袋、直接与商品系在一起的标签等。

欧盟的指令要求各成员国必须根据本国的具体情况,建立相应的包装品管理体系,以提高包装品的回收和再利用率。为此欧盟规定了明确的目标,要求各成员国分阶段实现。欧盟规定,各成员国包装废弃物的回收率在 2001 年前至少达到 50%,至 2008 年年底前提高到至少 55%。

🗃 **小贴士**

欧盟还对不同包装材料的再生利用率提出了不同要求:玻璃制品为 60%,纸质品为 60%,金属材料为 50%,塑料制品为 22.5%,木质品为 15%。

由于各成员国积极响应,欧盟有关包装物的立法得到了很好的落实。比利时和丹麦等国制定了一种生态税,规定凡用纸包装的和使用回收复用包装的可以免税,其他材料的包装则须缴税金。

目前,欧盟所售软饮料、矿泉水和葡萄酒的包装物已经有三分之一实现了再利用。总的来说,由于欧洲各国经济发展程度较高,厂家和消费者的环保意识强烈,各成员国已经实现了欧盟制定的 2001 年包装物的回收和再生利用目标,有些成员国甚至提前实现了 2008 年的目标。

（二）推行绿色包装

近些年来,与日俱增的包装垃圾给环境保护带来了相当大的压力。据统计,20 世纪 90 年代城市固体垃圾废弃物排放量日益增加。1995 年美国达 1.5 亿吨,其中包装废弃物占城市废弃物体积的 50%,重量的 33%,已成为各国政府颇感头痛的问题。一些发达国家迫于资源危机和防治污染的双重压力,纷纷开发"绿色包装"。

绿色包装制度就是要求包装材料要节约资源、减少废弃物,用后易于回收再用或再生,或易于自然分解、不污染环境、保护环境资源和消费者健康的包装。也就是说,包装制品从原材料选择、材料加工、产品制造与使用、废弃物的回收再生,直到最终处理的整个运行过程均应不对人体及环境造成公害。发达国家就此提出了"4R1D"原则。

（1）实行减量化（Reduce）：在满足包装的保护、方便、销售等各项功能条件下,尽量减少包装材料的使用。

（2）可重复使用（Reuse）：包装在完成某项使用功能后,经过适当处理,能够重复使用。

（3）能回收再生（Recycle）：通过生产再生制品、焚烧利用热能、堆肥化改善土壤等措施,达到再利用的目的。

（4）能再装罐使用（Refill）：罐、瓶等包装物在回收之后,可以再装罐使用。

（5）可降解（Degradable）：包装废弃物可以分解,不产生环境污染,进而达到改善土壤的目的。在此基础上,随着科学的进步,绿色包装可能会有更多的内涵。

根据这一制度原则,近几十年来,发达国家相继采取措施,制定了含有环保措施的关于包装的法律、法规和技术标准。许多国家都建立了各种专业组织评定包装材料,实施绿点计划,加强对包装回收利用的实施和管理。

例如,法国拥有两三千名专家组成的全国性包装研究所；德国建立专门实验室,按 ISO 有关标准评定现有的各种包装材料对环境的损害程度。

第四节　我国废旧包装回收物流的发展方向

包装承担着保护商品,便于储运,美化和宣传商品的作用,所以包装对商品是至关重要的。生产包装需要耗费大量能源和原材料。西方工业化国家很重视废旧包装的回收和利用工作,例如,德国马口铁回收率达 50%,瓦楞纸回收率更高达 95%,废纸回收率为 78%;近十年来废旧包装物回收为美国人创造了 40 亿美元财富。我国现阶段对商品废旧包装利用仍重视不够,回收技术落后、制度不健全使包装物回收复用率很低。

据了解,我国废包装纸回收率仅为 20%,塑料回收率为 30%,医药、罐头、化妆品等的包装几乎完全废弃,这对原材料资源人均占有率很低的我国是极不应当的。因此我国要充分重视对废旧包装的回收和再利用,要彻底解决这个问题,需要做好以下几个方面的工作。

一、消除"白色污染",发展"绿色包装"

中华民族历来具有清洁干净的传统美德。北京、上海等一批城市将建设成为国际大都市。但目前的"白色污染"与其极不相称。消除"白色污染",促进国民经济可持续发展,需要民众素质的普遍提高,法制建设的完善。从企业生产角度谈,需要发展"绿色包装",开发环保包装产品。当前,包装制品的回收利用作为环保产业的重要组成,将得到快速发展,另外,目前是发展纸包装制品的大好时机。

 小贴士

提起白色污染,可能没有人不认识它们,在我们日常生活中各种各样废弃的塑料袋、一次性餐盒和农用塑料大棚的薄膜都属于白色污染的范畴。但没有几个人能准确说出它的含义。

那么,究竟什么是白色污染呢?所谓白色污染,就是指由聚乙烯、聚苯乙烯等制成的塑料制品在用后被人丢弃而造成的环境污染。它们并不都是白色的,只是由于一次性塑料饭盒、塑料包装袋这些"典型"大多是白色,这才有了这么一个"美名"。

塑料包装制品给人们生活带来了方便,已经成为人们生活中不可缺少的日用品,在相对长的时期内是无法替代的。在市场经济的驱动下,我国的个体经济、民营经济已成为废旧塑料回收利用的主力军。当前废塑料的回收利用需要资金的投入、新技术的开发及国家政策的支持。合理利用废塑料制取高收益的产品是当前的研究开发课题。

原国家经济委员会等四部委局文件《关于进一步开发利用再生资源若干问题的通知》中,明确规定国家对再生资源事业实行优惠政策,鼓励企业"以废养废"。在新形势下,国家应在产业政策,优惠政策和开发再生利用技术方面加大力度,促进废塑料的再生利用,实现低成本,高效益与产业化。

纸包装制品已形成一套成熟的回收利用体系。珍惜当前有利时机,开发纸包装制品是发展趋势。纸浆模塑包装是其中大有可为的行业,西方国家纸浆模塑工业已有 80 多年的发展历史,而我国只是近十年才起步,将在缓冲包装等方面发挥重要作用。

二、减少废弃包装的数量

目前,我国年包装废弃物的数量在 1 600 万吨左右,且每年还在高速增长。除啤酒瓶和塑料周转箱的回收情况较好外,其他包装废弃物的回收率相当低,整个包装产品的回收率还不到包装产品总产量的 20%。由此引发了自然资源大量消耗、废弃物的处置、废弃物管理压力的增加及废弃物的环境影响等诸多方面问题。因此,需要采取一定的措施来减少废弃包装的数量。

(一)实现包装的多功能化

许多商品包装可以移作他用,就可以减少废弃包装的数量,如德国的一些商品外包装用过后经折叠可以改作货架,这样就减少了包装物的废弃,多功能的结构设计、材料选择及新材料的开发是首先应考虑的。

(二)替代产品的开发

易于回收处理或能自行分解的新包装材料是减少包装废弃物的有效途径,如植物性包装材料使用后能自行分解,减轻对环境的压力。

(三)可分解塑料

由于多种塑料在自然界很难自行分解,其废弃物造成严重环境污染,所以影响了塑料作为商品包装的前景,最近开发出的某些能在自然界自行分解的塑料,为其在商品包装上的应用带来了光明前景。

(四)限制"过分包装"

部分生产企业为了商品促销,往往在销售包装方面搞"过分包装",在我国当前发展经济时期不宜提倡。"过分包装"一则浪费资源、能源,影响环境保护;二则加重人民生活负担,不利国又不利民的举动应限制。

销售包装在限制"过分包装"的同时,完成商品传达和商品信息两个基本功能,销售包装将在功能包装材料和设计制版印刷计算机化方面不断发展。

三、加大废旧包装的回收利用

废旧包装的回收利用与再生利用相比是更大的节约。很多包装尤其是运输包装经过一次或多次使用后仍旧保持完好,只需要稍加修整或消毒就可再次使用。具体可以采用以下措施来推进废旧包装的回收利用。

(一)建立健全回收机制

许多商品包装如纸箱、铁桶、玻璃瓶等用后经过适当处理清洗可再用,但回收它首先要建立健全回收机制和机构。

（二）提高废包装物收购价

目前什么东西都涨价，而废包装物回收价却一降再降，不利于回收。

（三）原制品的再生

将回收的包装物还原成原料，再重新制造商品包装。如美国可口可乐公司经过回收—聚合物分解—再聚合加工的聚酯瓶和经过清洗—分选—粉碎—重熔加工的玻璃瓶，节约原材料和能源达 20％以上。

（四）改制其他产品

废旧塑料回收加工可制成公园的长椅、餐桌、栏杆，或将混合的塑料垃圾转化为"塑料合金"用于生产铺地材料；废玻璃可粉碎成一定粒度，用于建材；铝制品废弃物可制作铝合金工艺品、酒精炉等。

（五）能量回收

能量回收指废弃物焚化产生的能量。每千克废塑料可以产生相当于 1kg 石油的热量，所以可以用做电厂燃料。废旧包装物的减少和利用是节约大量原料及能源、减轻污染的利国利民之举，应给予重视。

四、地方政府加大掌控力度

我国的改革开放是由计划经济体制向市场经济体制逐渐过渡的，20 世纪末和 21 世纪初，我国加大了企业改革的力度，建立现代企业制度。实行政企分开，政府对企业经营活动不再直接干预，而是通过各种政策和法律法规进行宏观调控，使企业有经营自主权，自主经营、自负盈亏、自我约束和自我发展，不少企业进行了股份制改革，企业更加灵活了。

可是，有些企业置政府的政策和法律于不顾，大肆生产白色污染源之———次性塑料泡沫餐盒。

 小贴士

据统计，全国每年消耗的一次性餐盒超过 100 亿只。由于一次性餐盒的制作材料聚苯乙烯降解周期极长，在普通环境下，它的降解周期长达 200 年左右。那么那些废弃的餐盒该如何处理呢？焚烧吗？不行。它们燃烧时将会产生 10 余种有毒气体，直接造成大气污染；掩埋吗？也不行。为了使材料成型，在生产过程中必须加入各类添加剂，时间一长，其中部分有毒添加剂便会逐渐释放出来，对土壤以及水资源造成破坏；那么回收再利用呢？很可惜，它们的可再生价值极低，更何况每天要回收那么多体积大、质量小的餐盒又是何等浩大的工程啊！由此可见，一次性塑料餐盒的难以降解正是造成"白色污染"的一大元凶。

除此之外，我国塑料袋的产量越来越高，生产的企业越来越多，塑料袋的价格越来越便宜，致使人们随意丢弃。塑料袋污染严重，经使用后丢弃的都成了污染物。虽然国家出巨资治理环境污染，也出台了有关环境保护的法律法规，而某些地方政府对产生污染源的企业不予以追究，不给予严惩，甚至听之任之，这就是地方政府职能缺位的结果。

要解决地方政府职能缺位问题，必须采取如下措施。

1. 提高对地方保护主义危害的认识

政府官员要提高对地方保护主义危害的认识。组织政府官员培训学习，树立全国一盘棋的思想，提高认识，提高觉悟，自觉放弃地方保护主义。

2. 实施问责制

政府官员对职责范围内的本职工作没有做好，要承担失职的责任，以此来提高政府官员的工作责任心。

3. 实施政府官员跨省交换制

政府官员在一个地方工作久了，非常容易滋生地方保护主义，如果对政府官员实行跨省平级交换，每四年交换一次，可以扩大其工作视野，打破各种关系网，有利于促使政府官员尽心尽力工作。

4. 加强和完善立法

全国人大应加强和完善对行政不作为的立法工作。对行政不作为的政府官员依法追究责任。

5. 加强监督

加强中央政府对地方政府的监督工作。中央政府每年派出检查组，不定期检查地方政府官员的工作，督促地方政府将中央政府的政策和要求落到实处，并依法施政。

五、健全法律体系，做到违法必究

城市垃圾污染严重，其中大量的包装废弃物加重了环境压力，危害很大，必须依法处理。

 小贴士

由全国人大通过的于 1996 年 4 月 1 日起施行的《中华人民共和国固体废物污染环境防治法》，是我国首部有关防治固体废物污染环境方面的法规，2004 年 12 月 29 日经人大审议通过了该法的修订案，并于 2005 年 4 月 1 日开始施行。

从《中华人民共和国固体废物污染环境防治法》第一次颁布施行到第一次修订，相隔9 年时间，其间出现了许多新问题，2003 年 5 月至 6 月，经人大常委会成立的调查小组调查确认存在的问题如下。

（1）固体废弃物产生量持续增长。城市生活垃圾每年增长 4%，工业固体废物每年增长 7%。

（2）固体废物处置能力不足。

（3）固体废物处置标准低且管理不严，城市生活垃圾无害化处置率仅达到 20% 左右。

（4）农村固体废物污染问题日益突出。

（5）废弃电器产品等新型废物不断增长。

这些问题是客观存在的事实，说明我国法律体系不健全，同时也说明全国不少地方有法不依的情况依然严重。虽然该法经过修订，在不同程度上更加完善和健全了，但有法不依的问题涉及法律之外的管理体制和人的观念，是通过法律修订所不能解决的，要解决产品包装废弃物法律体系不健全和有法不依的问题，必须采取如下对策。

1. 设立信息反馈渠道

中央政府动员全国相关法律机构继续观察和调查该法修订后的实施效果，寻找法律漏洞，设立信息反馈渠道，如采用媒体渠道和互联网渠道，在媒体和互联网上设立讨论该法的专栏，将这些信息向人大常委会反映。

2. 参考借鉴发达国家的相关法律、法规

政府出面组织有关人员将发达国家的相关法律、法规译成中文，以便于我国立法机构有关人员参考借鉴。因为许多发达国家的法制都较为健全，相关的法律也较为完善，借鉴他们成功的立法经验，就可以少走弯路，以弥补我国的法律漏洞。

比如，德国主要有《循环经济与废物管理法》、《环境义务法案》、《关于避免和回收利用废弃物法案》、《德国废弃物法案》等；日本主要有《促进建立循环社会基本法》、《促进资源有效利用法》、《促进容器与包装分类回收法》、《家用电器回收法》、《建筑及材料回收法》等。

3. 加强宣传力度

利用各种媒体大力宣传《中华人民共和国固体废物污染环境防治法》。让每个人都知道该法，形成一种遵守法律的氛围。比如，美国为了提高大众的环保意识，将每年的 11 月 15 日定为"回收利用日"；各州也成立了各式各样的再生物质利用协会和非政府组织，开设网站，列出使用再生物质进行生产的厂商，并举办各种活动，鼓励人们购买使用再生物质的产品。

4. 提高执法者的素质

通过对执法者办学习培训班的方式来提高执法者的素质，使他们在各种诱惑面前不动摇，秉公执法。

5. 加强舆论监督

及时将执法者的执法情况报道出来，形成舆论监督的氛围，增加对执法者监督的压力，促使其严格执法。

6. 将违法单位和个人曝光

违法者在人们的心目中形象差,其产品形象也会变差,消费者会将其拒之门外,该产品就会失去市场,生产企业将面临破产的命运。

六、增强国民环保意识

城市垃圾增多、回收利用率低、不进行分类放置、随手丢弃产品包装物、塑料包装袋满地飞等现象之所以出现,与国民环保意识淡薄有关,有相当一部分人长期以来抱有"产品高价、资源低价、环境无价"的观念。他们没有意识到,珍爱环境、节省资源不仅有益于自身的成长和发展,而且有利于子孙后代的可持续发展以及社会、经济和生态的可持续发展。

如果国民环保意识淡薄的问题不解决,我国城市垃圾污染问题和产品包装物回收利用问题就不可能出现根本性的改变。要增强国民环保意识,必须采取如下对策。

1. 加强舆论宣传

利用各种舆论工具,包括广播、电视、报纸杂志、书籍、互联网、墙报专栏和公益广告等来宣传城市垃圾,包括废弃包装物产生的危害,使人们警醒。

2. 举办展览

举办城市垃圾污染危害图片展览,免费让市民参观,并要求各单位组织职工前来参观,使他们身临其境,得到非常真实的现场教育。

3. 开展灵活多样的教育

将环境保护、废旧物回收利用、生态平衡的知识引入幼儿园和中小学课堂,采用多种方法和灵活的形式开展教育,以适合于不同年龄层次的人理解。

4. 调动全民参与的积极性

国家环保协会、学会或其他组织向政府申请经费或向企业拉赞助经费,在全国范围内开展环境保护之类的有奖征文、知识大赛等活动,以调动全国人民参与的积极性,使这项活动广为人知,不仅城市市民参与,而且使农民也积极参与进来;不仅让高素质的人参与,而且让低素质的人也能通过与他人或家人合作的方式参与进来。

七、加强企业社会责任

城市垃圾中的主要来源是工业制成品,经工业化再加工后的包装袋对环境污染很大,如城市中的白色污染(即塑料袋、塑料饭盒、各种含有塑料成分的包装盒等),它们被丢弃在水里就会污染水体,进行焚烧就会污染空气,流失在土壤里则200年都不会降解,从而污染土壤。

目前,科学家们利用现代生物技术已经生产出可降解的新塑料,技术非常成熟,在发达国家已被广泛使用。但是,我国的企业还没有引进和开发这样的技术,关键的问题是生产普通塑料的成本低廉,生产可降解的塑料成本高。

在城市垃圾中有许多可以回收利用的资源,为什么企业不去回收利用,原因是回收利用不如用新的方便、省钱。企业为了自己的经济利益就不顾社会利益,丧失了为社会作贡献的责任和义务,甚至有些企业阳奉阴违,将污染物偷偷排放到水体中,将会产生严重污染的产品包装或有毒包装偷偷地流入到市场,这是企业的社会责任缺失,直接导致我国治理环境污染的效果不明显。

要解决企业社会责任缺失问题,可采取如下措施。

1. 完善法律制度

增加法律条文,以法制规范企业的经营行为,限制或禁止生产、使用泡沫塑料、塑料包装盒和塑料包装袋,从源头上治理,并提高法律的可操作性。

2. 加强执法力度

坚决依法打击违法经营的企业,对违法企业决不姑息迁就,在经济上重罚,让其付出高昂的代价,甚至罚到破产的地步,以起到杀一儆百的效果。

3. 设立政府专门网站

政府专门设立"企业社会责任网站",利用该网站来宣传报道企业履行社会责任的事迹,树立企业的良好形象;同时,利用该网站曝光不尽社会责任和义务的企业。专门网站的设立便于网民上网点击,否则,此类信息很快会被淹没。

4. 发挥新闻媒体的监督作用

利用新闻媒体将不尽社会责任和义务的企业及时曝光,使媒体起到实实在在的监督作用。

八、推行垃圾分类

建立包装废弃物回收体系,首先要动员社会公众积极配合包装废弃物的分类回收工作。只有公众积极参与,才能实现包装废弃物的分类。美国把塑料分成 7 类,便于居民挑选回收。很多国家在街上放置不同颜色的垃圾箱,分类放置不同类别的垃圾。在我国,也应采取切实可行的垃圾分类方法,这是回收包装废弃物的前提。

九、在包装生产和流通过程中做到包装废弃物的合理处理

对包装废弃物合理处理,是减少其对环境污染和节约资源的重要举措。对包装废弃物做到合理处理是十分重要的,但是在包装的生产和流通过程中,如果能够采取更多有效的措施,在一定程度上也可以加大包装的循环使用,减少包装废弃物。

(1) 包装设计和制造时,要尽量使包装容器能重复使用,使包装变废为宝,易于回收,并在处理阶段不会产生有害物质;要防止采用功能过剩的包装;建立一个节省资源、能源的包装和产品流通的体制,要求企业所产生的废弃物,原则上由企业进行资源化后加以再

利用,严格控制废弃物的最终排放量。

(2) 商品消费中,对包装废弃物的合理处理:要求增强环保意识,改变价值观念,采用节省资源的合理包装,要求消费者对包装废弃物排放后的再利用处理给予积极支持,如对可能再利用的包装废弃物应纳入废品回收系统,不再作为城市垃圾而废弃等。

(3) 包装废弃物排放后的治理。

① 要求建立一个能被民众接受,并且符合当地再利用条件的合理的收集系统;

② 要求通过有效的收集和搬运来保持环境卫生,并努力节约运输过程中的能量消耗;

③ 回收可复用和再生的废弃包装,焚烧、填埋不能复用和再生的包装;

④ 在焚烧处理中,要尽可能防止发生二次公害,并促进废弃物的再利用;

⑤ 对于最终必须填埋的废弃物,要尽量减少它的数量和体积,并使之无害化,保护处理场地周围的环境。

因此,对包装废弃物的治理途径应尽量减少废弃物;对包装废弃物在排放前做预处理以及对包装废弃物排放后的治理,这样可以大大减轻包装废弃物对环境的污染。

◆ 案例 3-2 ◆

德国开展废旧包装回收利用的做法和经验是值得我国学习的。德国的 DSD 公司是与地方政府垃圾处理系统同时并存的另一个回收利用系统,该系统的载体是 DSD 公司,该公司承担了每一家企业的义务,并使他们从自己回收再利用的义务中解脱出来。

DSD 公司是一个股份公司,是在德国工业联邦联合会和德国工商会的倡导下,由大约 95 家工商企业联合于 1990 年 9 月 28 日在科隆创立。现股东约有 600 家工商企业。DSD 公司是非营利性公司,因此股东们没有分红。

DSD 公司唯一的收入是来自于"绿点"商标的许可证费,每个包装的使用商、包装生产商和销售商为他的包装购买"绿点"商标,必须向 DSD 公司支付相应的销售数量和包装许可证费,由此合理地担负了废弃包装物的收集和分类以及废塑料再生利用的费用,该费用将被纳入产品价格中,最终由消费者承担。

"绿点"商标的收费标准是按包装材料、重量和数量计算的,即绿点使用费的总额是重量费与数量费的总和。如果收入大于支出,那么 DSD 公司必须降低所收取的绿点许可证费用。DSD 公司的目标是废旧包装物再生利用。在德国所有在包装上印有"绿点"商标的销售包装,都由 DSD 公司负责进行回收利用。

"绿点"商标许可证对限制和减少废旧包装材料起着重要的作用。收取的许可证费用必须用于消除污染的服务。许可证的使用者一般是产品生产商、包装生产商、贸易商和进口商。

如企业不使用"绿点"商标,那就是没有参与此系统,必须自己回收再利用,完成规定的限额并拿出证明。如某企业在产品包装上使用了"绿点"商标而没有为此支付费用,该行为是违反商标法并将受到惩罚的。

DSD 公司收集垃圾有"取"和"送"两个系统,"取"系统是 DSD 公司的标准模式。每一个家庭要首先进行分类,即将废纸、纸箱、纸板以及玻璃(按照颜色不同进行分类)包装,送往住家附近的标有各种收集内容字样的大垃圾箱分别投放,而塑料包装、复合软包装、饮料箱、铝和镀锡板包装(马口铁)等所谓的轻包装则被统一收集在由 DSD 公司无偿提供的黄颜色的垃圾袋内,并由其委托的回收运输企业定期取走这些废旧包装进行回收、分类、处理和再生利用。与地方政府垃圾回收系统相反的是 DSD 公司不向家庭收取费用。"送"系统是由用户将分类送至专门的回收站集中收集。

为了提高包装品回收率,德国环境保护部制定了押金制度。德国包装法明确规定,如果一次性饮料包装的回收率低于 72%,则必须实行强制性押金制度。自实行此制度以来,顾客在购买所有用塑料瓶和易拉罐包装的矿泉水、啤酒、可乐、汽水等饮料时,均需支付相应的押金,1.5L 以下为 0.25 欧分,顾客在退还空瓶时领回押金。

目前德国一些零售连锁企业如 PLUS、LIDL、ALDI 已实现交叉退还制度,即在一家购买物品所交包装品抵押金,可在另一家交换抵押包装品时领回。押金制度不仅提高了包装品的回收率,更让消费者改变了使用一次性饮料包装的消费习惯,转向使用更有利于环保的可多次利用的包装品,于节能降耗和环境保护大有裨益。

1. 你认为德国对包装废弃物回收利用的措施在我国是否可行?

2. 你对我国包装废弃物的回收有哪些好的建议?

资料来源: news.haocai.com

◆ **案例 3-3** ◆

环境污染和恶化问题正引起世界各行各业的关切和重视。全球闻名的快餐王麦当劳也积极、主动地加入了有益于环境保护的行列。

在美国,从 20 世纪 70 年代起,速食业已有饱和之说,但麦当劳(快餐食品)却以其无坚不摧之势风行世界,几乎无处不受欢迎。时过境迁,到了 1988 年,麦当劳因其每天都制造垃圾——废弃的包装物,又逐渐成为环保人士攻击的对象。

麦当劳采用的是"保丽龙"贝壳式包装。这种包装既轻又保温,且携带方便,是速食业理想的包装。但这种包装难以处理,加之外带食用的比例过高,废弃包装物的清理就成了威胁环境的问题。富有环保意识的人们,尤其是年轻的一代纷纷地向其总公司寄来了抗议信。公司当局意识到这些抗议将威胁到企业未来的生存,而且包装可说是速食业的灵魂,速食业致力于包装的开发,其重要程度并不亚于菜单的本身。

许多企业面对环保问题,应付的办法不外乎是推、拖、拉,但麦当劳没有这样做。它得罪不起消费者,不仅必须有所行动,而且要公开地做。为了平息抗议,它不得不寻求环保人士的协助。1990 年 8 月,麦当劳和"环境防卫基金会"(EDF)签署了一项不寻常的协定。EDF 是美国一个很进步的环保研究及宣传机构。

麦当劳之所以寻求 EDF 的协作,是因为当其拟定环保政策时,发现环保的复杂程度远远超过其认识。起初,麦当劳以为主动回收废弃的贝壳包装,似乎就能平息消费者的不满。1988 年,麦当劳在 10 个店铺做过小试验,证实将贝壳包装回收再制成塑料粒子作为它用,技术上是可行的。但翌年将此设计扩大为 1 000 个店铺时,却出了问题,主要是其外带量是店内量的 6~7 倍,这么大量的废弃物已非麦当劳所能控制。

另外,在店内食用的、废弃的包装物虽然可以回收,但清理工作十分麻烦。回收不是灵丹妙药,特别是美国有些城市已全面禁止使用贝壳包装。

在实在很难满足不同环保目标要求的情况下,麦当劳不得不寻求外援,与 EDF 携手合作。

在与 EDF 合作之初,麦当劳领导层人士还期待着在美国的 8 500 家店铺全面实施回收来解决包装问题,但 EDF 确信减少包装才是治本之道。

麦当劳至此决心改弦易辙,宣布取消贝壳包装,代之以夹层纸包装。随后麦当劳自己还进行了一项研究,发现贝壳包装从制造到废弃的全过程,耗费的天然资源比夹层包装纸大。夹层包装纸虽然无法回收再制,但不像贝壳包装那样蓬松,其储运与丢弃所占的空间都只是贝壳包装的 1/10。整个研究得出的结论是:减废比回收更重要。

取消贝壳包装只是整个环保努力中的一个小进步,主要的成就还是在实现环保目标上。为了实现环保计划,双方同意按减废、重复使用、回收再制的顺序进行。在减废上从三个方面着手:一是减少包装;二是减少使用有损环境的材料;三是使用较易处置,能物化成肥料的材料。

1. 麦当劳为什么会成为环保人士攻击的对象?
2. 麦当劳在绿色包装问题上采取了什么措施?

资料来源:www.ehinatat.com/new/

◆ 案例 3-4 ◆

塑料袋在给人们生活带来方便的同时也对环境造成了长久的危害。由于塑料不易被降解,塑料垃圾如不加以回收,将在环境中变成污染物永久存在并不断累积,会对环境造成极大危害。我国每天对塑料袋的使用量超过 30 亿个。

其中,超市塑料袋用量达 40 万吨,是一次性塑料购物袋使用量最多的场所之一,虽然商务部规定:所有超市、商场、集贸市场等商品零售场所从 2008 年 6 月 1 日开始一律不得免费提供塑料购物袋,也不得销售不符合国家标准的塑料购物袋。但是超市以外的百货商店、菜市场、水果摊的塑料袋用量是超市的三倍,而生产这些塑料袋平均每天需要消耗的石油至少 13 000t。

这些塑料袋成为"白色污染"的祸首,严重危害了自然环境卫生。有偿使用塑料购物袋是提高公众环保意识的手段之一。

根据有关专家测算,"限塑令"的实施将使塑料袋的使用量减少至少三分之二。有专家表示,我国实行"限塑",是利用经济手段治疗人们的白色污染"依赖症",最终实现由"限塑"到"禁塑"。而现在需要做的,一方面是通过宣传教育,让老百姓把自觉摒弃塑料袋变成习惯;另一方面,还是要找到既能兼顾百姓生活便利,又环保的塑料购物袋替代品。对于老百姓来说,改变原来的生活习惯也非常重要。

虽然眼下的"限塑令"给市民带来了些许不便,但从长远考虑,合理的使用塑料购物袋,逐步减少塑料购物袋的使用总量,可以从根源上遏制"白色污染",促进资源的综合利用,最终保护我们的生态环境。但是,"限塑令"是国家行政机关通过行政法规来达到"限塑"的目的,要从"限塑"到自觉的摒弃塑料袋,是一个很漫长的过程,需要每个人去自觉地执行。

1. 调查一下我国"限塑令"的实施现状如何?
2. 讨论"限塑令"在我国实施存在的阻力有哪些?
3. 还应采取哪些措施来减少塑料袋的使用量?

资料来源:wenwen.soso.com

本 章 小 结

废旧包装包括运输包装和商业包装。其中,运输包装要通过回收物流系统来促进其循环使用。商业包装主要是指为了商品的销售而进行的包装,这些包装经过回收后有的经过简单的加工后可循环再利用,有些包装所使用的材料经过回收后可继续作为生产包装的原材料或者作为其他产品的原材料。这些商业包装的循环再利用也要通过回收物流系统来实现。实施废旧包装回收物流可以节约资源、节约能源、降低生产成本、有利于物流的进行。

废旧包装可以通过商业部门、生产资料产品销售部门、社会废旧回收公司或回收队伍、企业废旧包装回收部门进行回收;废旧包装回收的方法包括门市回收、上门回收、流动回收、委托回收、柜台回收、对口回收、周转回收、押金回收和奖励回收几种方式;废旧包装的处置方法包括包装的循环再利用、经修理后复用、原材料回收、垃圾处理。

目前我国包装工业总产值仅次于美国、日本,已经成为包装大国之一,在废旧包装的回收利用上做了大量的工作,但是其中还存在着大量的问题,主要表现在回收渠道混乱、垃圾分类水平较低,不利于低价值包装废物的回收、包装废物利用企业生产规范化程度低、缺乏相关的宣传、教育工作。国外在废旧包装回收方面采取的主要措施包括建立了包装再生资源回收利用体系、建立健全法律法规、大力推行绿色包装等。

要促进我国废旧包装回收物流的发展,需要做好九方面的工作:消除"白色污染";发展"绿色包装";减少废弃包装的数量;加大废旧包装的回收利用;地方政府加大掌控力度;健全法律体系;做到违法必究;增强国民环保意识;加强企业社会责任。

延 伸 阅 读

张新颖,郑明.回收物流.北京：中国物资出版社,2003.

复 习 思 考 题

1. 举例说明哪些企业废旧包装回收工作做得好？
2. 生活中哪些包装材料是可以回收再利用的？它们是如何回收再利用的？
3. 调查生活中哪些包装属于绿色包装？

第四章

废旧家电回收物流

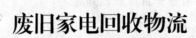

◆ **主要内容** ◆

本章主要根据对废旧家电中报废家电和淘汰旧家电的物流流向的不同,介绍了其回收处置流程,在分析我国废旧家电回收现状的基础上,结合国外发达国家的先进经验,探讨了发展我国废旧家电回收物流的一些具体措施。

◆ **技能要求** ◆

1. 掌握废家电和旧家电物流流向的不同,理解进行废旧家电回收物流的意义。

2. 掌握废旧家电可供选择回收模式和处置方式。

3. 了解我国废旧家电回收的现状,并能够深刻认识到我国实施废旧家电回收物流的紧迫性和必要性。

4. 理解我国废旧家电回收物流的发展方向。

◆ **引导案例** ◆

随着经济的快速发展,关注环境的保护与治理日益成为科学发展观的一部分。一言以蔽之,发展经济不应以牺牲环境为代价。环境问题开始引起社会的广泛关注。中国现在成为家电生产和消费的大国,是移动电话拥有量最多的国家。

中国已经到了家用电器淘汰的高峰期,消费类电子产品更新换代快,废旧家电及电子产品回收处理问题已引起社会的广泛关注。由于没有建立规范的废旧家电及电子产品回收处理体系,更为重要的是许多企业环境保护意识有待提高,带来了一系列问题:

一是报废电子产品中含有很多可回收利用资源,但因拆解方式落后,只能回收塑料、铁、铜、铝等易于回收的资源,一些宝贵资源没有得到充分的回收和利用。

二是有毒有害物质没有得到专门处理,污染环境。

三是有些旧电子产品已经超过安全使用年限,有的不法经销商利用废旧家电零部件非法拼装和销售质量低劣的电子产品,损害消费者利益。

有媒体披露:广东、浙江部分地区,个体手工作坊采用露天焚烧、强酸洗等落后手段处理废旧家电,严重破坏了周边环境,危害人体健康,造成了恶劣影响。因此研究和建立我国废旧家电及电子产品回收处理体系,提高企业保护环境的自觉性,有效回收处理废旧家电及电子产品已是当务之急,是实现节约资源、保护环境、发展循环经济的重要措施。

资料来源:www.enet.com.cn

第一节　废旧家电回收物流概述

一、废旧家电的含义

废旧家电包含大量到达生命周期末端的报废家电和大量被淘汰使用的旧家电。由于这些产品中含有大量有毒有害物质,所以要对其进行回收处理,因而形成了废旧家电回收物流。

废家电包含大量的白色家电(包括冰箱、冷柜、加热设备、热水器、洗衣机、洗碗机、厨房器具等)和棕色家电(包括音像、电视、影印机、传真机等)。这些产品在到达报废年限后,因其功能和安全性都不能得到保证,所以必须进行报废。这些产品虽然不能再发挥原有产品的使用价值,但其中包含有大量可以回收再利用的有用资源。

旧家电是指家电虽然还未到达报废年限,但在使用一定年限后,由于其功能及安全性都不能满足需要,很多企业或家庭在产品使用一定年限后想要寻求更好的产品时,往往要对用旧的产品进行处理。这部分产品中有一部分是因为产品更新换代而淘汰的产品,但这部分产品还具有使用价值,所以可以以较低的价格在二手市场上继续流通,从而发挥其剩余使用价值。还有部分产品是因损坏而被淘汰的,对于这部分产品可以通过维修重获使用价值而继续流通,对于没有维修价值的产品可以通过回收有用资源或拆解零部件而获得价值。

二、实施废旧家电回收物流的意义

废旧家电就像一把双刃剑,既具有环境污染的潜在性,又具有再生资源回收价值的可用性。历经人类五千年开发,在能源已成发展瓶颈的今天,全球"可工业化开采"的矿产资源绝大部分已不在地下,而是以"废旧物资"的形态存在于我们身边。

中国环保方面的有关专家介绍,由于"电子垃圾"是特殊垃圾,废旧电器中含有大量可回收的有色金属、黑色金属、塑料、玻璃以及一些仍有使用价值的零部件等,其回收利用具有广阔前景。同时与从矿石中提炼同样数量的金属、生产同样数量的元器件相比,拆解废旧电器所需要的耗能耗材、环境治理成本都要低几十倍。

因此,对于电子废物,有必要开展电子电器产品的长期可持续的良性循环利用,不仅可以给企业带来显著的经济效益,而且也具有极大的社会生态效益。

(一)科学化处理保护环境,减少治理环境的成本

废旧家电的科学化处理是变废为宝、保护环境的关键环节之一,处理废旧家电的流程应该是采用物理拆解的方式,通过人工与机械相结合的形式,对废旧家电进行减量化、资源化、无害化处理。比如,显像管彩电或者计算机显示器,先要人工将其塑料外壳、金属组件、电路板、导线、显像管等进行拆解,然后根据不同部件分别进行无害化处理。其中塑料和含金属组件经人工拆解可直接回收处理,线路板和导线要进入专业处理系统;以玻璃为主的显像管则因含有荧光粉和铅,必须先去除荧光粉,再将含铅的玻璃送至专业玻璃厂进行处理和再利用。通过这种正规的科学化作业处理,保护了环境,除低了污染。

当大量的废弃物把人类生存的环境污染后,再走"先污染后治理"的老路,人类就会为自己的行为付出惨重的代价。

我国历年对治理环境污染所投入的资金数量,数额之大令人惋惜,如果不是因为我们过去的种种破坏环境的行为,那这部分资金完全可以用来改善人们的生活,加强国家的建设,既然我们曾经有过这样惨痛的教训,就应该及时的遏制废弃物即将对环境造成的破坏和污染,所以即使从事废旧家电回收物流不能使回收企业受益,但考虑到人类生存的环境,考虑到整个社会的经济利益和社会效益,进行废旧家电回收物流是势在必行的,而且这不仅需要国家的支持,同样需要企业和人民的努力和配合。

(二)回收资源,提高资源利用率

废旧家电中虽然含有大量有害物质,对其进行淘汰是必然的,但采用我国原有的回收处理方式,必然会对环境造成破坏,同时还会造成大量再生资源的浪费,所以实施合理的回收,正确的处理废旧家电不仅能够避免环境污染,而且还可以回收这些废旧家电中的有

用资源,对于我国这样一个人均资源占有量仅为世界人均 58% 的资源相对贫乏的国家,更是一个至关重要的问题。

 小贴士

废旧家电中含有的有色金属、黑色金属、塑料、玻璃等都是可以再利用的资源。

彩色电视机、电冰箱、洗衣机和空调器四大家电中包含有大量的钢铁、铜、铝、塑料和玻璃等可再利用资源。如果这些废旧家电经过回收处理,就可以把这些可再利用的资源进行回收,这样可以节约能源消耗,为生产企业提供廉价的原材料,而且还可以防止因这些产品中残存的重金属元素造成的环境污染。日本的废旧家电拆解业已具有一定的规模,而且拆解技术也很高,所以回收利用的效果也比较好。

 小贴士

目前,国际上很多企业已把从废品逆向物流中获取廉价原料作为其利润增长点,因此受到足够的重视。

但是实施废旧家电的回收物流投入的成本也是巨大的,而且投资的回收周期也比较长,所以靠一两个企业的力量是难以实现良好的废旧家电回收物流系统的。

通过粗略的计算,2003 年起,如果我国每年淘汰 1 500 万台(套)废旧家电,其中仅有 750 万台(套)进行回收利用。按平均每台(套)60 元的回收费计算,仅回收成本每年就高达 4.5 亿元。同时,废旧家电回收利用还要建设大量的回收厂。但建一座回收处理厂,则需要 1 700 万元人民币的费用。据介绍,在日本,仅松下和东芝就建了 38 个回收厂,回收点多达 380 个。

如果我国以在一个地区建立 10 个处理厂计算,那么需要 17 亿元人民币,如果想通过从回收产品中的金属原材料、零部件在短期内回收投资可以想象是不现实的。所以从经济效益的角度来衡量,虽然广大回收废弃物中含有大量可以回收的可再利用资源,但其投入也是十分巨大的,所以单纯从经济效益的角度来说,企业是没有动力进行回收逆向物流的投资的。

第二节　我国废旧家电回收的现状

一、我国废旧家电的数量及报废趋势分析

由于我国人口众多,家电消费量和生产量也多于世界其他国家,所以目前社会上现存即将进入报废的家电数量是很多的。

据国家统计局的有关资料显示,目前我国电冰箱社会保有量为 1.4 亿台,洗衣机约 1.8 亿台,电视机约 4 亿台。这些电器大多是在 20 世纪 80 年代中后期进入家庭的,按设计使用寿命 10～15 年计算,从 2003 年起将进入更新期,预计今后每年需要报废的电冰箱可达 400 万台、洗衣机约 500 万台、电视机 500 万台以上。

另外,从我国家用电器的生产量的增长情况可以看出:我国家用电器的拥有量在以较大幅度增加,此外随着产品生命周期正在变得越来越短,新品和升级换代产品以前所未有的速度推向市场,推动消费者更加频繁地购买。当消费者从更多的选择和功能中受益时,这种趋势也不可避免的导致了更多的包装、更多的废弃和更多的浪费问题。

日益缩短的产品生命周期也必将增加进入回收逆向物流的产品的数量。所以在未来几年内我国将会面临大量废弃物的产生。根据我国历年家用电器的生产量预测未来几年内我国报废家用电器的增长趋势,如图 4-1 所示。

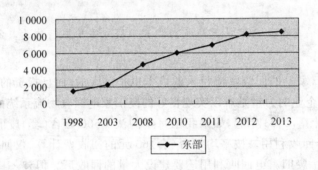

图 4-1　我国历年报废家用电器的增长趋势

这样大量的废弃物目前在我国是如何处理和消化的呢? 由于我国尚未建立规范的废旧家用电器回收再利用体系,如此大量的废旧家电目前在我国只有两条出路:一是经过清洗、修理或重新组装后,再转卖出去"超期服役",超期工作的废旧电器普遍存在绝缘强度降低的问题,很容易发生触电事故;二是用燃烧或化学药剂提取有用金属后丢弃。

废旧家电中含有金、钯、铂等贵重金属,一些私人和小企业则采用酸泡、火烧等落后的工艺加以提炼,产生了大量的废气、废水和废渣等,严重污染环境,成为破坏生态环境的杀手,由此产生的安全隐患、能源浪费和环境污染等问题越来越严重。

二、我国废旧家电回收物流现状

我国是一个家电消费大国,自 2003 年开始已经进入废旧家电淘汰和报废的高峰期,面对这些废弃物,过去我国没有行政规定,也没有企业涉足。废旧家电回收处理体系没有建立,总体处于无序回收状态。

废旧家电的回收主要是由个体户零散地经营,相反有组织、有规模地进行家电的回收物流活动几乎为零。废旧家电主要流向收垃圾的小贩和非法拆解的作坊。落后的拆解处理不仅造成资源浪费,而且环境污染十分严重,也给使用循环利用废旧家电的消费者带来安全隐患。

(一) 废旧家电回收物流工作的进展

1. 政府已经开始重视,并开始进行立法

我国目前已经开始重视废旧家电的回收处理问题,进而开始重视废旧家电回收物流工作,虽然还未从物流的角度去系统研究这个问题,但从中央政府到地方政府都开始把废旧家电的回收利用,减少环境污染提到一个十分重视的程度,国家有关部门也开始积极呼吁建立《废旧家电回收法》,开始研究各种废弃物的回收再用方法,开始对回收途径等进行研究,开始对现状进行调查,对存在的问题进行分析。

国家发展和改革委员会(以下简称国家发改委)同有关部门制定的《废旧家电及电子产品回收处理管理条例》对于废旧家电回收利用涉及的产业有着极其重要的意义,2006 年该条例正式通过并强制实施,该条例提出建立废旧家电多元化回收和集中处理体系、实行生产者责任制、国家建立专项资金、政策鼓励支持等多项具体规定。

据悉,条例中将废旧电视机、电冰箱、洗衣机、空调器、计算机五类产品列入首批回收处理产品目录。其中最令人注目的规定是国家建立废旧家用电器回收处理专项资金,专项用于废旧家用电器回收处理费用的补贴。

今后,家电的生产者、经销商和售后服务机构,有义务回收废旧家电,否则最高将被罚款 10 万元。这些措施是建设资源循环型可持续发展社会的重要一环,虽然存在分阶段实施条款不明确的问题,但为我国废旧家电的回收指明了发展方向。

2. 回收技术上取得一定成果

我国目前在绿色设计、废旧家电产品拆卸回收、回收工厂的规划设计等方面积累了许多技术和经验,技术力量雄厚。同时在多年研究的基础上,取得许多科研成果。如,在研究三维环境下产品拆卸路径的基础上,开发了一套基于废旧产品拆卸回收路径制定、分析、选择的软件—— GRAS 系统,实现了机电产品的拆卸回收评价全过程智能化、数字化。

开发废旧家电产品回收信息管理系统,实现了回收工艺路线和回收设备选择的自动生成,对指导回收企业开展生产管理经营具有重要意义。同时对回收工厂布局等涉及回收处理的多项技术方面也有许多研究成果。因此在理论和实际上具备构建废旧家电回收物流系统的可能性。

(二) 废旧家电回收物流存在的问题

1. 废旧家电的回收力度不够

由于我国废弃物资零星分散,其回收、加工、运输费用高,销售价格低,致使部分品种

回收量减少,与实际生成量相差较大,资源流失严重,再生资源回收利用率与世界先进水平相比差距较大。

 小贴士

据测算,目前我国可以回收而没有回收利用的再生资源价值达 300 亿～350 亿元。

每年约有 500 万吨左右的废钢铁、20 多万吨废有色金属、1 400 万吨的废纸及大量的废塑料、废玻璃等没有回收利用。

2. 检验分拆技术有待加强

为充分利用废弃物,尽最大可能从其中回收有用的价值,提高检验分拆技术是十分重要的。

松下电器公司于 2001 年 4 月成立了松下生态技术中心有限公司,从事废旧家电的回收利用和回收利用技术的研究开发。

他们研究开发了压缩和完全粉碎技术,零部件分解技术,容易回收利用的材料和可回收利用的技术,如回收利用显像管(CRTS)作为玻璃原料,从空调器和冰箱中回收利用制冷剂等。所以从事回收逆向物流的企业要注重回收拆解技术的提高,才能最大限度地回收逆向物流中产品的价值。

我国对于废弃物的回收再利用技术落后,如对于报废家用电器的拆解技术落后,回收逆向物流的信息投入技术落后,所以要最大限度地回收废弃物中的价值,需要加大对回收逆向物流的科技投入,增加对资源回收利用科技开发的投入,支持有影响、有带动作用的关键项目。

与此同时,要加强国际交流与合作,适当引进国外先进的再生技术、设备,按照市场经济的办法引进国外的人才和资金,促进回收逆向物流的利用技术、管理水平的提高。

3. 国家缺乏立法

前面谈到我国废旧物品的处理通常采用不规范的两种渠道,不仅造成了资源的严重浪费,而且给环境带来严重的污染,给人们的生命安全造成危害,前不久天津建立一个全国最大的回收逆向物流中心,可是建成投产运行后却发现这个处理中心"吃不饱",为什么我国存在这样大量的报废产品、废旧物资和废旧包装,而这样一个先进的设备还能吃不饱呢?究其原因就是我国缺乏相应的立法,致使大量的废旧物品还采用原有的不规范的途径进行回收处理,所以使得这样一个科学的回收处理系统吃不饱。

为了改变这种无序的状况,为了减少资源的浪费,保护环境,国家进行相应的立法已经是迫在眉睫了。而且从广大发达国家从事回收逆向物流的发展历程上来看,立法对于回收逆向物流的发展起到了十分重要的作用。

4. 国家缺乏经济管制

国家在促进回收逆向物流发展的过程中,可以采用相应的经济手段来促进回收逆向物流的发展,如由环境保护部门收取环境保护税,通过以下决策分析可以看出经济管制对于促使企业建立回收逆向物流系统的重要作用。

假设企业在构建逆向物流网时有两种选择,即构建和不构建。构建时需发生的成本为 C,这个成本包括逆向物流网络构建费、回收物品的处理费、与原材料相比的成本追加费。不构建时需向政府缴纳税款 T,另需花费废品的处置费 D,由回收物替代的部分原材料的采购费 P。

政府采取的策略也有两种,即管制和不管制。管制,政府所获得的收益以公众的健康函数 H 表示,还存在一个管制成本函数 G。这样可构建如下的策略矩阵,如表 4-1 所示。

表 4-1 策略矩阵

策 略 矩 阵		企 业 策 略			
		建立		不建立	
政府策略	管制	-C		-T-D-P	
			H-G		T-H-G
	不管制	-C		-D-P	
			H		-H

注:每一个格中,左上角为企业支付函数,右下角为政府与公众的收益函数。

很显然,在没有政府管制的情况下,企业可以根据内部信息,比较成本函数 C 与 $D+P$ 的大小。由于在许多情形下,由企业生产的、附加在产品上的废品(如包装废品、完全消费后的产品等)都已进入社会,留在企业内部的纯废品量不多,所以函数 D 的数值很小,替代部分的原料的采购费 P 一般比回收品的处理费多出的部分很小,所以在一般情况下,C 会远远大于 $D+P$。

这样,在没有政府管制的条件下,企业没有激励开展逆向物流的构建。此时,以公众的健康函数代表的收益完全取决于企业的决策。

在政府管制的情形下,企业要比较成本函数 C 和 $T+D+P$ 的大小。当政府收取的环境保护税很高时,即 $T+D+P$ 项会大大地超出 C,则企业就必须考虑建立逆向物流系统。如果企业实施有效的回收,那么政府收不到环境税,而要付出一个管制成本 G,但公众能获得健康上的收益 H。

当企业的生产量不断增加时,企业的环境危害也会不断增加,但由于企业采取了措施,使这种不断增加的环境危害没有实际发生,因而公众的获益也会增加。如果企业不实施回收,那么政府获得一个环境税的收益,发生的成本为公众的健康及管制费。

 小贴士

尽管在管制情形下要发生管制成本,这是一个不必要的费用,但若不进行管制,企业就会缺乏回收的激励,所以政府管制还是必要的。

通过以上分析可以看出,政府采用经济手段可以促进回收逆向物流的发展,国外很多国家都采用了此种方式促进回收,我国也应该结合国情采取相应的措施。

第三节　废旧家电回收的业务处理

一、废旧家电的回收渠道

根据公认的"污染者付费原则",电子垃圾由谁制造就归谁处理,从生到死完全负责,这就是发达国家处理电子废弃物的成熟做法,成为制造者负责制,除此之外,还有官方负责、销售者负责两种模式。

(一)由制造者进行回收

对于废旧家电的回收和处理由制造商负责。对于此种模式,不同国家的法律中有不同的具体规定,比如,日本颁布的《家电资源回收法》规定,制造商和进口商对制造、进口的家用电器有回收义务,并须按照再商品化率标准对其实施再商品化。

欧盟 WEEE 指令《报废电子电气设备指令》和 RoHS 指令《关于在电子电气设备中限制使用某些有害物质指令》已经成为欧盟范围内的正式法律。除此之外,欧盟从 1993 年起就实施了制造商回收责任制,由制造商承担废弃家电的回收利用。

德国的循环经济法规定,废弃电子产品的回收处理和利用责任原则上由废弃物生产者和保有者共同承担。

在制造商进行回收时,为了做到经济效益的最大化,通常会采用以下几种模式。

1. 联合体系

联合体系是指由多家生产企业联合建立资源回收厂进行废旧家电的回收处理。例如,2004 年 11 月到 2005 年 2 月期间,海尔联合青岛的国美、雅泰、利群、三联等大型家电商场开展活动,凡是购买新款海尔微波炉的,交回 1 台旧微波炉就可折价 100~300 元。活动期间,共回收各种品牌旧微波炉 100 多台,并作为试验样机进行了拆解研究。此外海尔还正在积极筹备网上回收旧品的新模式。

◆ 案例 4-1 ◆

索尼、松下和夏普在美国明尼苏打州与废弃物管理公司联合组织了示范回收项目。目前,日本的家电企业分成 A、B 两组,A 组有松下、东芝等,B 组有三菱、日立等,他们建立了 14 个资源回收厂;对应 A、B 两组的资源回收厂,分别有 190 个回收点为其回收废旧家电。

截至 2002 年年底,这些废弃资源回收厂共接到 1 015 万台废弃的空调器、冰箱、电视机和洗衣机,并对这些废旧家电进行了再利用。

2．由制造商付费

这是发达国家处理电子废弃物的成熟做法，电子垃圾由谁制造就由谁支付电子垃圾处理费。这些钱由一个非营利的公共组织管理，视情况拨给专门的回收处理商。比如，在瑞典就完全由制造商支付处理费。

3．委托独立的回收商

制造商通过外包形式，委托独立的专业回收商对其产品进行回收。在德国，回收主要有三种形式：①居民通过电话告知企业，企业上门回收，用户需支付运输费；②由居民将废旧家电送往指定的回收中心，不缴任何运费；③由居民将废旧家电在规定的时间段送往附近指定点，回收中心在一定的时间点用公司的大卡车拉走。

（二）由官方机构进行回收

由国家建立统一的废旧家电回收机构，与家电制造者签订相应的回收合同，委托该回收机构回收超过安全使用期的产品，这种回收利用模式中，政府或半政府性质的机构直接参与资金、技术、管理等方面的运作。

比如，山东泰安市规定，除了回收处理企业接受废旧家电后向废旧家电交付单位出具回收处理单据，作为处理账务和向资产管理部门申请核销资产的证明外，政府还没有做出给各机关事业单位一定补贴的决定。此外，不按照规定进行集中处理的，国有资产管理部门不予办理资产核销手续，文件中没有明文规定强制性措施。上海采取废旧家电回收实行经济补偿的政策，自 2006 年开始实行对废旧家电进行回收。上海电子产品维修服务协会编写的《上海市废旧电子电器回收处理暂行规定（草案）》曾提出，对已经超过使用期限的家电，将进行强制性报废，政府还将给予所有者一定经济补偿。北京对回收家电由政府进行补贴。政府出钱补贴废旧电器处置为过渡性政策，国家将出台电子废弃物回收新规，到时会对生产企业承担处置废旧电器成本作出规定。

◆ 案例 4-2 ◆

在荷兰、比利时的商店里，你会看到每件家电产品，都会单独标明回收处置费用，明码标价，消费者在购买时就已心知肚明。当家里要扔掉废旧家电时，如果是大件物品，就直接打电话给公共管理机构，会有车来收；如果是小体积物品，投入附近的回收站就行了。

人口密度较低的地方，公共机构还会每天固定时间派垃圾车来。在日本，要扔大件废旧家电，只需到邮局填一张现成的汇款单，收件人就是销售商，之后，销售商就会派车来取。

不过，仅仅依靠政府和生产企业、销售商是不够的，每一位消费者的环保意识和行动也至关重要。比如，在日本，法律规定禁止私自抛弃和处理废弃电器，否则会遭受高额罚金的处罚，而且在购买时就预先要为最终的处理缴纳一部分的费用。比如，在日本购买冰箱、彩电、空调器等产品时，消费者大约需要缴纳 2 400～4 600 日元不等的预处理费。而作为生产者来说，也应该从生产的成本当中，拿出一部分作为它将来回收的费用。

二、废旧家电的处置方式

因废旧家电中含有可以拆解的零部件和各种有价值的原材料,所以通常将回收的废旧产品送往相应的拆解企业进行处理。对于废旧产品的处理流程通常包含检验分类、分拆、原料回收、垃圾处理、二手市场再售等几个环节,具体流程如图 4-2 所示。

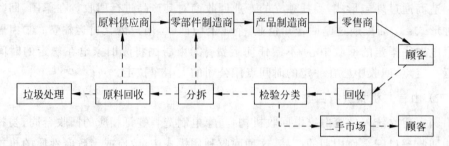

图 4-2　废旧家电的处置流程

(一)旧家电直接再售(回收→检验→再售)

将回收的废旧家电进行检验,如产品还未到达报废年限,还具有使用的性能,此时这些产品可以通过二手市场以低价进行销售。但是对于达到报废年限的产品坚决不能让其在社会上继续流通,因产品已到了报废年限,其安全使用的可能性就很低。但是我国由于目前政策、法规的不完善,使得很多应该报废的废旧家电仍旧在广大的农村市场流通,使得家电爆炸伤人事故屡屡发生。

(二)再加工零部件(回收→检验→分拆→再加工→再售)

对于经过检验已到报废年限,或已经损坏无法修复使用的,则通过分拆技术,得到有用的零部件,对分拆的零部件通过再加工或改造升级后可继续再销售,为使分拆更容易实现,目前国外在设计家电的过程中就考虑到日后报废时分拆的可操作性和安全性。

(三)原料回收(回收→检验→原料回收)

对于分拆后无法再加工改造的部分,要对其中有价值的原材料进行回收,以循环再用。为节约不能循环再用的材料的消耗,做到资源的循环再用,通常在设计产品时要尽量用可循环再用的原料来代替一次性原料。

(四)报废处置(回收→检验→垃圾处理)

对于没有任何回收利用价值的部分要采用合理无污染的方式进行处理。在实际操作过程中要尽量减少这部分物质的存在。

日本拆解企业对于四大家用电器所采用的回收处置方式,如表 4-2 所示。

表 4-2　日本四大家用电器采用的回收处置方式 *

电器名称	回收处置方式
电视	将显像管分离出来，从防护涂层中回收铁，前面板和后面的部分由于是含有不同组分的玻璃，因此须分别经过破碎、清洗、干燥、回收碎玻璃，重新用作显像管的原料。除显像管外的电视机本体经破碎、分离出铁和废物
冰箱	回收制冷剂送专门的工厂进行无害化处理，并重新作为制冷剂使用；压缩机经过拆解回收各种零部件；除制冷剂和压缩机外的冰箱本体经破碎、分离，回收铁、铜、铝、塑料等各种有用物质；分离出的泡沫酸酯用做家电和建筑物的绝缘材料
洗衣机	经破碎、分离，回收塑料和铁。塑料中聚丙烯(PP)与其他塑料进一步分离。回收的聚丙烯被重复用做洗衣机部件的原料
空调器	回收制冷剂送专门的工厂进行无害化处理，并重新作为制冷剂使用；压缩机经破碎、分离，回收铁、铜、铝等金属材料；除制冷剂和压缩机外的空调器本体经破碎、分离出铁和废物；热交换器经破碎、分离，回收铜和铝

* 表中内容引自：《赴日韩考察废旧家电和报废汽车回收利用等情况的报告》，2001。

从表 4-3 可以看出，日本的拆解技术已经十分成熟，可从废旧家电中回收大量有用价值，做到无害化处理，可供我国参考和学习。

第四节　废旧家电回收物流的发展方向

一、国外废旧家电回收物流现状

目前随着资源可持续发展、环境保护要求的提高，越来越多的国家开始重视家电废弃物回收逆向物流的研究和回收逆向物流系统的实施。

（一）日本家电废弃物回收物流现状及采取的措施

1. 现状

日本是家电产销大国，每年需报废的家用电器数量也十分多，近十几年来，彩色电视机、电冰箱、洗衣机和空调器四大家电的报废数量总体趋势是增长的。此外，计算机、摄像机、手机等电子产品的更新换代速度要比家用电器快得多，其废弃和报废的数量也增加了回收物的数量。

2. 措施

日本政府面对如此大量家电报废数量，为了保护环境，从废弃物中回收大量的有用价值，先后颁布了大量的法律法规，如 2001 年 4 月 1 日，日本通产省颁布了《家用电器再生利用法》，规定家电制造商和进口商对冰箱、电视、洗衣机和空调器四大家电有回收义务和实施再商品化的义务，并且详细规定了再循环的比率。

一方面强迫制造商回收旧电器,另一方面则要消费者承担大部分的回收循环费。消费者在扔弃废旧家电时要购买相当于四五百元人民币的家电"回收处理券"。家电销售商负责收走废弃家电并运送到指定厂家。指定厂家将废弃家电拆解,把可再生材料重新利用起来。

日本是发达国家中循环经济立法最全面的国家,立法的目标是建立一个资源"循环型社会"。目前,日本已经颁布了7项法律,并从2001年4月开始实施,争取一边控制垃圾数量,实现资源再利用,一边为建立"循环型社会"奠定基础。

日本家电拆解业已初具规模,日本的拆解也都是具有政府规定的资质的专业厂家,规模宏大,工艺先进,科技含量很高,和科研单位差不多。日本全国共有380个回收站点,分为A、B两组,各190个。

A组只收东芝和松下两个产品,因为这两家产品在设计时就考虑到了废旧回收和拆解,对哪个部件怎样拆解,是否有毒有害均有明显标识,拆解比较容易。其他的产品,包括中国的海尔产品都归B组收拆,拆解厂家虽非官办,但由于企业性质特殊,有时甚至可以向设计不合理的家电制造商提出诸如,必须改进设计,否则我就不再回收你的废旧产品之类的要求。因为按"回收利用法"的规定,制造商的产品在进入市场前必须有回收拆解合同。

日本政府规定,家电回收利用率必须在55%～60%,这是强制性规定,企业是不能讨价还价的,一般来讲都会高于这个比例,因为他们都是市场型企业。日本共有拆解企业20多个,也是A、B各一半,这些拆解企业大部分利润是十分可观的。

（二）美国家电废弃物回收物流采取的措施

美国也加紧立法,一方面立法进行废旧家电的回收,另一方面也加紧立法限制进行掩埋处理的垃圾种类。可以说发达国家目前已经意识到这些废旧物品中蕴涵的价值因素以及它们给环境带来的危害,所以都加紧进行废旧家电回收物流的研究和管理。

二、我国废旧家电回收物流的发展方向

废旧家电的回收在国外已经成为一门新兴的朝阳产业,每年能创造上亿美元的利润,而且它的劳动密集型特点,还能解决不少人的就业问题。在这个过程中,政府的重视、政策的支持和法律法规的保障不容忽视,而全民环保意识的提高、资金的支持、技术创新和集成也是必不可少的。

我国已加入WTO,在全球采购、全球生产、全球销售的市场环境下,要保护环境、实现可持续发展,必须通过立法,从源头改进设计生产回收利用性好的家电产品,投入资金研究、开发综合利用技术,同时采用国外先进的技术,妥善处理废旧家电,并使之产业化。我国应针对自身家电存在的问题,找到家电废弃物处理的方法,使之增加社会效益。

（一）立法方面

一些发达国家在废旧家电方面形成的立法，给我国实施相同政策提供了良好的借鉴。欧洲早在 1993 年就提出了"制造商责任制"，由制造商负责废旧家电回收解体处理。欧盟于 1997 年 7 月颁布了涵盖所有电子电器废弃物的新法令（第一草案），1998 年 7 月颁布了"废旧电子电器回收法"，1999 年 7 月提出欧洲议会和欧盟委员会关于修改废旧电子电器的法律草案。

美国非常注重家电回收，美国对从事回收家电产品中制冷剂的人员的资格、所用设备、回收比率等都作了明确规定。据统计，1995 年美国仅利用废家电回收制造的再生钢铁就占到了钢铁生产总量的 10%。

德国于 1991 年 7 月颁布了"电子废弃物法规"，1992 年起草了关于防止电子电器产品废弃物产生和再利用法草案，目前已进入立法程序的最后阶段。

瑞典起草了关于电子电器产品废弃物法令，2001 年 1 月 1 日起生效。

荷兰起草了"电子电器产品废弃物法"，规定 2000 年电冰箱、洗衣机的材料再利用率达到 90%。

1990 年，奥地利制定了灯具及白色家电的回收再利用法。1994 年 3 月提出电子电器废弃物法草案。

1998 年，比利时一些地区制定了白色和褐色家电的法规，规定含铁金属、非铁金属及塑料的回收目标。

从各国的反馈资料显示，法律对于这些国家的回收物流工作起着十分重要的规范作用。为此，我国要加快立法，实施依法管理，要制定《再生资源回收利用管理条例》及相配套的办法和标准，包括《废旧家用电器回收利用管理办法》等，提出一些操作性强的法律规范，将再生资源回收利用逐步纳入法制化管理的轨道。但立法时首先必须立足我国的国情，使法律具有可操作性。

国外的许多经验是不可能照搬照抄的，例如，像国外实行的"谁废弃，谁付费"原则，在我国就行不通。比如，在美国，消费者处理一台计算机需要缴纳 32 美元；在日本，消费者处理一台空调器需要缴纳 3 500 日元，一台电视机需要缴纳 2 700 日元，一台电冰箱需要缴纳 4 600 日元，一台洗衣机需要缴纳 2 400 日元……从扔掉卖钱到付费处理，对我国的广大消费者来说，这显然需要一个漫长的心理适应过程。我国消费者长期以来已形成"以旧换新"等模式，让他们突然间接受"谁废弃，谁付费"原则，今后恐怕没人淘汰废旧家电了。

法律应对制造商、进口商、零售商、消费者、政府部门应承担的义务进行明确规定。例如，零售商有回收所出售的家用电器，并妥善交给家电制造商的义务，消费者有将废家电交给零售商，作价回收的义务；对废旧家电回收网络的建设进行规定，以保证废旧家电在各个环节中进行可靠的运转；必须确定家用电器的使用年限，禁止将超过设计寿命期的旧家电转移到城镇或乡村使用,禁止对废旧家电直接填埋、焚烧。

（二）政策措施

因逆向物流的发展投入大,回收周期长,单靠一两个企业的力量很难在全国范围内快速实现回收逆向物流系统的构建。我国现存的回收企业仍是微利或无利,基本没有条件和能力引进或采用新技术、新工艺、新设备,产品的技术含量和附加值较低,从而阻碍了再生资源回收利用的发展进程。

另一方面,国有回收企业由于历史原因形成的人员、债务包袱重,市场竞争能力和抗风险能力弱,经济效益差,相当一部分回收企业亏损严重,某些回收公司经营难以为继,废旧物资回收行业发展呈低水平徘徊。

所以需要国家利用有关政策逐渐把回收逆向物流作为一个产业扶持发展起来。如废旧物资回收企业免征增值税政策,翻新轮胎免征消费税政策,废船进口环节增值税先征后返政策等。

在财政体制和投资体制改革的过程中,研究加大公共财政对再生资源回收利用的支持力度,并在信贷等方面给予必要支持,对经济效益差、但社会效益显著的不易回收的再生资源,国家在政策上鼓励企业回收和利用,包括支持一些经营好、符合上市条件的物资回收企业上市,为企业直接融资创造条件;对再生资源回收加工处理中心、再生资源信息网络等方面的示范项目,优先安排技改投资并给予财政贴息。

（三）构建废旧家电回收物流流程,共同参与回收业务

构建出回收物流系统流程模型,其各参与主体应从自身角度寻求利于废旧家电回收物流实施的可行措施。

1. 制造企业

制造企业是产品的生产者,它在回收物流合理化中是一个关键环节,如果能解决好制造企业的问题,就能促使回收物流的合理化。生产或制造商品企业的生产原料可采用原物料、再生物料,制造过程中采用可再用的工具或器械,生产过程剩余的废弃品或物料可以进行适当的资源回收,并在生产时就要注意到产品的回收问题,尽量做到绿色生产。从源头上提高物品的回收活性。

（1）绿色设计

家电制造企业是旧家电产生的根源,如在制造时尽量进行绿色设计,使用不会对环境造成污染的原材料,就会减少流程中下游环节的压力。这方面不仅需要企业具有环保意识,更需要国家法律进行约束。企业通过进行绿色设计,还可以提高企业的信誉。

（2）生产者责任制

家电制造企业在对旧物品的处理中,应该负有一定的责任。如果让制造企业支付一部分废弃物的处理费用,就可以使企业倾向于使用绿色原料。

2．销售企业

（1）发挥销售企业的桥梁作用

尽量利用销售企业是连接制造企业和用户之间桥梁的作用，一方面，在销售时可以向用户宣传旧家电对环境的危害，提高民众的环保意识；另一方面，销售企业可以向制造企业传达人们的购买意向，使制造企业进行绿色设计。

（2）重视二手家电市场

目前，我国每年都有大量的二手家电交易，这些二手家电大多是流入教育相对落后的地区，这些地方人们的环保意识还比较差，二手家电的使用寿命又不长，所以每年都有很多的家电废弃后被随意抛弃，给环境造成了很大破坏。销售企业必须重视这个市场，做好废旧家电回收物流。

（3）兼做家电回收

销售企业在销售家电的同时，可以回收旧家电进行物流资源整合。

3．物流中心

目前我国物流中心的闲置率已经达到 60%，可以考虑把回收物流系统纳入其中，这样能在一定程度上减轻物流中心的压力，在物流中心，可以用两次包装进行理货等作业，并用废弃物分类的处理方式，得到资源回收的效益。

家电物流是整个家电市场得以顺利运行的基本保障，它在废旧家电回收合理化中应发挥积极的作用。

（1）物流中心的合理化作用

可以把家电回收物流纳入物流中心系统中，这有利于资源的合理分配。物流中心有商品周转、商品拣选、商品保管、流通加工、信息处理等功能。回收企业或销售企业可以利用物流中心的这些功能为本企业服务，从而降低成本，使企业的物流过程合理化。

（2）利用已有的回收物流网络

在我国，固体废弃物的回收本来就有一套比较成熟的物流系统，所以，现在进行废旧家电的回收就可以对原来的物流系统进行改造，让物流企业同时适用于家电的回收物流。

（3）物流企业独立进行回收

一些物流企业既有回收的网络，又有存放的地点，还有和回收企业的合作关系。一些有条件的物流企业应该增加回收业务，可以用更低的成本回收。

4．消费者

消费者从一定程度上影响着制造企业在原料选择和制造方式中的取向，如果对消费者的购物意向能进行合理引导，也是我国回收物流趋于合理化的有效途径。为提高废弃物的回收活性，消费者还可采用正确的废弃物分类，一方面可增加资源的复生效率，另一方面也可减少废弃物对于环境的污染。

小贴士

应增强家电用户的环保意识,使其认识到随便丢弃废旧家电的危害性——既造成环境污染,贻患子孙,又造成资源的浪费。

5. 企业和处理中心

回收企业担负着将废旧品进行处理的任务,他们对废旧品的处理方式,将直接影响到最终这些废旧品处理的合理程度,是回收物流合理化的一个重要方面。处理中心在处理方式上,可根据被处理物品的状况,用回收或再生的方式恢复其经济价值或效益;对低价值的废弃物,采用无害化的掩埋、造肥或焚化产生能源的方式进行处理等。

(1)绿色处理

按照合理化要求,回收企业必须要从废旧家电中提取还可以再利用的资源,把不能再利用的进行无害化处理,而且对于生命周期还没有到的家电维修处理后进行二手交易。这是对回收企业的基本要求。

(2)制定法规,打击非法处理

国内回收企业面临的问题是正规企业收不到旧家电,不能进行大批量处理从而降低成本,而一些非正规的企业却能大量回收。问题的原因在于这些非正规的企业处理成本很低,可以高价收购。所以应制定法规,杜绝非法回收处理。

对于废旧品回收物流虽然已经有了比较多的研究,但尚需经过不断的探索才能找到适合中国的方法和途径,希望国家能尽快从各方面对逆向回收物流进行规范和管理。

◆ 案例 4-3 ◆

大学生办起家电回收超市

瞄准家电"以旧换新"的巨大商机,7 月 18 日,江苏技术师范学院的 5 名大学生创办的绿色家电回收超市正式开张。这也是省内第一家由大学生创建的绿色家电回收超市。

超市店长周璐是 2009 届毕业生,巾帼不让须眉的她认为与其千军万马争挤求职独木桥,不如自主创新,开辟创业新路。她的创业团队依托母校周全法教授的国家科技支撑计划项目、废旧家电产品和塑胶资源综合利用关键技术,有着得天独厚的技术靠山。

她说,她们的超市和常州翔宇资源再生科技有限公司合作,采用明码标价、规范回收、统一仓储、集中处理的模式,采用绿色回收处理,实现资源化利用、无害化处置。超市还开通了热线,购置了绿色回收车,提供免费上门回收服务,并积极联系相关家电经销商和生产企业开通家电"以旧换新"业务。

江苏技术师范学院副院长沈永祥对学生们的这一创业项目十分支持,他说,创建废旧家电回收超市的理念十分新颖,家电中含有大量可回收利用的有色金属、塑料等资源,通过回收和资源化处置,可使这些资源得到循环利用。学校将积极扶持项目健康成长。

统计数据表明,我国家电更新换代的速度呈现逐年增加的态势。仅常州目前每年的废旧家电淘汰量约为 100 万台(件),大部分由小商小贩回收后非法拆解或倒卖,不规范回收处理所产生的环境污染问题越来越严重,建立一套完善的废旧家电回收体系已迫在眉睫,家电回收超市的问世,可谓正当其时,前景令人期待。

1. 为什么说家电回收是一个前景很好的行业?

2. 案例中大学生开办家电回收超市具备哪些优势条件? 他们所采取的回收措施是否可以被百姓所接受,为什么?

资料来源:www.jsbys.com.cn:88/html/mtsm/722.html

◆ **案例 4-4** ◆

绿色回收废旧家电

2006 年 7 月 5 日,格兰仕在北京推出"绿色回收废旧家电——光波升级以旧换新"活动,消费者手中任何品牌的废旧家电,均可折换 30～100 元,用于购买格兰仕部分型号微波炉和小家电的优惠,同时格兰仕联合专业环保公司对回收的废旧小家电进行环保处理,为绿色奥运作出自己的贡献。

活动推出后,北京市场连续 3 日单日销售突破 1 000 台,高端光波炉的销售同比增长 69.6%。北京电视台、北京晚报、北京青年报、中国青年报、京华时报、北京娱乐信报、中国经营报等电台、报社都对活动进行了追踪报道。随后活动向山东、福建、辽宁、云南、吉林、重庆等10 多个城市蔓延。格兰仕"绿色回收废旧家电"的活动成为 2006 年淡季小家电市场一道靓丽的风景。红海家电上演"绿色营销"。

废旧家电的回收处理面临多方面问题:技术无支撑、政策不配套、回收体系无着落、政府部门行政多交叉,要做的工作还有很多。如何突破? 格兰仕为我们提供借鉴。只有更多像格兰仕一样的企业站出来,做优秀的企业公民,我们的家电绿色工程才能取得效果,出成果。格兰仕之所以能够获得成功,主要源于以下几个方面:

一、随着欧盟环保指令于 2006 年 7 月 1 日开始实施,中国相关机构对废旧家电的联合回收行动正在酝酿之中。据《北京日报》报道,北京市有望出台废旧家用电器回收处理管理办法,届时废旧家电将建立以销售商、社区回收站和集散市场为主体的回收体系,将回收的废旧家电集中到技术先进、经济合理的处理厂处理。

中国家电协会也于前不久成立了废旧电子电器再利用分会,信息产业部也因欧盟绿色环保指令采取中国市场与之对应的措施。北京也已逐步进入电子电器产品报废的高峰期,这不失为一个将单纯的商业活动提高到"环境保护和企业社会责任"高度绝佳的营销天时。

二、北京家电市场经过十多年的发展,废旧电子电器已经进入报废的高峰期。一般家庭都有一些废旧生活电器或勉强运转或废置不用,对消费者来说,这些东西可能只是鸡肋,食之无味,弃之可惜,但实际上,它们更大的麻烦却在于给家庭和社会所带来的资源浪费和安全隐患:废旧家电中含有可再利用资源,更有部分有毒物体,如果处理不当,会造成环境污染；而勉强使用则既过度耗电又存在严重的安全隐患。

三、北京市现阶段回收处理行为虽在酝酿之中，但还处于无序状态，废旧家电规范化回收处理已成为社会的燃眉之急。由格兰仕率先将回收处理落实行动起来，对电器生产行业来说无疑是"具有划时代意义的一步"，不仅为保护环境找到了一个更为实际有效的解决方案，同时也督促其他电器制造商尽快自行承担起他们应尽的义务，进一步彰显格兰仕作为行业领跑者的社会责任感。

而配合各种强势媒体的整合传播，在强势塑造格兰仕品牌形象的同时，达到举办本次活动的直接动机——"以旧换新"，主推其换代光波-V8、V9 系列，让扩大销量也顺利实现。

此外，因为这次活动分阶段执行和新闻传播，因此强势的传播声音可以持续到国庆促销活动的预热阶段，与十一活动衔接起来，不致出现传播信息真空；更密切了格兰仕和北京、中央新闻媒体的关系。

1. 分析一下案例中格兰仕的"绿色回收废旧家电——光波升级以旧换新"为什么会取得成功？

2. 对我国的废旧家电回收物流你有什么好的建议？

资料来源：guide.ppsj.com.cn

本 章 小 结

废家电是指因其功能和安全性都不能得到保证，所以必须进行报废。这些产品虽然不能再发挥原有产品的使用价值，但其中包含有大量可以回收再用的有用资源。旧家电是指家电虽然还未到达报废年限，但在使用一定年限后，其功能及安全性都不能满足需要，这部分产品可根据具体情况选择是在二手市场上继续流通，还是进行资源回收处理。实施废旧家电回收物流可以减少治理环境的成本、回收资源、提高资源利用率。

废旧家电可以采用由制造者进行回收（联合体系、由制造商付费、委托独立的回收商）、由官方机构进行回收、销售商负责三种模式；对于废旧家电的处置方式包括：旧家电直接再售（回收→检验→再售）、再加工零部件（回收→检验→分拆→再加工→再售）、原料回收（回收→检验→原料回收）、报废处置（回收→检验→垃圾处理）。

从我国家电生产和保有量来分析，未来我国将会面临大量家电报废和淘汰的高峰期，为此我国迫切需要解决废旧家电的回收问题。目前政府已经开始重视，并开始进行立法，在回收技术上取得一定成果，但是其中也存在一定的问题，主要表现在废旧家电的回收力度不够、检验分拆技术有待加强、产品设计上不利于分拆技术的实施、国家缺乏立法、国家缺乏经济管制，为此结合国外废旧家电回收物流的实践，我国未来须在废旧家电回收的立法方面、政策措施、构建废旧家电回收物流流程、共同参与回收业务等方面做出努力。

延伸阅读

龚英,靳俊喜.循环经济下的回收物流.中国物资出版社,2007.

聚焦各地家电回收政策 废旧家电回收渐行渐近

山东泰安:回收有了"正规军"

据了解,泰安市规定,除了回收处理企业接受废旧家电后向废旧家电交付单位出具回收处理单据,作为处理账务和向资产管理部门申请核销资产的证明外,政府还没有做出给各机关事业单位一定补贴的决定。此外,不按照规定进行集中处理的,国有资产管理部门不予办理资产核销手续,文件中没有明文规定强制性措施。

相关负责人表示,根据全省各地市统计数据表明,机关事业单位废旧电子产品回收只占到全社会废旧电子产品回收总数的 3‰~5‰,真正的目标应该在社会上,机关事业单位只能起表率带头作用。目前来看,由于电子产品的报废需要请示国有资产监督管理委员会(以下简称国资委)有关部门,整个程序要在一定的周期内进行,而要做到集中处理,就会存在一个时间差。

上海:废旧家电回收实行经济补偿

上海自 2006 年开始实行对废旧家电进行回收,上海电子产品维修服务协会编写的《上海市废旧电子电器回收处理暂行规定(草案)》曾提出,对已经超过使用期限的家电,将进行强制性报废,政府还将给予所有者一定经济补偿。

根据草案,上海市将构建一个完善的庞大电子垃圾回收系统,首先要从政府机关、银行等部门开始宣传回收,然后扩大到民用家电。回收点将覆盖至每一个区县和小区。以前随处可见在大街小巷摇着铃铛,大声吆喝的二手家电回收游击队也将被全部收编,并对其进行电子垃圾回收知识的培训。

该草案指出,市民除了可以在家门口环保地"扔"掉电子垃圾,还将从政府部门那里获得一定经济补偿。回收来的废旧家电,每一台都必须经过检测部门"验明正身",凡是在正常"寿命"内的,将贴上自己独一无二的防伪"身份证",然后才能到二手家电市场流通,否则将接受有关部门的处罚。

而已经超过使用期限的,将进行强制性报废,政府还将给予所有者一定经济补偿,一般在 30~50 元/台,以鼓励市民不乱扔电子垃圾。

北京:回收家电政府补贴

从 2007 年 11 月底,城八区的部分居民社区开始试点,由北京市定点电子废弃物处理企业统一回收废旧家电,政府每台平均给予 140 元补贴,用于无害化处理。2008 年试点将向郊区铺开。

据了解,2006 年北京约有 11 万吨电子废弃物,约达 357.6 万台。2010 年,将达

15.83 万吨。目前经国家发改委认定的无害化处置电子废弃物的机构共 4 家,杭州、天津、青岛、北京各一家,北京由华星环保公司定点处置。北京市还建起电子废弃物回收利用监测信息平台,对企业电子废弃物的回收、处置情况进行监测。

2007 年,北京有 9 万台废旧家电进行了环保处置。北京市发展和改革委员会相关人士透露,由政府出钱补贴废旧电器处置为过渡性政策,国家将出台电子废弃物回收新规,到时会对生产企业承担处置废旧电器成本作出规定。

1. 废旧家电中残存的价值有什么不同?实施废旧家电回收物流有什么意义?

2. 家电的处置方式和物流流程是怎样的?

3. 查一下自己家或亲属家里报废或淘汰的废旧家电是如何处理的?并分析一下这些家电的流向是怎样的?这个过程中存在哪些危害?

第五章

废旧电池回收物流

◆ **主要内容** ◆

　　本章主要根据对废旧电池的危害和回收价值的分析,介绍了其回收处置流程,在分析我国废旧电池回收现状的基础上,结合国外发达国家的先进经验,探讨了发展我国废旧电池回收物流的一些具体措施。

◆ **技能要求** ◆

　　1. 了解废旧电池的危害,理解进行废旧电池回收物流的意义。

　　2. 掌握废旧电池的回收模式和处置方式。

　　3. 了解我国废旧电池回收的现状,并能够深刻认识到我国实施废旧电池回收物流的紧迫性和必要性。

　　4. 理解我国废旧电池回收物流的发展方向。

◆ **引导案例** ◆

　　当前,中国是电子产品生产和消费的大国,随着信息技术的快速发展,各种电子设备日益普及,电池作为电子设备必备的配置在生产和生活中的地位和作用与日俱增。

据相关统计,我国的手机用户已经超过4.8亿户,一部手机一般配两块电池,按照平均每个用户每3年更换一次电池的保守估计,每年就约有3.2亿块手机电池变成电子垃圾,而且电池数量还将随着手机消费市场的高速膨胀而迅速增加。

废弃的电池中含有铅、镉、水银等有毒物质,在短期经济利益的驱动下,大多数废弃的电池和蓄电池被个体收集并只经过非正规、简单的处理加工。这种小规模、非正规的处理过程对环境造成严重的负面影响。

2003年,中国政府针对废弃电池的处理问题发布了"废电池污染防治技术政策";2006年,国家发改委发布了《电池行业清洁生产评价指标体系(试行)》。实施目的是处理废弃电池过程中,最大可能的降低危险性和减少电池及蓄电池、废弃电池及蓄电池对环境的负面影响。

我国已经意识到建立一个法定的废弃电池和蓄电池管理框架的重要性,与国家立法相比,其收集系统和处理系统的构建是缓慢的。欧盟及其成员国,颁布实施了2006/66/EC号关于电池及蓄电池、废弃电池及蓄电池以及废止91/157/EEC的指令,该指令将对我国电池出口企业造成巨大的冲击。

资料来源:www.cnki.com.cn/article

第一节　废旧电池回收物流概述

一、废旧电池的含义

电子产品的普及改善了人民的生活质量,作为这些电子产品必备配件的二次电池正在快速增长,自然资源也以迅猛的速度被消耗。

 小贴士

电池的种类很多,主要分为原电池(一次电池)、蓄电池(二次电池)、燃料电池、太阳能电池、原子能电池等。

废旧电池一般包含两类:一是原电池(一次电池),在电量使用完以后产生的电池废弃物;二是蓄电池(二次电池),在多次使用后,达到使用寿命,失去充蓄电功能的电池废弃物。废弃的电池中含有许多有害物质,如不适当处理,对人类和大自然有极大危害。而且废旧电池中含有大量可以回收再利用的金属和非金属资源,因而要求对废旧电池进行回收处理,这样就形成了废旧电池回收物流。

二、实施废旧电池回收物流的意义

随着人类社会能源需求的不断增长,电池作为一种便携式能量储蓄器,在社会和人们的日常生活中所占的比例越来越大,成为第三大消费品。与此同时产生的废旧电池量也日渐增多,这些废旧的电池如不适当处理,会给人们的生活环境带来严重危害。

(一)废旧电池的危害

废旧的电池中含有许多有害物质,表 5-1 中列出了常见电池中所含的有害物质,其中 Hg、Cd、Ni、Pb 等对人类和大自然有极大危害。一节一号电池如不经过处理,随意丢弃在田地里,能使 1 平方米的土壤永久失去农用价值,一粒纽扣电池可使 600 吨水受到污染。

表 5-1 常用电池组成

电池种类	所含主要物质	主要有害物质
锌锰电池	Zn、MnO_2、NH_4Cl、$ZnCl_2$	Hg
碱性锌锰电池	Zn、MnO_2、KOH	KOH、Hg
镍镉电池	Cd、Ni、KOH	Cd、Ni、KOH
镍氢电池	Ni、KOH	Ni、KOH
锂离子电池	Li、Co、Ni、Mn	有机电解质
铅蓄电池	Pb、H_2SO_4	Pb、H_2SO_4、$PbSO_4$

电池放电的原理是阴阳电极的氧化—还原反应,将金属及其氧化物转变为离子状态进入电解液。废旧电池所产生的污染物主要是废酸、废碱以及汞、镉、铅等对人体和环境有害的物质,锂离子电池不含有毒的重金属,但是被废弃后仍然会产生对环境和人体健康具有严重危害的物质,如表 5-2 所示。

表 5-2 废旧电池的危害

化学名称	危害
汞	汞能溶解于脂肪,引发动物中枢神经疾病,致畸、致变、致癌甚至死亡,日本"水俣病"的罪魁祸首
铅	导致贫血、神经功能失调和肾损伤,作用于神经系统、造血系统、消化系统和肝、肾等器官,抑制血红蛋白的合成代谢
镍	溶解于血液,参加体内循环,损害中枢神经,引起血管变异
镉	使骨质软化、骨骼变形,严重时形成自然骨折,以致死亡
锌	锌的盐类使蛋白质沉淀,对皮肤黏膜有刺激作用
锰	引起神经性功能障碍,综合性功能紊乱,较重者出现精神症状
$LiCoO_2$,$LiMn_2O_4$,$LiNO_2$	皮肤接触会引起过敏,呼吸接触会引起肺部病状,燃烧后会产生有毒气体
碳、石墨	皮肤接触会引起过敏,呼吸接触会引起肺部病状,燃烧后会产生 CO 及 CO_2

续表

化学名称	危害
$LiPF_6$	经由皮肤、呼吸接触会引起刺激,燃烧后会产生 HF、P_2O_5 等有毒气体
EC、PC、DMC、DEC	经由皮肤、呼吸接触会产生刺激,燃烧后会产生 CO 及 CO_2 气体

由于电池分类回收率非常低,回收后的废旧电池没有进行相应的科学处理,不能从根本上解决问题。在堆肥过程中混入废电池,可能严重影响堆肥产品的质量;混入焚烧过程中,重金属通常挥发而在飞灰中浓集,可能污染土壤和大气环境,底灰中富集大量重金属,产生难处理的灰渣;在填埋过程中,废电池中的重金属可能通过渗滤作用污染水体或土壤。由此可见,废电池随生活垃圾共同处理存在着潜在的环境污染。

（二）废旧电池的回收利用价值

废旧电池是可以再生利用的二次资源。二次电池中,氢镍电池中含有 30% 的镍、4% 的钴和 10% 左右的轻稀土;镉镍电池中含镍 20% 以上,钴 1% 左右及镉 20%;而普通锂离子电池含有 15% 的钴、14% 的铜、4.7% 的铝、2.5% 的铁和 0.1% 的锂等。

 小贴士

根据中国电池工业协会提供的 2000 年我国电池生产的数据计算,仅生产锰锌电池每年就要消耗锌金属 15 万吨,放电二氧化锰 27 万吨,铜金属 0.8 万吨,钢 16 万吨,还有石墨的消耗。

中国镍资源储量为 670 万吨,主要为硫化铜镍矿和红土镍矿。近年,我国镍的需求和供应量如图 5-1 所示。镍具有良好的机械强度和延展性,难熔耐高温,在空气中不氧化,并具有很好的化学稳定性,因此被广泛应用于国民经济的各个行业,其中主要用于不锈钢的铸造、特殊合金钢、电镀材料、电池材料等方面,如图 5-2 所示。

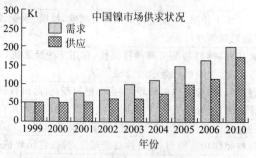

图 5-1 中国镍市场供求状况

中国钴矿资源不多,无独立钴矿床,全国总保有钴储量约为 47 万吨。钴资源主要伴生在铁、铜、镍等矿床中,开发难度较大。钴产品是国家 863 计划鼓励发展的高科技新材

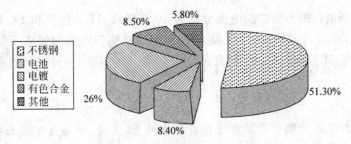

图 5-2　中国镍市场供求行业分布

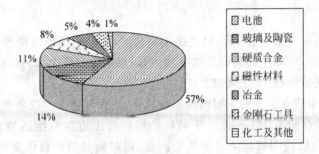

图 5-3　中国钴市场消费结构

料,广泛应用于机械行业的硬质合金、电池行业的锂电池、IT 行业的高纯氧化物、石油加工行业的催化剂中,如图 5-3 所示。

2006 年中国钴消费量在 11 700t 左右,其中,电池行业用钴量占到整个行业消费量的 50%左右,未来 5 年中国钴需求增长量将达到 20%以上。

废弃电池的大多数零部件均可以回收,尤其是重金属的回收价值很高。废弃的电池中同时也含有一定数量的铜、锌、锰、钴、镍和银等危害较小但比较贵重的金属。我国人均占有的矿产等一次资源量很低,制造电池所用的有色金属大部分来自于矿产资源,而我国和整个世界的有色金属的矿产资源正日益枯竭。

出于资源保护的原因,我们应该对其中有价值的材料进行回收。据初步统计,按年处理 1 500 万只手机锂离子电池计算,目前废弃锂离子电池市场价格 3 万元/t,每个电池应回收价值约 1.5 元,年产值达到 2 250 万元。

第二节　我国废旧电池回收的现状

一、我国废旧电池回收处理现状

目前我国成为全球电池加工的重要出口基地,以海关的进出口量统计,2001—

2003 年国内市场消耗的小型二次电池分别为 10.5 亿只、11.8 亿只和 13.31 亿只。按其平均使用寿命 3 年计,2001—2003 年投入使用的氢镍、镉镍电池和锂离子电池至 2006 年年底将全部报废,其总量达 35.61 亿只。

 小贴士

根据目前市场各种型号及其市场占有率的调查,氢镍、镉镍及锂离子电池平均每个重 25g,35.61 亿只废电池的重量约 8.9 万吨,含镍 14 100t,钴 2 160t。按目前英国伦敦金属交易所(LME)市场平均价格(镍 190 000 元/t、钴 340 000 元/t)计算,其价值约 34 亿元。

目前国内的电池产量仍有 20%以上的年增长率,废旧电池及电极废料的数量也会相应增加,仅按 2001—2003 年的废旧二次电池估算,每年废旧氢镍、镉镍电池及其生产废料中所含的有色金属价值在 12 亿元以上。

目前,我国尚未建立完善的废旧电池回收体系,居民随意丢弃现象严重,据调查显示,我国废旧电池回收率只有 1%～2%,有 87%的居民将废电池与生活垃圾一起丢弃。虽然我国的相关法律已经明确规定电池的生产者、进口商和销售商负责对电池的回收,事实上,电池的回收主要依赖于民众的自发行为,没有得到相关部门的支持,回收方式单一。

尽管国内外已有成熟的处理技术,但因其回收率低、效益周期长,没有相关的政府补贴,很难吸引投资者,无法形成产业化规模,也就无法实现规模效益。我国现阶段电池回收处理的物质流和经济流如图 5-4 所示。

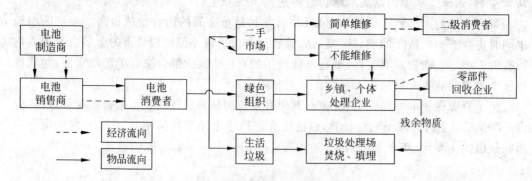

图 5-4　废旧电池回收处理现状

此外,在固体废弃物污染控制方面,我国法律法规不够完善,执法力度不够,宣传教育欠缺,由于没有奖惩制度,导致公众对废旧电池污染的认识不足,回收数量有限,难以形成规模,给废旧电池的回收造成困难。同时,二手电池市场的存在也为电池的回收处理带来困难。

二、废旧电池回收法律和法规体系

欧盟、美国、日本等国家在废旧电池立法和管理方面已经开展了许多工作,大多数废旧电池在这些国家得到回收利用。法律法规的健全是废旧电池回收处理系统的外部驱动力,只有充分发挥利益机制和法律规范两种驱动力的作用,回收处理产业才能真正运行起来并产生实效。

我国中央政府相关部门已经提出关于废旧电池处理的法律法规文件,但均没有对电池回收制定详尽细则,回收与不回收均没有相应的奖励和处罚机制。如图 5-5 所示,这些法律法规主要包括两个方面。

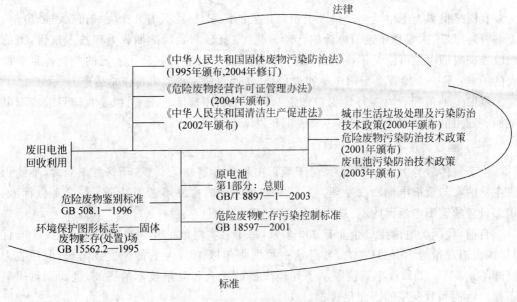

图 5-5　废旧电池回收处理法律法规

（1）标准性法律法规:如电池的环保标准、成分含量、外观标识和废旧电池处理标准等。

（2）行为性法律法规:包括电池生产商、经销商、消费者及废旧电池处理商各自的权利义务和环保责任等。

随着我国再生回收产业的发展,迫切要求我国加快与环境保护以及再生资源回收相关的立法工作。健全法律法规的同时,严格执法也非常重要,对出现的违法违规行为以及假冒伪劣产品要坚决打击,以营造一个良好的经济秩序和法律秩序,这是废旧电池回收处理所必须有的外部环境。

同时,政府有关部门应采取财政扶持政策,建立电池回收处理企业,避免环境污染和再生资源的浪费;对于纽扣电池、手机电池、充电电池、铅酸蓄电池这四类含有重金属的有害电池,政府有关部门应尽快出台相关的行业规定,并制定符合实际的管理实施细则,从而使废旧电池的处理在产业政策的轨道上运行;通过立法要求生产者、销售者收集其产品废弃物,建立、健全强制和自愿的回收体系。

第三节 废旧电池回收的业务处理

一、废旧电池的回收渠道

我国是世界上干电池生产量及消费量最大的国家,然而只有几个大城市(大连、厦门、上海等)开展了回收利用废旧电池的活动。另外,就目前我国的回收处理技术来讲,当前回收处理废旧电池可能是不赢利的,建立和维持废旧电池回收公司所需的资金是目前最大的困难;另一个困难是废旧电池回收量小,使回收厂家难以维持正常生产。

废旧电池的回收对于环境保护和资源的再生利用都十分重要,但是我国目前废旧电池回收利用的现状却不容乐观,主要表现在以下方面。

(一)回收力度不足

由于宣传教育力度不够,居民对于废旧电池的危害缺乏认识,环保意识淡薄,不能积极主动的参与废旧电池回收处理。人们在购买电池时也并不考虑其是否符合环保标准。很多设置的废旧电池回收箱,被当做垃圾箱,形同虚设。

目前,我国的电池生产企业有 350 多家,每年各类电池的年生产量约 150 亿～160 亿只,国内消费量为 70 亿只左右,并且这个数据每年以 10％左右的速度在增长,但回收力度却不足 2％。低回收率直接限制了处理规模的扩大和处理技术的提高,进而严重阻碍了废旧电池回收利用的产业化进程。

(二)相关法律制度不健全

虽然废旧电池回收已逐渐受到人们的重视,但是我国仍然缺乏相关的具体措施,尚未有切实有效的法律法规出台,生产者、使用者和管理者之间各自应承担的责任仍不明确。

现有的回收系统也只是散兵散将,很多耗巨资建成的处理中心,因回收不到足够的废旧电池,面临停运的尴尬窘境。一些不正规的小企业由于缺乏必要的技术支持和处理设备,不但很难有效回收利用,反而还会造成更为严重的二次污染。

(三)难以形成规模经济

废旧电池处理回报率低、处理技术要求高、利润回报周期长的特性导致了很难吸引投资者,所以就很难形成产业化的规模。1997 年北京刚开始回收废旧电池时,曾有七八家企业进入废旧电池处理行业,但后来都退出了。全国第一个最大和专业的废旧电池回收处理企业,目前因为种种原因,而不得不面临停产危机。

二、废旧电池的处置方式

 小贴士

事实上,蓄电池的最早发明同样可以追溯到 1860 年。当年,法国人贾斯顿·普朗泰(Casten Plante)发明出用铅做电极的电池。这种电池的独特之处是当电池使用一段时间电压下降时,可以给它通以反向电流,使电池电压回升。因为这种电池能充电,并可反复使用,所以称它为"蓄电池"。

1890 年,爱迪生发明可充电的铁镍电池,1910 年可充电的铁镍电池商业化生产。如今,充电电池的种类越来越丰富,形式也越来越多样,从最早的铅蓄电池、铅晶蓄电池,到铁镍蓄电池以及银锌蓄电池,再到铅酸蓄电池、太阳能电池以及镉电池等。与此同时,蓄电池的应用领域越来越广泛,电容越来越大,性能越来越稳定,充电越来越便捷。

与电池产业迅速发展相伴的,是废弃电池的污染问题。如何回收废旧电池使其获得再利用,成为社会各界广泛关注的问题。电池回收不是一件可有可无的事情,在那些环保意识强、回收系统完善的地方,所有的电池都被认为是有害废物,并被要求进行回收,或者送往家庭危险废物(HHW)收集站。

在列出不同的电池种类及其回收方法之前,先要说明以下两点。

(1) 可充电电池的使用寿命要远远长于一次性电池,因此,使用可充电电池可减少需回收的电池数量。

(2) 所有电池的使用寿命都有限,但可以采用一些措施来延长其使用寿命。

(一) 碱锰电池

常用设备:碱锰电池可用于任何设备,照相机、手电筒和遥控器都会使用它。

回收方法:在美国,由于 1996 年通过的《电池(包含可充电电池)汞含量管理法案》中要求停止在碱锰电池中使用汞,因此,将碱锰电池丢在垃圾场中也问题不大,但这并不意味着碱锰电池是不可回收的。如果把碱锰电池扔进垃圾桶,只要将多个电池装在同一个塑料袋里,或者用胶带封住各个电池的两端,就可以防止泄漏。

回收结果:回收这些电池可以获得钢和锌,这是两种很有价值的金属。这些钢又可以被再加工成为钢筋。

(二) 镍镉和镍氢电池

常用设备:镍镉电池就是廉价版的可充电式碱性电池。它们可进行上百次的充电,以避免一次性电池的回收处理,通常情况下,它们可与碱性电池互换。另一种不带镉的电池是镍氢电池(NiMH),很多名牌的可充电电池往往是镍氢电池。

回收方法:镍镉电池价格的一部分包括了其回收处理所需的费用,由于其包含有毒的镉金属,这些电池是有害废物,不可丢弃在垃圾场中。1994年,美国可充电电池行业组成了可充电电池回收公司(RBRC),在数以千计的零售店和公共场所提供镍镉和镍氢电池的回收点。

回收结果:这两种电池在回收时需进行加热,以将高温金属镍和铁从低温金属锌和镉中分离出来;有些金属在融化后会凝固,而其他的则作为金属氧化物进行再处理。这些金属都有一定的价值。

(三)锂离子电池

常用设备:锂离子电池采用的是一种最先进的可充电技术,通常用于手机和电子消费品。这些电池也可以作为电动车的电源。

回收方法:通常在回收处理锂离子电池时,也意味电子设备的更新换代,大多数的处理电子设备的公司会处理该电池。

回收结果:这些电池的回收方法与镍镉电池相同,可生成有用金属。另外,储藏锂离子电池或把它们扔到垃圾场是不可取的,因为当它们接触高温时,有可能会过热和爆炸。在回收处理锂离子电池前,如果要将大量的电池存放在一起,最好是将其放在凉爽的场所。

(四)氧化银电池

常用设备:这是一种比较普通的纽扣式电池,尺寸较小,储藏寿命较长,可在低温下照常使用。通常用于计算器、助听器和手表中。

回收方法:氧化银电池和其他的纽扣式电池包含汞,因此必须回收。但这些电池比较少见,且使用寿命较长,大多数情况下,会有专业人士来替换这些电池,可以询问他们是否代为回收。纽扣式电池都有一个字母数字编码,其第一个字母表示所用的电池类型("L"表示二氧化锰,"S"表示氧化银)。

回收结果:氧化银电池通常会在回收过程中被压碎,再回收有用的重金属。

(五)铅酸电池

常用设备:这些电池主要用于为自动化设备供电,如汽车、船舶、高尔夫球车、摩托车和割草机。

回收方法:与其他电池类似。铅酸电池的回收率高达97%,是美国所有消费品中回收率最高的电池。这是因为它们包含铅和硫酸,是垃圾场中最危险的物体之一。

回收结果:进行回收时,铅酸电池会被分为塑胶、铅和硫酸三大部分。其中聚丙烯塑胶会被再加工成新的电池壳;铅片会被再加工,以用于新的电池中;电池的酸会被中和,并通过污水处理厂进行处理,或被转化成硫酸钠,用于衣服清洁剂中。

第四节 废旧电池回收物流的发展方向

一、国外废旧电池回收物流现状

(一)丹麦废旧电池回收物流现状及采取的措施

丹麦是欧洲最早对废旧电池进行循环利用的国家。丹麦从 1996 年开始回收镉镍电池,其具体做法是:电池按销售单价 0.9 美元/只的回收费用售出,从回收费中按 17.6 美元/千克支付给电池回收者。该政策的制定,使镉镍电池的售价相对较高,从而改变了消费者的消费行为,小型二次电池的消费重点转向环保型电池。1997 年镉镍电池的回收率就已达到了 95%。

(二)日本废旧电池回收物流现状及采取的措施

日本回收处理废旧电池一直走在世界前列,早在 1993 年就开始回收电池。汽车用铅酸蓄电池目前已经全部回收,并有成熟的处理方法,其他二次电池的回收率也已达 84%。采用的方法是在各大商场和公共场所放置回收箱,依靠电池生产企业的赞助实施回收。目前回收的废旧电池 93% 由社团募集,7% 由电池生产厂收集(含工厂废次电池)。

(三)美国废旧电池回收物流现状及采取的措施

美国有很多家废旧电池回收公司,许多地方的垃圾清扫公司也从事电池回收业务。美国规模最大的电池回收公司是 RBRC 公司,这是一家非营利的民间环保机构,它得到全国二百多家生产镍镉电池厂商的赞助。1999 年 RBRC 公司在美国及加拿大设立了 25 000 多个电池回收点,回收用过的镍镉电池,公司在 2000 年还在全国每一个邮区内都设立回收点。

RBRC 公司设计制作了专用的电池回收箱、带拉链的塑料回收袋以及专门的电池回收标志,将它们分发给各地需要的电池零售商和社区的垃圾收集站。

二、我国废旧电池回收物流的发展方向

(一)公众教育和社会宣传体系

美国提出《普通废物垃圾管理办法》中要求环保局建立公共教育计划,教育公众关心各类废旧电池的收集、回收利用和合理处置工作,鼓励公众参与废旧电池的收集和利用工作。

在我国,废旧电池污染危害程度只是在经济发达地区和大城市的一些知识分子和化

工学者、专家及环保人士中有所认识,有80%以上的人不知道废旧电池的危害,使废旧电池的回收率一直很低。因此,加大环保宣传力度建立全社会的环保风气和氛围十分重要,不但要使公众认识到环境污染的危害和资源再生的重要,还要让公众知道自己具体怎样做才能保护环境。废旧电池回收处理公众教育和社会宣传体系如图5-6所示。

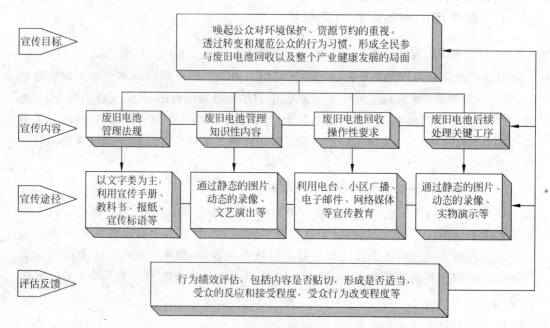

图 5-6　废旧电池回收处理公众教育和社会宣传体系

(二) 废旧电池回收利用系统重建

我国公众一直将电池治理视为公益事业,其经费来源于国家和地方的财政拨款,这种体制不能形成有效的监督和竞争机制,制约着废旧电池管理的发展。"延伸生产者责任制"对于废旧电池的回收处理管理系统的建设发挥着巨大的作用,电池生产者、使用者也是废电池的制造者,对于废旧电池的处理、处置负有重要责任。

电池的生产者首先应对于含危险废物的电池进行标识,同时还应不断改进产品,减少电池中重金属等有害成分的含量。另外,根据"污染者付费原则",电池生产者和使用者应支付部分废旧电池的收集、运输、储存、处理、处置费用。

借鉴国外废旧电池回收的先进经验,结合我国的国情,采用生产者责任制与政府职能相结合的回收模式,在发挥政府职能的状况下,向生产和销售单位征收回收处置费,从而落实生产者责任制。

1. 实行全过程管理

从电池生产环节开始实行全过程管理,使生产、销售、使用、废弃、收集、运输、回收、处理等各个环节都在政府的监督之下,建立相应的管理、执法、回收利用、资金运作等网络。如本市生产电池单位,应当在产品上标明生产单位的名称和地址;外省市生产的电池在本市销售的,应当在产品上标明销售单位的名称和地址,使用单位应当向已经登记的生产、销售单位购买电池。

2. 制度改革

建立操作性较强的登记制度、惩罚制度等对产品全过程实施宏观控制,为征收回收处置费提供依据,确保生产、销售单位回收处置责任的有效落实。

3. 建立市场化的运作机制

废旧电池回收利用网络是一个庞大和复杂的系统,就我国现状而言,在政府补贴的方式或政策支持下,形成可控的市场运作机制,企业才会产生一定的经济效益。同时,政府的职能也要相应地转变,制定相应的政策、法规,做好整个网络的监管、监督,保证其畅通无阻。

我国废旧电池在产生、管理、处置和资源综合利用方面仍然存在诸多问题。要彻底解决这些问题,就必须从管理、技术、经济等多方面去寻求答案,从而找到真正适合我国的可持续发展道路。废旧电池回收利用系统,如图 5-7 所示。

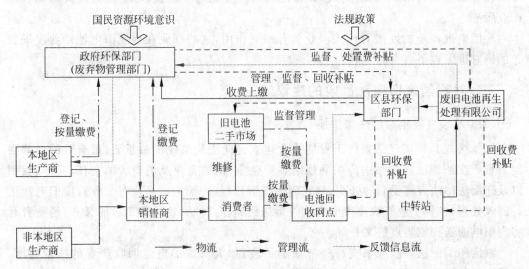

图 5-7　废旧电池回收利用系统

参照发达国家的回收处理模式,依据我国国情,废旧电池循环再生的全过程为"回收→运输→分拣→破碎→分选→处理→包装→销售",基本构造思路是以环境保护、资源节约为目标,公众支持和充分参与为基础,有效的回收体制为前提,分类交易为纽带,资源再生为中心,优质再生产品为归宿的废旧电池资源循环利用体系。

废旧电池的产业关系如图 5-8 所示。

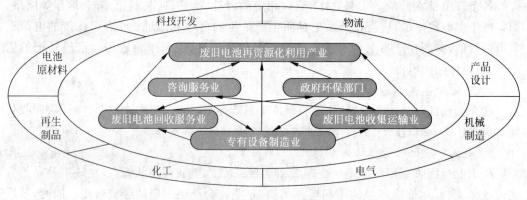

图 5-8　废旧电池产业关系

电池回收处理产业化发展是涉及源头减量化、过程资源化和末端无害化的一个庞大系统。不仅包括电池直接回收运输和处理服务，还包括各种专业设备的制造、资源化利用、咨询服务等。咨询服务业为回收、运输业，再资源化利用产业和专用设备制造业服务；专用设备制造业为回收、运输业，再资源化利用产业服务；回收、运输业为再资源化利用产业服务。

废旧电池产业的发展对相关产业具有辐射作用，这些产业在为废旧电池产业发展服务的同时也促进了自身的发展。

三、对我国废旧电池回收的建议

（一）尽快完善相应的法律法规

法律法规是市场经济条件下促使企业建立逆向物流系统的最重要、最有效的外部强制力量。在法律法规体系中应明确规定生产企业、销售企业及消费者的责任、义务、权利以及违反法律法规将受到的处罚，确立制造商责任制，明确生产企业有义务对废旧电池进行回收处理，销售企业有收集废旧电池并运送到储存点或回收处理工厂的义务，消费者有将废旧电池送到收集点的义务等。

制定相关的法律法规来支持经济激励手段，加大对废旧电池回收产业的扶持力度。若没有相关法律的保障，经济激励手段将很难实施。

（二）实施合理的经济刺激措施

（1）对电池的原材料及回收废品制定合理的价格

由于我国现行的电池产品价格中，只计入了生产成本，而并没有考虑电池本身的价值，以及电池原材料在开发过程中对外界环境造成破坏与污染所消耗的环境容量资源而产生的代价，这就使得长期以来我国电池产品的价格偏低，低价使用使人们产生资源丰富的错觉，从而误导消费者对于电池的不充分利用，随手丢弃。

（2）开征污染税（费）

对未实施逆向物流的电池生产企业开征特殊行业污染税，其实质就是我们对生态环境容量制定价格，以税的形式将环境容量出售给企业。这也完全符合当前国际上认可的"谁污染，谁付费"的原则。

（3）实行特许交易制度

由于废旧电池不可能完全被回收利用，因此政府就可以建立一种机制，在保证回收比率的前提下，根据每个电池生产企业的生产能力，给予其相应的废旧电池回收数量，承担相应的责任。一旦某一家企业不想或无力实施废旧电池的逆向物流，就可以准许他通过支付一定费用，将这个责任转嫁给第三方逆向物流。

（4）发放财政补贴

财政补贴是最常规的激励机制，也就是政府部门给予实施废旧电池逆向物流的企业某种形式的财务支持。对实施废旧电池逆向物流的企业于必要的奖励，有利于加快构建我国废旧电池逆向物流系统。补贴的形式多样，通常是拨款、贷款贴息或是减免税收等。

（二）开展第二方物流

从我国废旧电池逆向物流的客观环境出发，我们尚未健全完善的废旧电池逆向系统。主要的核心问题是电池的回收率过低，单一生产型企业通过回收自身的废旧电池，数量少，无法形成规模化效益，而通过第三方逆向物流进行网络收集，才能形成规模化效益。

（四）开展宣传教育

目前，尽管废旧电池的逆向物流非常重要也非常必要，但绝大多数企业和消费者对其重要性并不太了解，这在很大程度上与宣传教育不够有关。通过宣传教育使消费者意识到废旧电池逆向物流的重要性，不实施废旧电池逆向物流所带来的危害，使广大群众真正意识到逆向物流关系到自己的切身利益，促使消费者主动收集回收废旧电池。

发挥社会公众的监督作用，一方面，可以通过各种媒体比如电视、报纸、广播、广告、小品等来宣传废旧电池的逆向回收；另一方面，可以采取各种形式的教育如学校教育、继续教育、职业教育培训和社会教育等来普及废旧电池回收处理的观念。

◆ 案例 5-1 ◆

废旧手机电池市场混乱

"甘肃手机电池爆炸"引起了很多手机用户的担忧，手机电池的质量也备受人们关注。

记者调查发现，济南市场上的手机电池鱼龙混杂，真假难辨，价格高低不一。据业内人士说：有的同样品牌和型号的电池供货渠道都各不相同，而现在这些电池因便宜而比较受宠。

有一些摊贩回收旧电池后没有经过任何处理直接销售，对此，不少手机用户质疑：手机旧电池该如何处理？而回收业主也声称：手机和手机电池重复利用，为社会节约了能源。

有关部门表示，用户投诉手机电池的原因，大都是兼容性不够，或手机电池变形，未发现过有爆炸现象。同时也提醒：虽然爆炸的几率很小，但是使用杂牌电池和旧电池存在安全隐患，所以平时购买和使用时要注意。

济南舜井街，整条街几乎全是卖电子商品的，其中二手手机、电池、充电器等占很大一部分。

近日，记者对该市场进行了调查采访，市场上的手机电池让人眼花缭乱。当记者购买某知名品牌手机电池时，一名业主竟推荐了三四个品牌的电池，"这些都不是原装的，不过价格便宜，30 元钱一块"。记者表示想要原装电池，他拿出一块来说："75 元。少了不卖，大商场都卖 150 多。"还有更便宜的，只要 45 元，并且说想要的话还可以再便宜。记者问一名业主："你们和大商场价格这么悬殊，是因为商场的利润太高，还是你们的电池进货渠道不一样？"而业主一听就不耐烦了："要买电池就买，不买问那么多干吗？"

"其实这些电池也不是原装的。"一位业内人士说，一般一块原装电池都在 150 元左右，而这里最高的卖价不到 100 元，甚至有的只卖 40 多元钱。从外观上看，都一样，甚至连厂址都一样，但几乎都是仿制的。这里的业主都有自己的进货渠道，必然造成价格上的悬殊。"很多手机用户舍不得花 150 多元钱买一块原装电池，所以这些便宜电池就有了市场。"该业内人士说，原装和假冒的区别从外观上看不出来，但是从待机时间和电池的寿命上很容易辨别。

"如果说这些电池爆炸伤人的话，那可能连真正的厂家都找不到是哪个。"这位业内人士说，而且在一些小店铺买电池时往往不给开发票。

一位姓韩的手机用户说，以前曾经在舜井街上买手机电池，"现在出了电池爆炸事件后，一些假冒、杂牌的电池都不敢用了。"

记者在马路边上发现有一位摊主，正在销售回收来的旧电池。电池的新旧程度不一，有些电池磁极之间的塑料隔板已经完全磨损掉了。摊主说："一律 8 元。"

一位手机用户说，现在他手上有不少废旧手机电池、充电器，"你说我该怎么办？直接扔到垃圾桶里，会造成污染，但是不扔掉也没有专门回收的地方。"而这种情况也不在少数，手机不能用或是丢失，电池和充电器还可以用，但不知道该如何处理。

在舜井街上那些专门回收旧手机、手机电池、充电器的摊主就有了市场。"我们回收过来再卖出去，为社会节约了一些能源，减少了不必要的浪费和电子污染。"

提到旧电池存在的安全隐患，一位回收摊主说："同一块电池，如果我们不回收，手机用户一直使用下去，不是也有安全隐患吗？再说了，太差的电池我们也不要。"

"你们回收上来的电池如果出了问题，那又该找谁去解决？"记者问。摊户听了不屑一顾："电池大不了报废不能用，发生爆炸的几率非常小。万一出了问题，那肯定也是找生产商，与我们是没有关系的。"

济南市质检所高级工程师王向东说，由于锂电池活性很强，在特殊的温度、湿度以及接触不良等情况下可瞬间放电，引发自燃或爆炸。

济南市质检所电器站的工程师商显军说，目前济南市投诉手机质量问题的不少，其中也有手机电池方面的投诉，但是济南市场上没有出现过手机电池爆炸现象，最多就是电池变形。

商显军说，目前济南市没有生产电池的厂家，而市场上电池的质量，他们受工商部门或投诉客户委托才能进行检测，所以目前市场上的电池合格率到底如何，现在他们无法定论。

"但是，不能因为爆炸的几率小而忽视了安全问题。"商显军说，购买手机电池，最好买正规厂家的原装电池，而且在使用过程中一定注意避免高温。

1. 废旧手机电池处理不当有什么危害？

2. 案例中废旧电池回收商家的说法你认为正确吗？你对于废旧手机电池的回收有什么好的建议？

资料来源：www.glwb.com.cn

◆ **案例62** ◆

武汉 200 家超市设立废旧电池回收点

为推进资源节约型、环境友好型社会建设，武汉市政府和电池处理企业共同出资回收废旧电池，并已在 200 家中心城区超市设立了废旧电池回收点。

武汉市两型社会建设改革实验办公室副主任程致舜介绍，设立废旧电池回收点工作在 2008 年 9 月启动，市民持废旧电池至超市回收点，按每个 0.1 元的标准兑换相应价值的日用商品。

据了解，废旧电池回收点运转半年来，受到市民广泛欢迎，有效减少了随意丢弃废旧电池对环境的危害。统计显示，截至 2009 年 5 月，这些废旧电池回收点已回收电池 127 万个。

目前，除 200 家超市废旧电池回收点外，武汉市还在学校、社区、机关、大型商场等地方，设置废旧电池回收箱，便于市民就近处理废旧电池。

程致舜表示，下一步武汉市将推进废旧电池回收网络向远城区延伸。

1. 分析一下案例中武汉 200 家超市设立废旧电池回收点为什么会取得成功？

2. 对我国的废旧电池回收物流你有什么好的建议？

资料来源：www.chinajsb.cn

本 章 小 结

随着人类社会能源需求的不断增长，电池作为一种便携式能量储蓄器，在社会和人们的日常生活中所占的比例越来越大，已经成为第三大消费品。与此同时产生的废旧电池量也日渐增多，这些废旧的电池如不适当处理，会给人们的生活环境带来严重危害。

废旧电池有很高的回收价值,如果回收技术应用合理,不但能够大大的缓解废旧电池的污染,而且能够节约许多社会资源,所以废旧电池的回收物流越来越受到国家政府的重视。但是目前我国的废旧电池回收物流还存在许多的问题,首先是公众缺乏对废旧电池回收利用的关注度,回收意识淡薄;其次是相关法律制度不健全,尚未建立一套完善有效的回收体系;最后是处理技术要求高、利润低,难以形成规模经济。

为此借鉴国外废旧电池回收的先进经验,结合我国的国情,采用生产者责任制与政府职能相结合的回收模式,在发挥政府职能的状况下,向生产和销售单位征收回收处置费,从而落实生产者责任制。

同时实行全过程管理,在政府补贴的方式或政策支持下,形成可控的市场运作机制,让企业产生经济效益。同时,政府的职能也要相应地转变,制定相应的政策、法规,做好整个网络的监管、监督,保证其畅通无阻。

龚英,靳俊喜.循环经济下的回收物流.北京:中国物资出版社,2007.

1. 实施废旧电池回收物流有什么意义?

2. 我国的废旧电池回收物流有些什么缺陷?对此你有些什么样的建议?

3. 查一下自己家或亲属家里的废旧电池是如何处理的?并分析一下这些废旧电池的流向是怎样的?这个过程中存在哪些危害?

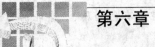

第六章

我国汽车回收物流

◆ **主要内容** ◆

　　本章在介绍汽车回收物流含义的基础上,介绍了汽车回收物流的特点、内容、地位和作用,以及汽车循环经济系统;另外,介绍了我国汽车回收利用法律法规,以及北京天交报废汽车回收处理有限责任公司的废旧汽车回收企业,并分析了我国汽车回收物流现存问题以及改进的措施;分别阐述了我国汽车回收物流的业务处理中有色金属、汽车轮胎、汽车玻璃、汽车塑料,以及汽车黑色金属材料的回收利用;最后在结合国外报废汽车回收拆解示范工程以及典型特征的基础上指出了我国汽车回收物流的发展方向。

◆ **技能要求** ◆

　　1. 掌握汽车回收物流的含义、特点和内容。

　　2. 了解汽车物流在循环经济系统中的地位。

　　3. 了解我国汽车回收利用法律法规以及典型的汽车回收企业的状况。

　　4. 熟悉我国汽车回收物流现存的问题以及改进的措施。

5. 掌握我国汽车回收物流的业务处理中有色金属、汽车轮胎、汽车玻璃、汽车塑料以及汽车黑色金属材料的回收利用。

6. 了解国外报废汽车回收拆解示范工程以及典型特征。

7. 熟悉我国汽车回收物流的发展方向。

◆ **引导案例** ◆

经济与科技共同推动着人类消费市场的快速发展,同时也带来了严重的环境污染,作为我国支柱产业的汽车工业,为了满足人们对产品多样化、个性化的需求,不断更新换代,导致汽车生命周期不断缩短,汽车报废速度加快,根据国家发改委的研究表明:2020 年我国汽车保有量可达到 13 103 万辆。

如果这些汽车进入报废阶段之后不及时处理,将严重威胁人类健康、污染自然环境并占用大量土地,同时还构成安全隐患。

第一节　我国汽车回收物流概述

一、汽车回收物流的概念

废旧汽车的随意处理也会给环境带来很大的危害,废旧汽车总质量中约有 70% 是金属,属可再生资源,但除此之外的塑料、纤维、木质、橡胶、玻璃、陶瓷等由于处置费用过高或再生材料的品质不及原材料,绝大部分被填埋处理,于是给环境造成的危害不言而喻。

汽车回收物流是逆向物流的一种形式,是对报废汽车进行回收,并将其送到专门的回收利用地点进行科学拆解,合理利用修复、再制造、表面处理等先进技术,使其重新获得报废产品使用价值的一种物流过程,旨在最大限度提高资源再利用率,减少报废产品对生态环境的破坏。

二、汽车回收物流的特点

汽车回收物流属于回收物流的行列,它的一般特点主要体现在以下几个方面。

(一)分散性

旧产品或材料可能产生于生产领域、流通领域或消费领域,涉及任何领域、任何部门、任何个人,汽车回收物流产生的地点、时间、质量和数量等方面都不是固定的、具体的。这与具有按量、按时和按地等基本特点的正向物流有着明显的区别。

（二）延迟性

首先，同一或同类产品开始回收时，回收物流数量少，在不断汇集的情况下才能形成较大的物流规模。其次，废旧汽车产品或材料的产生往往都需经过较长的时间，使其达到一定的可再利用数量的规模也需较长时间，这都决定了废旧汽车的回收具有延迟性。

（三）多样性

废旧汽车回收过程中，不同种类和状况的废旧汽车都是混杂在一起的，回收的废旧汽车具有多样性。但是，当对回收产品经过检查与分类后，回收物流的多样性将会逐渐统一化，向不同规格和种类进行汇集。

（四）多变性

由于废旧汽车回收物流的分散性和延迟性，回收的时间与空间难以控制，就导致了多变性。主要表现在以下三个方面。

1. 回收物流过程具有随机性

废旧汽车回收过程具有产品种类复杂、地点分散及产生无序等特点，使回收物流具有不确定性。

2. 回收物流方式具有复杂性

废旧汽车的回收处理系统与方式复杂多样，不同处理手段对恢复资源价值的贡献差异显著。

3. 回收物流技术具有特殊性

尽管废旧汽车的回收物流仍然是由运输、储存、装卸搬运、包装、流通加工和物流信息管理等环节组成，但是回收物流技术也具有自身的特点：采用小型化、专用化的装运设备；除危险品等特殊物品外一般只要求简易、低成本的储存、包装；常需要多样化的流通加工，包括分拣、分解、分类，压块和捆扎，切断和破碎等。

三、汽车回收物流的内容

因为汽车的构造比较复杂，因此回收过程中涉及的产品种类多样化，依据回收产品的种类，汽车回收物流包括以下几个方面。

（一）废旧汽车回收

汽车的使用寿命是有限的，经过了一定时期的运行后，汽车零部件的磨损达到极限，汽车废气排放量加大，对环境造成严重污染，而且也容易造成汽车事故的发生。此时，汽车必须进行报废，以降低其对环境的破坏程度，消除安全隐患。

从经济角度看，报废汽车上的钢材、铝材等金属能经过处理后重新利用；某些零部件拆解后能重新使用。因此，废旧汽车回收利用形成的逆向物流将不断增加。

（二）生产过程的废弃物

汽车生产过程中会产生许多废弃物，主要包括边角废料和废弃包装物等。以汽车生产所需的钢材为例，由于产品设计和一些不可避免的原因，大量的钢材边角在切割完后被弃用，不仅影响到生产环境，还造成资源的浪费。

此外，汽车生产中零部件包装用的泡沫、纸箱和塑料袋等也是废弃物，同样会对环境造成影响。所以，对生产过程中废弃物的回收也是汽车逆向物流中的主要内容。

（三）退货

在汽车制造中，成千上万的零部件，只有很少一部分由本土生产，特别是全球经济一体化以及供应链管理的实施，大部分汽车零部件都需要通过跨地域的物流活动进行供应。大规模的生产和配送、运输及存储等环节都会造成零部件的缺陷和瑕疵，顾客在购买由于此类原因制成的问题汽车产品后，就会对此类汽车产品进行退货。

 小贴士

中国消费者协会公布的《2004 年全国投诉情况汇总》的统计数据表明，在 2004 年全年质量投诉当中，汽车类投诉个案同比上升了 31.6%，位居消费品类投诉增幅的第二位。随着汽车消费者购买行为的逐渐成熟，在一段时期内，退货行为必将呈增长态势。

（四）汽车召回

所谓汽车召回，是指按照《缺陷汽车产品召回管理规定》要求的程序，由缺陷汽车产品制造商进行的消除其产品可能引起人身伤害、财产损失的缺陷的过程，包括制造商以有效方式通知销售商、修理商、车主等有关方面关于缺陷的具体情况及消除缺陷的方法等事项，并由制造商组织销售商、修理商等通过修理、更换、收回等具体措施有效消除其汽车产品缺陷的过程。厂家还有义务让用户及时了解有关情况。

目前实行汽车召回制度的有美国、日本、加拿大、英国、澳大利亚。中国的《缺陷汽车产品召回管理规定》于 2004 年 3 月 15 日正式发布，2004 年 10 月 1 日起实施，这是我国以缺陷汽车产品为试点首次实施召回制度。《缺陷汽车产品召回管理规定》由国家质量监督检验检疫总局、国家发展和改革委员会、商务部、海关总署联合制定发布。

据不完全统计，在汽车缺陷产品召回制度公布将近一年的时间内，我国先后有 15 家国内外汽车厂商对有缺陷的产品和汽车进行召回，达三十多万辆。今后，召回的缺陷产品范围还将进一步扩大。汽车召回无疑将成为汽车回收物流的重要组成部分。

（五）资源再利用

目前，欧美一些国家回收 1 辆汽车的零部件再利用率已达到 75% 以上，所以汽车回收物流的前景是巨大的。我国近几年已逐步重视了对汽车的强制报废，将报废汽车回收拆解作为节约利用资源和国家原生资源保护性开发的重要举措。

 小贴士

据测算,每回收 1 辆报废汽车可以节约 1t 燃料,回收 2.4t 废钢和 45kg 有色金属。前几年我国报废汽车的重点是载货汽车和大型客车。

据不完全统计,1982—2000 年,我国报废各类汽车总计 442.1 万辆,为国家节约了 442.1 万吨燃料,回收了 1 061.1 万吨废钢和 19.9 万吨有色金属。仅废钢和有色金属两项,就节约资金 11.96 亿元。

四、汽车的回收利用在循环经济中的地位和作用

进入 21 世纪,我国经济的新一轮高速增长遭遇了能源瓶颈,我国能源发展步入一个新的转折时期。汽车作为重要的陆路交通工具,在社会生活中扮演越来越重要的角色。在我国,汽车作为生活消费品进入家庭已经为期不远,汽车的社会拥有量将会有很大的增长。

推行汽车回收工程,发展循环经济,不仅可以促进汽车回收行业的发展,而且更是解决废旧汽车引发社会公害问题的重要途径。因此,从可持续发展的观念出发,依托科技手段,研究对废旧汽车的有效回收、再生利用和妥善处置,对节约资源和保护环境,推动社会、经济、环境的协调发展具有十分重要、十分长远的现实意义。

(一)汽车的回收利用可以促进汽车工业的可持续发展

1. 提高顾客满意度,增强企业竞争力

在当今买方市场的经济环境下,顾客价值是决定企业生存和发展的关键因素。只有不断维系顾客的满意度,努力培养顾客的忠诚度,才能赢得顾客的信任,从而占有较大的市场份额。汽车回收物流的成功运作,能够确保不符合订单要求的产品及时退货,保证有质量问题的商品能够及时被召回,从而增强顾客对企业的信任感及忠诚度。

2. 促进供应链的构建

汽车生产商在整条汽车供应链中扮演着核心企业的角色。在汽车回收物流过程中,供应链下游企业以及终端消费者与汽车制造商是"多对一"的关系。一旦发生回收物流,退货和产品召回则使众多的下游批发商、零售商和最终顾客面对汽车生产商。

如果汽车企业采取宽松的退货和产品召回策略,能够减少下游批发商、零售商、最终顾客的投诉意见,同时可以使汽车生产商与下游企业间加强信息沟通,降低和解决信息不对称问题,从而协调好汽车企业与下游批发商、零售商和最终顾客之间的关系。

3. 增强企业的社会责任感,提高企业形象

随着人们生活水平和文化素质的提高,环境保护意识日益增强。对汽车工业这个高

污染产业来说,汽车使用者对环境的期望更高,能否顺利地实施可持续发展战略,是企业向顾客和社会承诺和负责的社会伦理和道德尺度。

通过对有安全隐患问题的车辆进行召回和对到期报废的汽车进行回收处理,可体现出企业勇于承担错误,主动投入可持续发展中去的经营理念,可在公众心目中树立具有良好的社会责任感的企业形象,可以增加企业的无形资产。

4. 提高资源的利用率,降低生产成本

汽车工业是一个高耗能产业,能源、钢材等原材料的耗用很大,而且多属稀缺资源。对报废汽车钢材等原材料的再利用,不但能提高资源的利用率,也能降低企业的生产成本。汽车企业如何有效利用和配置资源,关系到企业的发展前景。充分发挥汽车逆向物流中回收物流的作用,能给企业带来巨大的效益。

 小贴士

美国汽车制造商已积极进入汽车回收行业,到 2003 年,其二手零部件再生企业已达 5 万多家,产值达 360 亿美元。

综上,回收物流在汽车产业的发展中有着极其重要的作用。实施汽车回收物流,从企业层面看,不仅有利于提高企业的物流服务水平,提升企业的运营效率,还可降低企业的生产成本。同时,汽车生产企业可以从回收物流的发生源头上找到企业在生产、管理、服务中存在的不足和缺陷,从而促使企业提高产品设计、内部管理和经营水平。

(二)汽车的回收利用体系有利于公共安全

人类社会发展到近代,各种产业的飞速发展,尤其是科学技术的飞速发展和工业革命,给人类带来了巨大的物质财富。但另一方面,人类面临危险、危害和环境污染的严峻性也加剧了。废旧汽车超期服役使用危害更大,不仅涉及环境污染,而且会萌生交通安全事故,造成一系列社会问题。报废汽车的露天丢弃堆放,也是一个既浪费材料,又影响环境和占用土地的社会难题,在发达国家已经成为社会公害。

通过健全汽车回收利用体系可以对汽车工业中与公共安全有密切关系的营运性车辆如公共巴士、出租车(包括个人和公司)等实行较严格的强制报废标准(规定使用年限),有效回收利用,防止对生命、健康和公私财产安全的危害,建立有利于公共安全的汽车报废、回收制度。

(三)汽车的回收利用有利于环境保护

废旧汽车回收利用的宗旨之一是解决汽车发展带来的环境问题。但是汽车回收利用行业本身也有环境污染和潜在的危险因素,主要是在废旧汽车拆解过程中和拆解后的处理环节会产生各种污染物,如果污染物超浓度排放,不仅作业区的工人受到危害,而且会影响周围环境。因此,做好汽车的回收利用工作对环境的保护至关重要。

五、汽车循环经济系统

汽车循环经济系统可以分为以下五个子系统,即新车的设计、制造和销售子系统;旧车的维护与交易子系统;报废车的回收和拆解子系统;回收配件的再生和梯级利用子系统;车用材料的回收利用和处置子系统。

(一)新车设计、制造和销售子系统

从可持续发展和环境保护的角度出发,为了能够在今后有效地回收利用和处理报废汽车,根据回收利用和处理的要求,在汽车设计之初,考虑产品的全生命周期,追求产品最大的社会作用和对制造商、用户和环境的最小费用,往往能取得事半功倍的效果。

大多数研究人员认为,产品早期设计决定了70%~80%的产品全周期费用。因此,在新车设计和制造时,在选择车用材料、新车结构和制造工艺时,就必须考虑回收利用和环境保护等问题,也就是所谓的"绿色设计"、"绿色制造"乃至"绿色产品"的概念,是该子系统今后发展的主攻方向。

 小贴士

汽车的绿色设计可以包括以下三个层次的内容。

一是开发绿色汽车(产品),即无污染或少污染的新型汽车,如太阳能汽车、电动汽车或以液化石油气等低污染燃料为能源的汽车等。

二是可拆解设计等技术使汽车更便于回收和再生利用。

三是采用绿色材料,即对环境无害化材料,使汽车报废后便于处理。

(二)旧车的维护与交易子系统

为延长使用时间、保证行车安全和减少对环境的污染,车辆在运行中的维护和保养是必不可少的。为适应不同的消费层次的需要,旧车的交易也是客观存在的。因此,这个子系统又可以分为车辆维护和保养子系统以及旧车交易子系统。

1. 车辆维护和保养子系统

该子系统的功能是保证上路车辆的性能能够达到国家标准和环保要求,关键是建立严格的汽车安检制度和保证维护用零配件的质量可靠。为了保证检测的公正、准确,应当由中立的专业部门操作,并建立适当的监督和保证体系,从社会的角度建立"责、权、利"平衡的制约机制。

目前,我国尚处于社会主义市场经济的初级阶段,汽配市场和汽车修理业管理还不够规范,是保证车辆维护和保养子系统正常运行的一个重大难题。为保证车辆维护和保养质量,建立良好的市场规范,应当制定详细的行业标准,并开发专用的检测设备。

2. 旧车交易子系统

要保证旧车交易有序进行,首先应保证旧车性能能够达到国家标准和环保要求;其

次应保证旧车来源的合法性。从目前旧车交易市场的情况来看,要在达到上述要求的前提下,使旧车交易既能杜绝销赃,又能方便、快捷地进行交易,尽快建立旧车维修和旧车交易一体化的行业体制十分必要。如能建立由车辆制造企业牵头,实现以旧换新、旧车维修和旧车交易三位一体的体制更好。

(三) 报废车回收和拆解子系统

为保证交通安全和满足环境保护的要求,当汽车运行一定时间或里程后,已无法达到国家标准和环保要求时,就应当报废退出运行。

报废车回收和拆解子系统的任务是,能够方便、快捷和低成本地报废、回收和拆解报废汽车。国外由于汽车保有量巨大,目前亟须解决的问题是报废汽车的露天堆放问题。而国内由于汽车工业发展水平的制约,加之地区间经济发展水平不平衡,对拼装车和低价零配件有一定的市场需求,目前要解决的问题是报而不废的问题。

在利益的驱动下,报废车和汽车拆解业成了某些利益集团和个体经营者关注的热点,这非常不利于建立和发展与现代汽车工业发展相适应的汽车回收和拆解行业。

(四) 回收配件的再生和梯级利用子系统

在报废汽车中,有不少零配件是可以再生利用的,这些零配件的再生和梯级利用,既可以减少再加工的社会成本(如金属零件的再冶炼、再加工),又可以节省资源消耗,同时也可降低维修、制造的成本。因此,建立和完善该子系统,其社会效益和经济效益十分显著。

 小贴士

配件的再生和梯级利用,是拆车业的重要利润来源。梯级利用有两层意思:一是从等级高的车种流向等级较低的车种;二是从消费层次高的用户或地区流向消费层次较低的用户或地区。

为对后者负责,保证再生利用的零配件质量,建立相应的质量保证体系十分重要。

(五) 车用材料的回收利用和处置子系统

对报废汽车中无法直接、方便利用的材料,包括钢铁、有色金属、玻璃、轮胎等橡胶制品和塑料、海绵等有机材料,也必须考虑专门的回收利用问题,建立车用材料回收利用子系统。

第二节　我国汽车回收物流的现状

中国作为世界第一大汽车消费市场,汽车保有量近年来高速增长。据有关资料统计,截至 2008 年年底,全国机动车保有量为 16 988 万多辆,每年有 300 多万辆汽车报废,但国内现阶段的报废回收水平与国外相比存在很大差距。

目前,美国、法国、日本等国家报废汽车的再利用率均已达80%以上,而国内报废汽车回收率仅40%左右。随着排放标准的升级和安全技术要求的提升,汽车报废还将迎来新的高潮,解决与之相关的报废汽车回收再利用问题迫在眉睫。

一、我国汽车回收利用法律法规

为了应对严格的回收利用技术壁垒,同时也为了更好的发展中国汽车工业的循环经济,走可持续发展道路,我国政府对汽车产品的回收利用也开始越来越重视,相关的法律法规和政策、管理办法不断出台,为汽车工业循环经济的发展提供了良好的政策环境。

我国已发布的法律法规等,如表6-1所示。

表6-1　目前我国汽车回收利用相关的法律法规等

项　　目	发布单位	发布日期	实施日期
汽车产业调整和振兴规划	国务院办公厅	2009.3.20	
中华人民共和国循环经济促进法	全国人民代表大会	2008.8.29	2009.1.1
汽车零部件再制造试点管理办法	国家发改委	2008.3.2	2008.3.2
中国汽车产品回收利用技术政策	国家发改委、科技部、环保总局	2006.2.6	
中华人民共和国固体废物污染环境防治法	全国人民代表大会	2004.12.29	2005.4.1
汽车产业发展政策	国家发改委	2004.5.21	2004.5.21
报废汽车回收管理办法(修订中)	国务院	2001.6.13	2001.6.13

2006年2月,国家发改委、科技部和环保总局联合发布了《汽车产品回收利用技术政策》,以指导汽车生产和销售及相关企业开展并推动汽车产品报废回收工作。2008年3月,国家发改委公布了14家汽车零部件再制造试点企业并发布了《汽车零部件再制造试点管理办法》,再制造产业化正式拉开帷幕。

2008年8月29日,全国人大审议通过《中华人民共和国循环经济促进法》,也专门提到了汽车零部件的回收再利用。

为保证我国汽车回收利用相关法律法规的实施,加强汽车产品的回收利用,提高资源回收利用率,应及时针对汽车生命周期中影响回收利用的各个环节制定相应的法规和技术标准,以规范回收利用的市场环境和生产行为。

二、我国废旧汽车回收企业介绍

改革开放以来,由于沿海地区开放政策的倾斜,中国经济已呈梯级发展的格局,东、中、西部经济存在一定的落差。这种经济需求和消费的地域差异,形成了汽车消费明显的梯度。因此,在我国,旧车交易和以旧换新的汽车置换市场具有一定的生命力,新车在东部地区导入,最终在西部地区结束使用寿命,进入报废程序。

目前,我国废旧汽车回收产业体系的企业主要由两个板块组成:一是原计划体制下形成的物资回收板块;二是改革条件下,由市场需求导向的自发形成的旧车交易、拆解企业板块。下面列举一些实例供大家参考。

◆ 案例 6-1 ◆

(一)上海宝钢钢铁资源有限公司

上海宝钢钢铁资源有限公司成立于 2002 年 10 月,是国务院、上海市政府指定的报废车辆拆解企业,是宝钢贸易公司的全资子公司。公司主要负责上海市内两吨以下生活用车的回收拆解工作,同时还承担上海市内其他拆解企业"五大总成"的破碎任务。

该公司投资 1 200 万元兴建拆解厂房与环保拆解线,年设计拆解报废车辆 20 000 辆,破碎"五大总成"2 万吨。该公司还投资 20 余万元购置了专业检测设备,对再利用汽配件进行有效检测后销售。该公司实行零售及批量的销售模式,对零售的再利用汽配件实行定价销售,客户可以通过触摸屏进入自助查询系统,了解所需汽配件的型号、价格,生铝、铜等可利用材料并销售给生产厂家和加工企业。

从 2003 年 10 月开始,上海宝钢钢铁资源有限公司承担了上海市全市的乘用车报废拆解工作,而这家专业的拆解企业在建立之初就提出了专业化的"绿色"拆解概念。

在拆解过程中采用废油、废液集中抽取,拆解车间内铺设耐油地面,防止拆解过程中的油污和废水渗透到土地中去。在拆解过程中使用液压剪和气动工具,有效避免了传统火焰切割方式在拆解塑料、橡胶、海绵等非金属材料时产生的大量有毒、有害烟气,避免对环境造成破坏,同时也保障了工作人员的身体健康。通过使用车体翻转,液压和气动工具,减轻了工作人员的劳动强度,整套工艺和设备,充分体现了可持续发展的理念。

资料来源:www.ziol.com.cn

(二)北京天交报废汽车回收处理有限责任公司

北京天交报废汽车回收处理有限责任公司是北京市报废汽车回收处理的指定单位,公司于 2005 年 3 月通过改制建立由北京公交控股(集团)有限公司所属北京公交物资供应有限责任公司控股的股份制公司,主营报废汽车的收购、解体,兼营废旧物资的回收与再生利用,是北京市公安局公安交通管理局社会营运车辆、公交车辆、涉外牌照车辆和罚没车辆的指定拆解厂家。

该公司总占地面积 80 646m²,正式员工 35 人,专业技术人员 5 人,拥有特大型地磅,各种专业国产、进口牵引、吊装、拆解、挤压、切割、打孔设备,大型仓储库房,年回收拆解能力达到 20 000 部以上。

该公司在建厂初期就注重规范管理,建立了质量管理体系并于 2005 年 10 月通过了ISO 9000 质量管理体系认证。它以现代化的拆解设备、工艺为手段,以市场化、人性化服务为宗旨,以治理污染、节约资源、废物利用为主题,分步操作,滚动发展。

生产形式由建厂前期的劳动密集型,逐步向机械化、自动化发展,生产内容由前期的简单拆解旧件利用销售,废弃物销毁阶段,逐步向科学拆解旧件翻新,废弃物品再生利用产业化发展。搭建起以废旧物资再生、废弃物品处理为主要生产经营内容的综合性报废车辆回收、拆解、处理、再利用基地。

资料来源:http://210.73.75.162:8080/CarManager

(三) 上海交运巴士拆车有限公司

上海交运巴士拆车有限公司建立于 2002 年 11 月 8 日,是经上海市经济委员会批准设立的专业拆解报废客运车(黄牌照)及综合利用的拆车企业。公司由上海市汽车修理有限公司、上海公交实业有限公司、上海嘉定安新经济发展部、崇明堡镇拆车厂共同投资组建。

公司经营范围是报废汽车回收拆解及综合利用,合同收购生产性废旧金属,旧汽车配件批发兼零售(以上涉及许可经营的凭许可证经营)。公司年拆解报废客运车能力 2 500 辆,现有员工 93 名。

资料来源:www.ddmap.com/map

三、我国汽车回收物流现状与存在的问题

我国正规的废旧汽车回收企业已有 1 200 多家,从业人员 6.6 万多人,其中 60%～70%的企业年拆解回收量在 100 辆以下,技术力量有限。同时拆车行业没有统一的技术规范,总体技术水平落后,车辆拆解后材料分类回收困难,大多数企业没有对可以再利用的零部件进行整理和归类。

汽车回收拆解企业总体经营和拆解水平较低,回收拆解企业主要靠出售废钢铁获利,采取破坏性拆解手段,废料成分混合,再生利用价值低,这造成零部件回收利用率低、回收利用的附加值低等现象。

目前,废旧汽车回收的环保要求低,对拆解场地没有要求,不易处理的材料如塑料、橡胶、废油等随意堆放、倾倒、燃烧,严重污染了土壤和地下水资源。对废物料的处理随意性大,如对汽车空调器氟利昂进行的非专业性处理等,这些都容易造成较大的二次污染。

具体体现在以下几个方面。

(一) 报废汽车回收利用企业规模较小

中国目前经国家认证的报废回收利用企业(已公布)365 家,另有一部分是省级管理部门批准承认的。据对 31 个省市 244 家报废汽车回收拆解企业统计,2006 年共回收报废汽车 96 万辆,拆解车辆 46 万辆,拆解率 48%。

相对而言,我国每年实际回收报废汽车数量较少,回收率较低,原因一是大量应该报废的机动车流于二手车市场或是贫困地区,二是非法回收企业倒卖、拼装,三轮车、低速货车的报废量很少。

（二）行业协会作用没有细分

目前我国负责报废汽车回收利用行业指导的社团组织主要是中国物资再生协会,该协会对汽车回收拆解行业的健康发展起了积极作用,但没有细致划分资金管理、信息管理等专门机构。

然而,在国外的一些国家如日本就充分发挥行业协会组织、管理的作用,协会下设资金管理法人,信息管理中心,再回收利用支援中心,分别负责汽车回收处理中的资金管理、信息管理,并对汽车废物回收处理进行技术支持。

（三）我国对报废汽车回收利用企业的监管力度不够

我国长期以来一直根据国务院发布的《报废汽车回收管理办法》对报废汽车回收利用企业实施资格认定。但 2002 年《国务院关于取消第一批行政审批项目的决定》（国发〔2002〕24 号）取消了原国家经贸委对报废汽车回收企业的资格认定,出现了一些不具备汽车回收资质的企业从事报废汽车回收利用,大量报废汽车流入市场,回收拆解率明显下降,个别地区甚至出现了报废汽车上路行驶,导致重大交通事故发生的现象,给人民群众生命安全造成严重威胁。

 小贴士

虽然全国每年的汽车报废量高达 300 多万辆,但真正送到报废汽车回收企业的却远未达到这个数目,报废汽车回收率只有 40% 左右,其余近 60% 的应报废车辆游离于政府部门的监管之外。

（四）信息管理制度缺失

我国目前还没有汽车回收物流信息管理方面的制度,而日本汽车回收利用促进中心在信息管理上通过互联网接收有关单位报废汽车的交接信息,即"电子清单",通过建立和运行电子清单系统,政府对报废汽车回收、拆解、破碎等环节的信息有了明确的统计和监督,使回收利用费用的管理做到公正、公开、透明。

（五）对汽车制造商的责任要求没有明确规定

目前,很多国家都规定了制造商在报废汽车的回收利用体系中承担关键的义务,鼓励企业在设计、制造汽车时采用绿色设计,提高汽车的可拆解性和可回收性,最大限度地减少环境污染。要求汽车制造商对汽车的全生命周期负责,通过自己或销售商提供回收服务,对制造商改进产品设计、减少有害物用量和预防污染形成激励。同时鼓励汽车生产企业从事汽车回收、部件再制造业务,与回收行业签订相关合同,提供技术支持。

我国对汽车制造商尚未提出车辆回收利用方面的要求,制造商只负责生产、销售汽车,与车辆报废如何回收、拆解和利用完全脱节。

（六）回收利用费由报废企业承担

在日本的报废汽车回收利用体系中，消费者在购买新车时缴纳回收再利用费，已经销售的车辆应在《汽车回收利用法》实施后三年内缴纳回收再利用费，促使汽车消费者建立谁消费谁报废谁就要支付回收处理费用的意识，增强消费者节约资源和爱护环境的意识，而在我国，回收拆解费由报废企业来承担。

（七）报废回收技术及过程落后

我国的报废汽车回收利用行业是劳动密集型产业，拆解手段比较落后，技术装备科技含量低，大部分拆解企业仍处于低水平的简单拆解阶段，生产效率低，经济效益较差。

（八）注重环保程度不够

报废汽车不当的拆解处理会对环境造成严重污染，国外十分重视报废汽车回收、拆解企业环境保护问题，将环保作为规范企业的重要内容。

目前，我国报废汽车拆解企业场地条件很差，很少有防渗漏处理的设备，没有油水分离、飞溅防护的环保设备，对废油处理进行简易流放和收集。多数企业缺乏安全气囊的处理装备及经验，多数企业对车内空调器的氟利昂自然放掉，废油、废液引起的污染普遍存在。

（九）回收利用水平低

我国报废汽车的资源再利用水平较低，没有形成再利用汽车零部件的规范市场，缺乏流通渠道，一般金属件的回收利用仅作为炼钢的原材料，旧件利用率低，大多数企业没有对可以再利用的零部件进行整理和归类，回收拆解企业主要靠出售废钢铁获利。

四、我国汽车回收物流发展的措施

汽车报废及回收利用是汽车流通中的重要环节，涉及人民群众生命安全、环境保护、资源再利用等公共利益，为促进我国汽车报废行业的健康发展、合理布局，可以从以下几个方面着手。

（一）完善和健全相关的法律法规体系

我国的《报废汽车回收管理办法》对报废汽车回收拆解企业、车主、政府有关部门的行为进行规范，对维护正常经济秩序起到了积极的作用。但标准在执行中不易操作，因此应尽快修订，出台实施细则，加强对报废汽车企业的监管，提高准入门槛，防止报废汽车流向社会。

鉴于我国报废汽车拆解企业技术装备与更新改造能力严重不足，建议通过立法和制定产业扶持政策，推进企业优胜劣汰和优化重组，促进现有报废汽车回收企业实现布局合理化、管理规范化、企业规模化。

（二）设立报废汽车回收拆解企业资格认定，严格准入制度

由于报废汽车回收利用涉及公共安全、资源再利用和环境保护，政府部门应加强统一管理，设立报废汽车回收拆解企业资格认定，从环保、资源再利用、信用机制的角度设立拆解企业的准入条件。

（三）提高技术水平，加快结构调整

我国的报废汽车行业分工不细，往往一个企业承担从回收拆解到粉碎的全部业务。应将企业划分为回收点、拆解企业、翻新企业、破碎企业。制定不同的技术要求，专业化，分层次，引导我国报废汽车回收拆解行业的调整和优化组合。

（四）积极发挥行业协会的作用

加大行业协会的指导作用，对报废汽车回收企业网点进行合理布局，加强对报废汽车回收拆解企业的工艺规范，研究确定各个环节的技术质量标准和要求，确保报废汽车回收、拆解、粉碎、分离等各环节的质量要求。

（五）建立完善的信息管理网络

建立电子清单制度，将报废汽车回收、拆解证明、注销登记、终止保险以及其他法律及行政手续等信息纳入电子化管理。同时，开辟报废汽车主管部门与所属部门的信息交流渠道，建立"信息网络平台"。

（六）积极发挥制造商的作用，引导报废汽车的回收技术

引导汽车制造商从事报废汽车回收、部件再制造业务，确保制造商从设计和生产开始就统筹考虑车辆报废和回收利用的问题，最终达到减少环境污染，提高车辆回收利用率的效果。

（七）减少报废拆解过程的环境污染

重视报废汽车拆解过程中的环境保护，对报废汽车回收拆解企业制定较高的环保要求，使这些企业必须具备废油、废液的回收处理技术，对危险废物要严格按环保要求处置。

（八）加强信用体系建设，提高资源再利用率

通过有效的信息流通体系，使报废汽车零件信息透明，使消费者明确二手零部件的来源、车辆品牌和型号，加强对二手报废汽车零件市场的监管力度，提高报废汽车零件的利用率。

（九）加强监管，严厉打击不法拆解行为

报废汽车回收管理部门依据职责，加大对违法从事报废汽车回收拆解行为的监管力度，对未经注册取得营业执照，非法从事报废机动车回收的企业，按照有关规定予以查封、取缔。强化报废车规范化管理，坚决惩处非法买卖报废车或"五大总成"（发动机、方向机、变速器、前后桥、车架）及报废车违规上路等违法行为。

第三节 我国汽车回收物流的业务处理

当今世界，汽车可以分为三大类：客车、货车和轿车。汽车的主要材料有金属材料、塑料、橡胶、玻璃和油漆等，报废汽车回收拆解企业必须遵守国家的法律法规，依据相关的技术规范对回收汽车不同的部件进行有效处理。

一、报废汽车回收拆解企业技术规范

《报废汽车回收拆解企业技术规范》规定了报废汽车回收拆解企业及回收拆解工作的术语和定义、企业要求、报废汽车拆解作业程序等管理技术要求，适用于从事报废汽车回收拆解经营业务的企业，回收拆解摩托车、轮式自行机械的企业参考执行。

（一）报废汽车回收拆解企业的要求

《报废汽车回收拆解企业技术规范》对报废汽车回收涉及的场地、设施设备、人员等都作了具体要求。

1. 场地要求

（1）经营面积不低于 10 000m²，其中作业场地（包括存储和拆解场地）面积不低于 6 000m²。

（2）报废汽车存储场地（包括临时存储）的地面要硬化并防渗漏。

（3）拆解场地应为封闭或半封闭车间，地面应防止渗漏。拆解车间应通风、光线良好，安全防范设施齐全，并远离居民区。

（4）应设置旧零件仓库。

（5）存储场地和拆解车间的总排水口应设置油水分离装置和与其相接的排水沟。

2. 设施设备的要求

（1）具备车辆称重设备。

（2）具备室内拆解预处理平台，并配有专用废液收集装置和分类存放各种废液的专用密闭容器。

（3）具备安全气囊直接引爆装置或者拆除、存储、引爆装置。

（4）具备汽车空调器制冷剂的收集装置。

（5）具备分类存放含聚氯联苯或聚氯三联苯的电容器、机油滤清器和蓄电池的容器。

（6）具备车架剪断设备、车身剪断或压扁设备。

（7）具备起重运输设备。

（8）具备总成拆解平台或精细拆解平台。

3. 人员要求

专业技术人员不少于 5 人，其专业技能应能满足规范拆解、环保作业、安全操作（含危险物质收集、存储、运输)等相应要求。国家相关法规有持证上岗规定的,相关岗位的操作人员应遵守规定持证上岗。

4. 其他要求

从事报废汽车回收的企业要具备计算机等办公设施,具备符合国家有关规定的消防设施,同时各类废弃物的存储设施应符合国家环境保护的相关标准。

(二)企业作业程序

报废汽车回收拆解企业的作业程序应严格遵循环保和循环利用的原则,接收或收购报废汽车后应按照检查和登记、拆解预处理、报废汽车存储、拆解、存储和管理程序进行作业。

1. 检查和登记

报废汽车回收拆解企业检查和登记的内容主要有以下几个方面。

(1)检查报废汽车发动机、散热器、变速器、差速器、油箱等总成部件的密封、破损情况。对于出现泄漏的总成部件,应采用适当的方式收集泄漏的液体或封住泄漏处,防止废液渗入地面。

(2)对报废汽车进行登记注册并拍照,将其主要信息录入计算机数据库并在车身醒目位置贴上显示信息的标签。

(3)第(2)条提到的主要信息包括:报废汽车车主(单位或个人)名称、证件号码、牌照号码、车型、品牌型号、车身颜色、重量、发动机号、车辆识别代号(或车架号)、出厂年份、接收或收购日期。

(4)将报废汽车的机动车登记证书、号牌、行驶证交公安机关交通管理部门办理注销登记。

(5)向报废汽车车主发放《报废汽车回收证明》及有关注销书面材料。

2. 拆解预处理

报废汽车回收拆解企业拆解预处理的内容主要有以下几个方面。

(1)拆除蓄电池,拆除液化气罐。

(2)直接引爆安全气囊或者拆除安全气囊组件后引爆。

(3)在室内拆解预处理平台使用专用工具和容器排空和收集车内的废液。

(4)用专门设备回收汽车空调器制冷剂。

3. 报废汽车存储

报废汽车存储应注意以下几个方面。

(1)应避免侧放、倒放。

(2)如需要叠放,应使上下车辆的重心尽量重合,以防掉落,且叠放时外侧高度不超过3m,内侧高度不超过4.5m;对大型车辆应单层平置。如果为框架结构,要考虑其承重安全性,做到结构合理,可靠性好,并且能够合理装卸,而对存储高度没有限制。

（3）应与其他废弃物分开存储。

（4）接收或收购报废汽车后,应在 3 个月之内将其拆解完毕。

4．拆解

报废汽车回收拆解企业拆解的规定主要有以下几个方面。

（1）报废汽车预处理完毕之后,应完成油箱,机油滤清器,玻璃,包含有毒物质的部件(含有铅、汞、镉及六价铬的部件),催化转化器及消声器,转向锁总成,停车装置,倒车雷达及电子控制模块,车轮和轮胎,能有效回收的含金属铜、铝、镁的部件,能有效回收的大型塑料件(保险杠、仪表板、液体容器等),橡胶制品部件,有关总成和其他零部件的拆解工作,并符合相关法规要求。

（2）报废的大型客、货车及其他营运车辆应当按照国家有关规定在公安机关交通管理部门的监督下解体。

（3）拆解报废汽车零部件时,应当使用合适的专用工具,尽可能保证零部件可再利用性以及材料可回收利用性;应按照汽车生产企业所提供的拆解信息或拆解手册进行合理拆解,没有拆解手册的,参照同类其他车辆的规定拆解;存留在报废汽车中的各种废液应抽空并分类回收,各种废液的排空率应不低于 90%;不同类型的制冷剂应分别回收;各种零部件和材料都应以恰当的方式拆除和隔离。

拆解时应避免损伤或污染再利用零件和可回收材料;按国家法律、法规规定应解体销毁的总成,拆解后应作为废金属材料利用;可再利用的零部件存入仓库前应做清洗和防锈处理。

5．存储和管理

存储和管理应该做到以下几个方面。

（1）应使用各种专用密闭容器存储废液,防止废液挥发,并交给合法的废液回收处理企业。

（2）拆下的可再利用零部件应在室内存储。

（3）对存储的各种零部件、材料、废弃物的容器进行标识,避免混合、混放。

（4）对拆解后的所有的零部件、材料、废弃物进行分类存储和标识,含有害物质的部件应标明有害物质的种类。

（5）容器和装置要防漏和防止洒溅,未引爆安全气囊的存储装置应防爆,并对其进行日常性检查。

（6）拆解后废弃物的存储应严格按照 GB 18599 和 GB 18597 要求执行。

（7）各种废弃物的存储时间一般不超过一年。

（8）固体废弃物应交给符合国家相关标准的废物处理单位处理,不得焚烧、丢弃。

（9）危险废物应交由具有相应资质的单位进行处理处置。

（三）企业管理

报废汽车回收拆解企业在管理上应该做到以下几个方面。

（1）应建立相关制度防止报废汽车及国家禁止销售的报废汽车总成零部件流向市场。

（2）对操作工人进行安全操作和废弃物处理方面的培训，推行培训上岗制度。

（3）应实施消防安全检查制度，建立设施设备检修和维护制度、废弃物环保管理制度等，并形成相应的管理文件。

（4）应建立报废汽车回收拆解档案和数据库，对回收的报废汽车逐车登记。记录报废汽车回收、拆解、废弃物处理以及拆解后零部件、材料和废弃物的流向等。档案和数据库的保存期限应不少于 3 年。

二、废汽车有色金属的回收利用

汽车金属材料可分为黑色金属材料和有色金属材料两大类。汽车使用的有色金属材料主要有铝、铜、镁合金和少量的锌、铅及轴承合金等。随着汽车轻量化运动的不断发展，铝、镁合金材料的用量也不断加大。

（一）有色金属在汽车上的应用

汽车重量对燃料经济性起着决定性的作用，车重每降低 100kg，油耗可减少 0.7L/100km。铝合金是最佳的汽车轻量化用材。汽车用铝主要是铝合金，一些车上采用了少量的铝基复合材料。

镁的密度为 $1.74g/cm^3$，只有铝的 2/3，是一种最轻的结构材料。镁合金密度不高但强度很高，加工性能好，以往除了在航天航空领域，镁合金并没有像铝合金那样得到广泛的应用。近年来，随着汽车轻量化的发展，人们将目光投向了镁合金。

目前，镁合金零件主要用于小汽车与赛车。国外用镁合金制造的零件有：离合器盒、变速箱、制动器盒、踏板架、仪表板等。

国内上海大众汽车公司生产的桑塔纳轿车的手动变速箱壳体也是用镁合金压铸的。汽车上广泛使用的镁合金是 AZ91D，另外还有 AM50、AM60、AZ81 等。镁合金在汽车上的应用，无论从零部件数量还是重量上看，目前都远低于铝合金。

但是，由于其比铝合金更轻，是将来进一步降低汽车重量的理想材料，也是铝合金的有力竞争对手，实际上近几年来镁合金在轿车上的用量也趋于上升。汽车上使用的铜主要是纯铜、黄铜和青铜。纯铜用来制造制动管、散热管、油管和电器接头。铜合金则广泛用于其他零部件，由于铜及铜合金比较重，不符合汽车轻量化的发展方向，因此，一些铜件逐渐被铝合金取代，如散热器。欧洲铝化率已达 90%～100%，美国达到 60%～70%，日本达到 25%～35%，我国在这方面也已开始起步。

（二）废汽车中有色金属的回收利用

一般认为，最理想的有色金属回收方法是原零件的重用，这是一种人工为主的回收方法，即人工分解汽车，然后将各种材料和零部件分类放置。这样，铝、镁、铜等合金零部件可按变形或铸造合金,或按不同合金系进行回收再生。但是,目前工业发达国家用人工拆解旧车已不再是唯一的方法,并且在逐年减少。

目前回收旧车上的材料,已从回收零部件的旧模式向回收原材料的新模式转化,即从人工拆解零部件转向机械化、半自动化回收原材料。现在已较多采用切碎机切碎旧车主体后再分别回收不同的原材料,方法如下。

(1) 将旧车内所有液态物质排放后用水冲洗干净。

(2) 先局部地将易拆解下来的大件(车身板、车轮、底盘等)拆解下来。

(3) 将旧车拆解下的大件和未拆解的旧车剩余体,分别进入切碎机系统流水线,先压扁,然后在多刃旋转切碎装置上切成碎块。

(4) 流水线对碎块进一步处理。其顺序是:全部碎块通过空气吸道,利用空气吸力吸走轻质塑料碎片;通过磁选机,吸走钢和铁碎块;通过悬浮装置,利用不同浓度的浮选介质分别选择密度不同的镁合金和铝合金;由于铅、锌和铜密度大,浮选方法不太适用,利用熔点不同分别熔化分离出铅和锌,最终余下来的是高熔点的铜。

这种回收方法流程合理,成本相对不是很高,但对回收铝、镁合金也并非完美无缺,最大的缺点是轿车上用的铝、镁合金属于不同的合金系,既有变形合金又有铸造合金,经破碎和浮选后,不能再进一步分离,成为不同合金的混合物,这就给随后重熔再生合金的化学成分和杂质元素控制带来相当大的困难,大多数情况下仅能作为重熔铸造合金使用,降低了使用价值和广泛性。

为了解决铝、镁合金重熔回收后成分混杂、使用价值低的问题,汽车设计师和材料工作者分别在车上主要部件设计以及材料选用上进行了努力。另外,新的分离方法也在不断被开发出来,如铝废料激光分离法、液化分离法等。下面是铝合金液化分离法的简要介绍。

(三) 铝合金液化分离装置

铝合金材料含量很高的汽车会大量使用铝板类材料,主要是为了减轻重量而使用铝合金车身,铝质车身表面会有大量的油漆、涂料和黏结剂。报废车被拆解之后,车身被粉碎以分离铝和其他材料,当废旧油漆车身被重熔时,车身上的油漆和黏结剂经高温热解可保证彻底分开,对去除油漆和涂料的废车身及铝制零件再分成不同种类的铝合金,有利于提高废旧铝料的回收价值。

废旧铝料经机械切割、磁选,再经液化分离装置,分离掉涂料和黏结剂中的大部分成分和大部分涂料及残渣,这时的废旧铝料用激光光学探测谱进行分类。液化分离装置具有很高的热分解效率,高温去除附着在铝制车身上的有机涂料,温度必须在 450℃ 以上,这种情况下得到的产品是气体、焦油类和炭类成分。

气体蒸发后剩下的焦炭和焦油层通过分离器内部的氧化装置去除。液化装置有一个可允许气体微粒通过的过滤装置,使用时,在液化层的铝沉积到底部,而其中的有机成分分解。选择合适的温度可保证有机材料的彻底分解而不溶化任何气体成分。传输过来的热量用于废旧铝料的分解之后，通过燃烧有机材料而散发出去，达到平衡。

这种装置比现有的对流式热传输装置效率高5～10倍。在液化分离装置中，废料通过旋转鼓搅拌，在液化仓中残渣停留时间为2～15min，在液化仓内部，废料与仓中的溶解液混合，砂石等杂质被分离到砂石分离区，被废料带出的溶解液通过溶解液回收螺旋桨送回液化仓。氧化区与排气导管相连接，氧化那些游离的碳氧化物并防止液化仓底部物质损失。

使用该装置对涂料板材样品进行试验，试验条件温度为550℃，时间10min，试验结果令人满意，净金属回收率达到98％以上。

三、汽车轮胎的回收利用

废旧轮胎被称为"黑色污染"，其回收和处理技术一直是世界性难题，也是环境保护的难题。

 小贴士

据统计，目前全世界每年有15亿条轮胎报废，其中北美大约占4亿条，西欧占近2亿条，日本1亿条。

在20世纪90年代，世界各国最普遍的做法是把废旧轮胎掩埋或堆放。以美国为例，1992年废旧轮胎掩埋/堆放率达63％。但随着地价上涨，征用土地作轮胎的掩埋/堆放场地越来越困难。另一方面，废旧轮胎大量堆积，极易引起火灾，造成第二次公害。

随着中国汽车工业的高速发展，废旧轮胎带来的环保压力也越来越大。中国现有再生胶企业500多家，年产再生胶近40万吨；利用废旧轮胎生产胶粉的企业近60家，年产胶粉不足5万吨。这两项合计可利用废旧轮胎约2 600～3 000万条，但仍有2 000多万条废旧轮胎无人问津。

（一）废旧轮胎翻新处理和利用

废旧轮胎处理和利用，主要有两大途径：一是旧轮胎翻新；二是废轮胎的综合利用，包括生产胶粉、再生胶等。翻新是利用废旧轮胎的主要和最佳方式，就是将已经磨损的废旧轮胎的外层削去，粘贴上胶料，再进行硫化，重新使用。

 小贴士

目前翻新是发达国家处理废旧轮胎的主要方式。目前世界翻新轮胎（翻新胎）年产量约8 000多万条，为新胎产量的7％。美国年产轮胎2.8亿条，居世界之冠，年翻修轮胎约3 000万条，是新胎产量的10％左右。其中，翻新轿车轮胎200万条、轻型卡车轮胎680万条、载重车轮胎 2 000 万条,飞机、工程车等其他翻新轮胎约 70 万条。

世界汽车专家认为,翻新胎可以按照新胎同样的合法速度行驶,在安全、性能和舒适程度上不亚于新胎。传统的轮胎翻新方式是将混合胶粘在经磨锉的轮胎胎体上,然后放入固定尺寸的钢质模型内,最后经过 150℃ 以上温度硫化的加工方法,俗称"热翻新"或热硫化法。该法目前仍是中国翻胎业的主导工艺,但在美国、法国、日本等发达国家已逐渐被淘汰。

随着高科技工艺的发展以及新一代轮胎的面世,人们对翻新轮胎的要求提高,一种新型的被称为"预硫化翻新",俗称"冷翻新"的轮胎翻新技术已经在发达国家成功应用且被带入中国。

"预硫化翻新"技术是将预先经过高温硫化而成的花纹胎面胶粘在经过磨锉的轮胎胎体上,套上具有伸缩性的耐热胶套,置入温度在 100℃ 以上的硫化室内进一步硫化翻新,这项技术可确保轮胎更耐用,提高每条轮胎的翻新次数,使轮胎的行驶里程更长,平衡性更好,使用也更加安全。

 小贴士

近年来崛起的米其林轮胎翻新技术公司(MRT)是排在世界轮胎业前三名的法国米其林集团设在北美地区的子公司。MRT 拥有两项专利技术:预硫化翻新技术和热硫化翻新技术。

通过自办轮胎翻新厂和向其他轮胎翻新厂出让技术,MRT 已建立起庞大的轮胎翻新网络。

(二)废车胎制胶粉

通过机械方式将废旧轮胎粉碎后得到的粉末状物质就是胶粉,其生产工艺有常温粉碎法、低温冷冻粉碎法、水冲击法等。与再生胶相比,胶粉无须脱硫,所以生产过程耗费能源较少,工艺较再生胶简单得多,减低污染环境,而且胶粉性能优异,用途极其广泛。通过生产胶粉来回收废旧轮胎是集环保与资源再利用于一体的很有前途的方式,这也是发达国家摒弃再生胶生产,将废旧轮胎利用重点由再生胶转向胶粉和开辟其他利用领域的根源。

胶粉有许多重要用途,譬如掺入胶料中可代替部分生胶,降低产品成本;活化胶粉或改性胶粉可用来制造各种橡胶制品(汽车轮胎、汽车配件、运输带、挡泥板、防尘罩、鞋底和鞋芯、弹性砖、圈和垫等);与沥青或水泥混合,用于公路建设和房屋建筑;与塑料并用可制作防水卷材、农用节水渗灌管、消音板和地板、水管和油管、包装材料、框架、周转箱、浴缸、水箱;制作涂料、油漆和黏合剂;生产活性炭。

（三）废轮胎用于建筑材料

近年来,废旧轮胎于土木(岩土)工程中的应用在逐步增加,通常是将整条轮胎切成 50～300mm 的碎片。在岩土工程中使用碎轮胎的益处是,碎轮胎的单位体积重量只是常用回填土的 1/3,因而用其作填料所产生的上覆压力要比泥土回填材料所产生的小得多。这对软弱地基而言,将会明显地减少沉降,增强整体稳定性,并且碎轮胎填料施加在挡土结构上的水平压力不到泥土回填材料的一半,为大幅降低挡土结构的造价奠定了基础。

橡胶土是一种新的轻质多孔隙建筑材料。该材料主要由碎橡胶、水泥、煤灰或粉煤灰(PFA)、橡胶粉或聚合物纤维和水制成。碎橡胶主要来自去掉钢丝的废旧橡胶轮胎,也可从其他回收的橡胶制品中获得,将上述原料以预定比例充分混合制浆即可浇筑成轻质多孔隙的建筑材料。同样,也可将制成的浆倒入铸模浇铸成轻质建筑块,应用的领域包括路堤、挡土结构、山坡填土、地下厂房回填、道路填土、土地开垦及其他的土木工程应用。

（四）原形改制

原形改制是通过捆绑、裁剪、冲切等方式,将废旧轮胎改造成有利用价值的物品,最常见的是用做码头和船舶的护舷、沉入海底充当人工渔礁、用做航标灯的漂浮灯塔等。原形改制是一种非常有价值的回收利用方法,但该方法消耗的废旧轮胎量并不大,所以只能当做是一种辅助途径。

（五）热能利用废旧轮胎

轮胎是一种高热值材料,每千克的发热量比木材高 69％,比烟煤高 10％,比焦炭高 4％。以废旧轮胎当作燃料使用,一是直接燃烧回收热能,此法虽然简单,但会造成大气污染,不宜提倡;二是将废旧轮胎破碎,然后按一定比例与各种可燃废旧物混合,配制成固体垃圾燃料(RDF),供高炉喷吹代替煤、油和焦炭做烧水泥的燃料或代替煤以及火力发电用。同时,该法还有副产品——炭黑生成,经活化后可作为补强剂再次用于橡胶制品生产。

在综合利用中,热能利用是目前能够最大量消耗废旧轮胎的唯一途径,不仅方便、简洁、而且设备投资最少。

（六）再生胶

通过化学方法,使废旧轮胎橡胶脱硫,得到再生橡胶,是综合利用废旧轮胎最古老的方法。目前采用的再生胶生产技术有动态脱硫法(恩格尔科法)、常温再生法、低温再生法(TCR 法)、低温相转移催化脱硫法、微波再生法、辐射再生法和压出再生法。由于再生胶的生产严重污染环境,国外已经淘汰,而中国再生胶仍是利用废轮胎的主要方法。不少企业还处于技术水平低、二次污染重的作坊式生产阶段,胶粉产品也未形成规模。

（七）热分解

热分解就是用高温加热废旧轮胎,促使其分解成油、可燃气体、碳粉。热分解所得的油与商业燃油特性相近,可用于直接燃烧或与石油提取的燃油混合后使用,也可以用做橡胶加工软化剂;所得的可燃气体主要由氢和甲烷等组成,可作燃料使用,也可以就地燃烧供热分解过程的需要;所得的碳粉可代替炭黑使用或经处理后制成特种吸附剂。

这种吸附剂对水中污物,尤其是水银等有毒金属有极强的滤清作用。此外,热分解产物还有废钢丝。

四、汽车玻璃的回收利用

报废汽车的玻璃主要来自灯、反射镜和驾驶室。在意大利,每年从废车上大约要回收6万吨这样的玻璃。由于用这些玻璃制造二次产品的技术性能低于一次产品,所以它们主要用于制造各种玻璃瓶或其他玻璃制品。汽车玻璃除传统的玻璃以外,现在广泛采用的是一种为提高强度而制造的夹层玻璃(即在两层普通玻璃中间夹有一层高分子聚合物层,以增加玻璃的安全性)。这种玻璃的回收可将夹层玻璃加热到中间聚合物的软化温度,从而将玻璃和高聚物分开,再分别回收。

 小贴士

另有文献报道可将这样的夹层用于制砖工业,因为玻璃可以替代砖中的石英砂,聚合物可以替代锯末、纸浆或其他可燃材料,在砖上形成空洞以达到隔热的效果。实验证明,如果加入适当量的玻璃和聚合物,可以降低生产过程中的能耗,同时改善砖的微结构,使砖的密度减低而强度提高,从而改善砖的性质。

总体来看,汽车废玻璃的回收和再利用同汽车上其他非金属材料一样,虽然在技术上是可行的,但实际操作起来却比较困难。这是因为这些材料的回收一般都是采用手工拆解,故成本过高;还有因为回收过程中容易混入其他杂质,造成回收材料的纯度不够,不仅增加了回收的难度,而且影响了再利用的效果;再就是现有进行材料回收的基础设施还不够,造成回收工作难以进行。

五、汽车塑料的回收利用

从现代汽车使用的材料看,无论是外装饰件、内装饰件,还是功能与结构件,到处都可以看到塑料制件的影子。外装饰件的应用特点是以塑料代钢,减轻汽车自重,主要部件有保险杆、挡泥板、车轮罩、导流板等;内装饰件的主要部件有仪表板、车门内板、副仪表板、杂物箱盖、坐椅、后护板等;功能与结构件主要有油箱、散热器水室、空气过滤器罩、风扇叶片等。

塑料是一种难以自燃、分解的物质,有些改性后的塑料材料使用寿命更长,若是通过焚烧的方式来处理会造成严重的大气污染。而汽车是有报废年限的,随着全世界汽车保有量的增加,每年从汽车上拆解下来的废塑料数量之多可想而知。因此,如何处置这些塑料零件就成为一道令人头痛的难题。

采用塑料制造汽车部件的最大好处是减轻了汽车重量,提高了汽车某些部件的性能。但也正是塑料部件的独有的特性,带来了极其难处理的回收利用问题,其中最大的就是环境污染问题。

报废汽车的塑料最理想的出路是回收、再利用,但其回收处理工艺十分复杂,即使在一些回收处理技术较先进的国家,对于塑料件的回收和再生利用也尚在研究开发之中。目前,国外仍主要是采用燃烧利用热能的方式来处理汽车废旧塑料件,并通过一定的清洁装置,将不能利用的废气和废渣进行清洁处理。

但日本及欧洲各国在几年前已分别提出了对汽车废旧塑料的利用要求,并规定了具体的年限。由于汽车工业发达国家政府的高度重视,促进了包括塑料和橡胶在内的废旧材料的回收利用,汽车废塑料制品的实际利用率在2000年已达85%左右,预计到2015年可达到95%。

目前,汽车废旧塑料的回收、再生与利用技术,在国外已成为一个热点并逐步成为一种新兴的产业。

六、汽车黑色金属材料的回收利用

黑色金属材料包括钢和铸铁。按是否含有合金元素来分,钢可分为碳素钢和合金钢两类,碳素钢按冶炼质量又分为普通碳素钢和优质碳素钢,合金钢有合金结构钢和特殊钢之分。根据钢材在汽车中的应用部位和加工成型方法,可把汽车用钢分为特殊钢和钢板两大类。

废旧汽车经拆解、分类后作为材料回收的必须经机械处理,然后将钢材送钢厂冶炼,铸铁送铸造厂,有色金属送相应的冶炼炉。当前机械处理的方法有剪切、打包、压扁和粉碎等。

(一)黑色金属材料的机械处理方案

黑色金属材料的机械处理的可供选择方案如表6-2所示。

表6-2中,方案1的特点是投资小,处理灵活,占地面积小,适合于私人或较小企业使用。方案2与方案1的主要区别在于对钢件的处理设备不同,投资较多,处理后废钢质量好,所选用的机器寿命长,生产效率高,适合于中型企业使用。

方案3的特点是可以将整车一次性处理,可将黑色金属和非金属材料分类回收,所回收的金属纯度高,是优质的炼钢原料,适合于大型生产过程中不可缺少的阴极及原材料,其中碳的含量约占35%,氟的含量约占5%~6%。

表 6-2 黑色金属材料的机械处理 3 种可供选择的方案

部 件	方案 1	方案 2	方案 3
汽车壳体处理方法	采用金属打包机打包推荐设备：Y81—250B、Y81—315、Y81—400	门式废钢剪断机预压剪断推荐设备：Q91Y—630、Q91Y—800、Q91Y—1000、Q91Y—1200	采用废汽车处理专用生产线整车处理，即送料→压扁→剪断→小型粉碎机粉碎→风选→磁选→出料或送料→大型粉碎机粉碎→风选或水选→出料
汽车大梁处理方法	采用废钢剪断机剪断推荐设备：Q43—63B 型鳄鱼式废钢剪断机	同上	
变速箱、发动机缸体处理方法	铸铁破碎机破碎推荐设备：PSZ—160 型铸铁破碎机	铸铁破碎机破碎推荐设备：PSZ—460 型铸铁破碎机	

方案 3 成功的案例是英国群鸟集团公司安装的粉碎生产线，小的处理能力可达到 250t，但是它的占地面枳大，功率大（小型粉碎机的功率在 1 000kW 以上，大型的在 4 000kW 以上），需要投资较多，适合于大量处理旧车的专用厂。

（二）废旧汽车黑色金属回收设备

废钢铁生产线，其主体是破碎机，辅助设备是输送、分选、清洗装置，破碎机用锤击方法将废钢铁破碎成小块，再经磁选、分选、清洗，把有色非金属、塑料、油漆等杂物分离出去，得到的洁净废钢铁是优质钢材。这样的处理废旧汽车生产线在世界上已经有 600 多条，但大多集中在汽车工业发达的国家。

目前我国报废汽车已材料回收的零部件存在利用率低、效率低、回收种类少等问题。如车架的分割采用氧气切割，这种方法能量高，金属烧损大。由于加工设备水平的限制不能加工出质量很高的废钢，而钢铁公司对废钢铁的要求是很高的，特别是用废钢铁再生高质量钢材时。因此，开发适合我国国情的报废汽车回收设备及废钢铁生产线势在必行。

打包机、液压机和剪切设备在我国相对来说，起步较早。有数家生产这些设备的企业，其中处于主导地位的是宜昌机床股份有限公司。该公司从 20 世纪 70 年代初开始进行回收机械的研究，拥有全国唯一的金属回收机械研究所，主要产品有 4 个系列 50 多个规格型号。1982 年后，该公司又成功地开发了将整驾驶室一次压成合格炉料的 Y81—250 金属打包液压机和可将半个解放、东风等车型的驾驶室压成包块的 Y81—160 型金属打包液压机。

目前该公司正在开发钢铁生产线中的主体设备破碎机，已经作了收集国内外资料、社会市场调研等工作，为开发汽车粉碎机作了可行性研究，并与法国 TEAM 公司签订了废钢铁生产技术合作协议。

七、与汽车回收行业有关的气体、液体污染物的处理

汽车回收行业在业务处理过程中，会产生大量的有害气体、液体，这些气体的、液态的

污染物经常滞留在工作环境中,在处理过程中如果不加任何预防措施,有可能通过人的呼吸道、皮肤乃至消化道进入体内,对人体的健康造成危害。在通常情况下,这类危害往往是慢性的、远期的,具有致癌作用和引起遗传物质的突变作用,另外对环境的破坏也是不容忽视的。

(一)汽车回收行业产生的污染物的分类

汽车回收行业产生的污染物主要分为以下三类。

1. 固体废弃物

固体废弃物主要是无法回收的塑料零部件,它如同包装行业产生的不能降解的塑料包装物一样,被称为"白色污染"。

2. 有毒气体

与汽车回收行业有关的气体污染物都是由于车用塑料废弃物焚烧时产生的,如二氧化碳、一氧化碳、氰化物、二氧化硫、卤化氢等。如果采用不当的焚烧处理,还会产生大量的有毒气体,造成严重的大气污染。

3. 水污染

水污染包括由于润滑油、剩余燃料油、乳化油,以及清洗零部件的除漆剂和清洗剂等造成的含油废水;蓄电池的废电解液造成的铅污染(含铅废水)和酸污染(含酸废水)等。

(二)污染物的处理方法

对于与汽车回收行业有关的气体、液体污染物的处理方法如下。

1. 固体废弃物的处理

固体废弃物处理通常是指通过物理、化学、生物、物化及生化方法把固体废弃物转化为适于运输、贮存、利用或处置的过程。固体废弃物处理的目标是无害化、减量化、资源化。目前采用的主要方法包括压实、破碎、分选、固化、焚烧、生物处理等。

报废汽车回收中,对于因技术原因或其他原因还无法利用或处理的塑料零部件,是终态固体废弃物。终态固体废弃物的处置目的和技术要求是,使固体废弃物在环境中最大限度地与生物圈隔离,避免或减少其中的污染物组成对环境的污染与危害。

目前,终态固体废弃物的处理方法可分为海洋处置和陆地处置两大类。

(1)海洋处置

海洋处置主要分为海洋倾倒与远洋焚烧两种方法。海洋倾倒是将固体废弃物直接投入海洋的一种处置方法;远洋焚烧,是利用焚烧船将固体废弃物进行船上焚烧的处置方法。废物焚烧后产生的废气通过净化装置与冷凝器,冷凝液排入海中,气体排入大气,残渣倾入海洋。

(2)陆地处置

陆地处置的方法有多种,包括土地填埋、土地耕作、深井灌注等。土地填埋是从传统的堆放和填地处置发展起来的一项处置技术,按法律可分为卫生填埋和安全填埋。填埋法仍是汽车塑料零部件的主要处置方法。它不仅占用土地,而且使土壤质量下降,危害很大。

2. 有毒气体的处理

对于这些有害、有毒气体的防治,应在焚烧炉及其系统设计时采取净化措施。主要方法有以下几种。

（1）冷凝法

冷凝法主要依靠低温将空气中有毒气体凝结成液体后从废空气中分离出来。

（2）吸收法

吸收法是指用溶液或溶剂吸收焚烧炉所产生的有毒气体,使之与空气分离而被除去。

（3）吸附法

吸附法通过用多孔性的固体吸附剂（如活性炭）吸附有毒气体而使空气净化。

3. 水污染的处理

汽车回收行业的水污染类似于一般机械行业的情况,都是在作业过程中产生的。因此,可采取机械行业举类似的防治措施。

第四节　汽车回收物流的发展方向

汽车生产和使用需要耗用多种材料和能源,这些资源中大多数是不可再生资源,如果能够合理回收,可以最大限度地利用这些资源,实现良性循环。

 小贴士

在美国,回收汽车75%的零部件都可重新利用,欧盟的旧车处理条款则要求垃圾处理企业必须对废旧汽车的80%进行再利用。我国,尽管当前汽车年总产量达160万辆,但汽车回收率仅在25%左右。

欧美国家从政策和措施对废旧汽车回收都有严格的规定,相比之下,我国的回收利用率太低。因此,发展我国汽车回收业,加速循环经济在节约资源和再生资源方面刻不容缓,大有可为。本节就结合国外先进的经验对我国汽车回收物流的发展方向进行了较全面的探讨。

一、国外报废汽车回收拆解示范工程

（一）美国汽车回收利用概况

号称"车轮上的国家"的美国是世界上最大的汽车生产和消费国,汽车保有量高达

2.35亿辆,每年更新旧车超过1 000万辆。高效的废旧汽车回收行业和完善的二手车市场,为美国的废旧汽车找到了循环再利用之路,同时带来了巨大的经济、环境和社会效益。

1. 市场概况

美国是目前全球废旧汽车回收利用最有效的国家之一,废旧汽车回收已经超过铝罐回收,成为美国最大的回收行业。在美国,95%的废旧汽车得以回收,每辆回收车上被再利用的零部件重量超过该车总重量约75%。废旧车的回收利用为美国每年带来数十亿美元的收益。

对于未达到使用年限,车主又希望置换的旧车,二手车市场成了理想的选择。目前美国每年二手车的销量已远远超过新车销量。美国二手车市场经过数十年的发展已相当成熟,从价格、质量、服务等方面都能给消费者以保证和信心。在美国,几乎所有汽车经销商都同时经营新车和二手车。

2. 回收运作流程概况

美国约有1.2万家汽车零部件回收商,它们手里的废旧汽车主要有三个来源:一是发生交通意外报废的车;二是达到使用年限的车;三是一些被遗弃的车。

这些废旧车进入回收厂后,要经过下列几个处理步骤:首先,车内残留的各种液体将被彻底清除,油箱、电池和轮胎被拆除;其次,有用的汽车零部件被拆解下来,修理翻新后重新投入使用;最后,金属车架会被送进大型挤压机粉碎,再用磁分离法将钢分离出来。

3. 与回收相关的政策和行业环境

美国废旧汽车回收行业主要靠市场推动,相关法律也起到了推动和引导作用。美国环境保护总署负责制定汽车回收业的相关法律法规,各州环境保护局对汽车回收业进行管理和监督。在技术方面,通用、福特和克莱斯勒三大汽车制造商于1992年联合建立了汽车回收利用研究开发中心,为汽车回收行业提供指导。

《二手车法规》是美国针对二手车管理的一部最重要的法律,它强制规定二手车经销商增加透明度,以解决买卖双方信息不对称的问题,保护消费者。

从20世纪80年代开始,美国又推出二手车质量认证制度,由汽车生产商或大型经销商对二手车进行全方位的质量认证。虽然通过认证的二手车售价要高过未经认证的二手车,但由于其质量有保证,激发了消费者购买二手车的热情。

此外,美国有独立的专业汽车评估公司,为每辆车建立档案,撰写"汽车历史报告",内容包括所有权变更、里程数以及事故等重要信息,消费者支付少量费用就能全面了解所要购买车辆的历史,从而避免了因信息不全买错车。

(二)德国汽车回收利用概况

据德国汽车工业协会统计,2008年,德国国内汽车产量605万辆,其中小轿车553万辆,商用车51.4万辆,是全球第四大汽车生产国。同年,德国新上牌照车辆342.5万辆,其中小轿车309万辆。目前,德国汽车保有量为4 660万辆。

1. 市场概况

目前德国共有 15 000 个废旧汽车接收站或回收站、1 370 家拆解企业和 40 家废车压扁厂。回收网点主要根据居民分布和人口密度设置,离居民最远的回收网点一般不超过 50 公里。

据德国联邦统计局统计和德国联邦环保局公布的最新统计,2006 年德国报废车辆的回收利用率为 86.8%,如将能源回收利用包括在内,回收利用率则达 89.5%。其中,金属回收利用率占 73.6%。自 2004 年以来,德国报废车辆回收利用率提高了 9%~10%。

2. 回收运作流程概况

在德国,车主将其报废汽车送往旧车回收网点,回收站将其送往官方指定的汽车拆解厂。拆解厂一般对报废车辆进行"两级"处理和回收利用。

第一级首先对车辆进行"脱干"处理,即将车内的动力油、冷却液、机油、制冷剂等液体全部抽走;再对气囊、含毒部件、催化剂等进行分解处理;然后再拆解可回收利用的部件。

第二级处理是拆解厂将废旧车身送往压扁厂压扁,作为废铁、废钢回收利用。拆解厂对车辆进行拆解和回收利用后,必须填写车辆回收利用证明。

3. 与回收相关的政策和行业环境

德国有关报废汽车回收利用的法律最早可追溯到 1992 年通过的《旧车限制条例》,规定汽车制造商和进口商有义务回收废旧车。1996 年生效的《循环经济和废弃物法》规定,无法通过 TUEV 检查的车辆或维修费用超过车辆自身价值的车辆必须进行报废处理。

德国目前执行的报废汽车回收利用的法律主要是 2002 年 6 月 28 日生效的《废旧车辆处理法规》,该法是在原《旧车限制条例》基础上,根据欧盟报废汽车指令(2000/53/EG)修订的。除明确规定报废汽车回收利用的适用范围外,该法还对车主的委托义务、汽车制造商和进口商的回收义务、拆解厂的资质认证和回收利用率、禁止使用重金属等做了明确规定。

管理体制上,德国实行联邦、州和地方(乡镇)三级联邦制管理:联邦环境部及其下属的联邦环保局主要负责报废汽车回收利用的相关法律法规的制定;各联邦州及地方环保部门负责报废汽车回收利用政策的实施和监督;各地工商会通过公开招募鉴定专家对报废车辆回收利用企业的资格进行鉴定、审核,企业资质审核每一年半进行一次;旧车回收总会(简称 GESA)负责对报废车辆接收站、回收站、拆解厂以及环保鉴定师等网点的更新并提供相应的咨询服务;各地车管所负责报废车辆的注销,报废车辆注销必须凭车主证和拆解厂出具的报废车辆证明,两者缺一不可。

为应对金融经济危机,鼓励汽车消费,德国在出台的第二轮经济刺激方案中制定了以旧换新购车奖励政策。由于该政策备受德国消费者欢迎,见效快,实施两个多月,申请人数就远远超过政府设想的规模,致使德国政府大规模扩大财政补贴预算并延长实施期限。

(三)韩国汽车回收利用概况

韩国政府的"汽车国产化"政策,使韩国的汽车工业获得了飞速发展。1985 年,韩国的汽车年产量为 37 万辆,1986 年汽车年产量达到 60 万辆,1989 年汽车年产量为 113 万辆,1990 年汽车年产量达到 132 万辆。在随后的五年时间里,汽车年均增长率基本保持在 15%左右,1995 年达到 254 万辆。韩国汽车业已形成了以现代、起亚、大宇、双龙四公司鼎足的市场格局,一跃成为世界汽车生产大国。

1. 回收运作流程概况

韩国报废汽车回收拆解主要由专门的废车回收拆解公司负责。除废车回收外,拆解、压块及废钢铁加工等都在拆解企业完成。拆解下来的旧零部件继续流通销售,车身压块及经过初加工的废钢铁则销售给钢铁企业。

2. 与回收相关的政策和行业环境

韩国中央政府指导和管理报废汽车回收拆解行业的机构是产业资源部,主要负责研究制定指导报废汽车回收管理的政策法规。中介机构有韩国机械振兴会和韩国废车业协会。值得注意的是,这些中介机构的业务水平和研究能力都是很强的,而且人员大都身强力壮。

政府出台的各种政策法规,基本上都是由中介机构研究起草的。韩国《有关电气电子产品及汽车资源循环的法律案》规定了资源回收和再生率,类似于欧盟的 EU ELV 法规,规定了制造企业对资源回收和环保的责任。

(四)日本汽车回收利用概况

1. 市场概况

日本报废汽车回收,从最初以回收废钢铁资源为主要目的,逐渐转变为以回收处理废弃物,减少其对环境的影响为主要目的。到 1990 年,拆解企业开始使用切片机、粉碎机及其他分选设备,对树脂类废弃物也开始进行回收利用。2006 年,日本报废处理的汽车共计 305 万辆,拆解率为 100%。

2. 回收运作流程概况

日本报废汽车回收流程是车辆用户将其报废汽车交给汽车回收企业,然后报废车依次被转移到氟利昂回收企业、拆解企业、粉碎企业、汽车生产商(包括进口商,下同)进行回收处理;在此过程中各处理单位向日本汽车回收再利用促进中心发送、接收、转移信息报告。该中心核实汽车处理全部完成后,通过回收企业通知用户,用户根据所提供的车辆处理信息向国土交通省下属的各地陆运支局申请永久注销汽车登记。

3. 与回收相关的政策和行业环境

在汽车回收利用政策方面,日本走在最前面。日本中央政府指导和管理报废汽车回收的机构主要是经济产业省和国土交通省,经济产业省负责研究制定指导报废汽车回收处理的政策法规,国土交通省实施对车辆和道路交通的管理。

为进一步促进废旧汽车的回收处理,2000 年 11 月,由日本自动车工业协会等九个相关业者发起,成立了日本废旧汽车回收促进中心,主要目的是推行以生产者负责制为主要内容的废旧汽车回收处理制度。

汽车回收利用促进中心下设资金管理中心、信息中心、回收再利用支援中心,分别负责汽车回收处理中的资金管理、信息管理、对汽车生产商或进口商实施废物回收处理进行技术支持。

二、国外报废汽车回收拆解示范工程的典型特征

报废汽车回收拆解再利用是节约原生资源,实现环境保护、保证国家资源合理利用的重要途径,是我国经济可持续发展的重要措施之一。报废汽车的回收利用是一个涉及面广的系统工程,既需要政府通过完善的法规加强宏观调控,又需要市场合理配置资源,而两者的适度配合较难掌握。

在这方面发达国家通过多年的探索和实践,积累了一些符合市场经济规律的经验。借鉴这些经验有利于加速我国报废汽车回收利用工作的顺利开展。

国外报废汽车回收拆解示范工程具有一些典型特征。

(一) 技术成熟

如瑞典沃尔沃公司参与的"斯堪的纳维亚环境汽车回收设施(ECRIS)"工程,这是一个回收废旧汽车的示范工程。一期工程从 1996 年至 1997 年,为沃尔沃全部车型的拆车工作建立一个示范工程。二期工程从 1997 年至 1999 年,为全部欧洲车型建立拆车示范工程。ECRIS 不仅讲求环境效益,也追求经济效益。

它的资金来自出售拆车材料、参股者的出资和科研补助。其研究的内容包括环境影响、材料回收、能源回收、有毒物质、协调运输。其中发动机和变速器不用花太多钱即可修复,则可以再用,由技师进行测试和修理,然后卖给修理厂再用,ECRIS 还给这些二手发动机 30 天的保修期。

(二) 全国性回收网络

如德国巴伐利亚汽车厂与蒂森公司、普罗伊萨格公司及克勒克纳公司的环保分公司一道建立了类似销售连锁的全国回收网,对废旧汽车的发动机、电池、玻璃、安全带、保险杠、门兜以及汽油、润滑油、冷却剂等进行分门别类处理。还主动向回收商提供大量的计算机软件服务,使各地区的回收工作效率骤然跃升。

美国福特公司在汽车回收方面一直走在同行的前列。20 世纪末,该公司的前任总裁纳塞尔瞄准了既能减少废车垃圾又能获得丰厚利润的旧车回收业务,先不动声色地买下了美国佛罗里达州最大的汽车回收中心——科佛兄弟汽车零件公司,然后悄然购并了欧洲最大的汽车修理连锁公司——克维格·费特公司,摇身一变成为欧美车坛举足轻重的旧车回收"排头兵"。

随后,福特公司又在美国自己的范围内,利用福特制造技术加工二手车零配件,并将有关资料输入计算机网络,供所有修理行上网查询,再利用福特公司的销售运输网络,及

时输送和供应二手车零部件,从而组成一个无孔不入的汽车回收利用网络。

(三)管理信息化

北美五大湖废旧物品循环利用研究学会(Great lakes institute for recycling markets)1998 年完成的废旧汽车回收示范项目,包括生产工艺示范、装备示范、仓储物流示范、零部件再利用再制造示范等方面的内容,所有过程的信息通过计算机管理,并专门为拆车厂提供了业务流程管理软件。

英国 Doncaster Motor Spares 公司提供的 I. D. I. S. ——国际拆车信息系统是光盘版,适用于所有拆车厂的业务流程,还可以确定哪些材料可以再利用。

(四)汽车零部件利用率高

2000 年,德国所有汽车 85％的零部件可回收利用;法国汽车拆解的零部件回收利用率为 75％。2002 年法国汽车拆解的零部件回收利用率提高到 85％。到 2015 年,德国每辆汽车中被当作垃圾扔掉的部分仅占汽车重量的 5％。

三、我国汽车回收物流标准框架的制定方向

在汽车产品生命周期的不同阶段,需要制定相应的技术标准。根据汽车产品生命周期的阶段特性,将标准框架分为以下几个部分,即设计、制造阶段,报废回收拆解阶段和回收利用阶段,不同的阶段制定相应的不同范围和不同性质的标准。

(一)设计、制造阶段

产品的设计、制造阶段对于车辆可回收利用性具有潜在的、决定性的影响。设计制造阶段,需要对产品设计技术进行规范,鼓励进行可回收性设计。主要可以制定如下相应的标准。

1. 基础性规范

如产品可拆解性、可再使用性、可再制造性、可再利用性、可回收利用性及其设计相关的术语、规范;标志标识;评价方法及可再利用率、可回收利用率计算方法。

2. 材料选择规范

如对有毒有害物质的禁用或限用。产品中的有毒有害物质是车辆产品对环境和人体造成污染的重要因素,例如铅、汞、镉、六价铬、多溴联苯和多溴联苯醚的危害尤其严重,欧盟 2000/53/EC 已经规定了这些物质的禁用方案。同时,衍生出的可再生材料、材料标识、有毒材料含量限值及检测方法、豁免条件及替代方案等标准也可逐步完善。

3. 结构设计规范

鼓励厂商进行可拆解性设计,使用易拆解产品结构和联接方式等技术,减少联接数量,简化联接结构,提高联接部件可接近性及提高零部件的标准化和互换通用性等。同时,以车辆拆解手册等方式提供拆解顺序,拆解工具、拆解参数以及拆解防污处理注意事

项等供拆解厂参考。

（二）报废回收、拆解阶段

对于报废回收、拆解阶段，首先要解决汽车的报废标准，对报废标准进行修订。报废标准的修订思路：弱化年限和里程指标，强化车辆的技术状态及安全、节能、环保指标，兼顾可操作性。

对于报废汽车的回收拆解主体——回收拆解企业，需要规范其进入条件，如回收拆解企业技术条件、操作规程和经验规范等以规范回收拆解企业的进入资格和经营行为。同时，对拆解企业中容易造成环境污染的预处理、切割、破碎、非金属物处理、切屑残余物填埋等环节进行规范，降低拆解成本和环境污染，提高拆解效率和拆解水平。

（三）回收利用阶段

回收利用的方式主要包括再使用、再制造以及材料循环和能量回收等，对于无法回收利用的则进行焚烧或填埋处理。其中最重要的方式为汽车零部件产品的再制造，再制造汽车产品的质量仍会影响到交通安全及对环境的污染，为确保再制造汽车零部件产品的性能、可靠性、耐久性和质量，必须制定汽车零部件再制造相关标准。

（1）国家对再制造产品管理的需要，可以制定相应的再制造术语、标志、标识标准以方便消费者分清再制造产品，保护原产品制造商的知识产权。同时，对再制造企业的进入资格进行规范，如针对不同再制造汽车零部件产品制定相应产品的再制造企业技术条件、生产设备、检测设备条件、规模和环保化生产条件等，同时对已获验证回收利用技术及评估方法进行规范。

（2）针对不同的再制造产品，制定各产品的再制造标准，如发动机、变速器、转向器、起动机、发电机以及离合器、制动器、水泵、油泵等产品标准，包括各产品再制造技术条件，再制造产品的质量要求、性能检测方法等。

（3）工艺标准

针对再制造工艺流程的各个环节，制定相应的工艺标准。再制造工艺流程主要包括拆解、清洗、分类、再制造加工（如机械加工、热处理、表面喷涂、电刷镀、激光焊接）、产品再装配、出厂检测及验收包装等，通过制定各工艺环节的标准，提高再制造技术的规范性，保证再制造产品的质量和可靠性不低于原产品要求。

目前拆解、清洗、分类、装配、出厂检测及验收包装等技术规范也正式启动。随着再制造技术的不断发展和再制造企业经营的深入，更多细化的工艺规范也将会随之逐步完善。

对于其他的回收利用方式，如再使用、材料循环及能量回收，可以根据生产需要进行逐步制定，如可再使用零部件技术条件，材料循环及能量回收规范等。而对于无法回收利用的汽车切屑残余物进行填埋处理时，也需要规范其对环境的影响，制定相应的标准规范。

目前，全国汽车标准化技术委员会道路车辆回收利用工作组在该标准框架体系下已经开展了相应的工作,组建了禁限用物质、回收利用和零部件再制造三个标准化研究小组,一批标准正在制定或已经基本完成。随着工作的进一步深入,对标准框架将会继续细化完善,最终建立成熟的汽车回收利用标准体系,引导和促进汽车产业循环经济的健康发展。

四、有效的废旧汽车回收物流模式

我国汽车回收业存在的"三低"问题(即回收效率低、回收利用率低、回收效益低)尤为突出,已经严重制约我国汽车循环经济的发展,其主要原因是我国废旧汽车回收渠道不畅、还没有建立起有效的回收模式。根据参与回收主体不同回收模式分为以下三种。

(一)生产商负责回收

生产商负责回收是指汽车制造商为废旧汽车回收工作的主体,通过一定的回收渠道回收废旧汽车,在此基础上依靠自身的能力推动汽车再利用的后续环节,最大限度完成废旧汽车全部使用价值并获取一定经济效益和社会效益的过程,包括制造商直接回收和经销商回收—制造商处理两种形式。

 小贴士

发达国家回收废旧汽车主要采取生产商负责回收的模式,汽车的回收利用率已达到了 75% 以上,2015 年以后,这个比例将提高到 95%。

(二)生产商联合体负责回收

生产商联合体负责回收模式是指生产同类汽车产品的制造商,成立一个联合责任组织,由该组织负责这些汽车制造商生产的同类产品的回收处置工作。

(三)第三方负责回收

第三方负责回收模式,即生产商在销售产品后,自己并不直接参与对产品的回收工作,而是选择一个专门的回收企业负责回收工作。在该模式中,产品由第三方回收企业负责回收并将其转交给生产商处理。

在构建基于循环经济的废旧汽车回收物流模式过程中,与其物流活动相关的管理部门应运用法律、行政、经济等手段,制定促进循环经济发展的运行机制,规范废旧汽车回收物流活动,促使有关企业采用低能耗、少污染的物流技术,并进行废旧汽车的回收与再生利用,实现物流活动的经济效益与生态效益共同优化。

另外,还应建立相应的回收物流模式的运作组织。因为物流活动的规划、管理与执行,都是由一定的组织完成的。不同的组织模式与职能分工,对物流模式的运作会产生不同的影响,对资源利用和环境的影响也不相同。在基于循环经济的废旧汽车回收物流模式构建过程中,应整合汽车回收物流的运作组织,建立高效率、有一定规模的组织机构,从而达到降低成本和提高效率的目的。

五、完善的废旧汽车回收物流信息网络

通过国际互联网、建立全国或区域性的废旧汽车回收物流信息平台,应用信息技术建立物流信息网络体系,可以实现汽车回收物流信息的集成与共享,加快信息传递速度,减少其物流活动的不确定性与盲目性,从而减少污染物的排放与物质资源的消耗,最大可能的综合利用废旧汽车的各种可重复使用的材料,最大限度的利用再生资源。

物流信息系统的建立能确保物流服务活动可以做到有的放矢,在信息的指导之下使运输、储存、配送等保持在一个较好的运作水平上。汽车回收物流的不确定性和复杂性使厂商与顾客在实施中存在信息不对称,使厂商不能有效地对逆向物流做出反应,不能利用顾客信息的反馈来及时提高服务水平,所以厂商必须在信息的源头上把握顾客的需求。

建立逆向物流信息系统,企业应建立大型公用的数据库,在数据库和拆解中心建立访问节点,对数据库和拆解中心设置访问权限,与客户企业相关部门进行数据共享,同时实施在线查询处理。其主要包括产品信息的在线查询,即产品生产日期、有效生命周期、使用说明等信息,以便于各回收点对退货的审理,同时也让汽车供应链中的下游企业和顾客能了解到汽车厂商的信息,让下游企业和顾客能根据厂商所发布的信息做出更理性的行为。

废旧汽车回收物流信息平台重点是建立材料回收再生管理信息系统。报废汽车中不能被再制造加工利用的零部件可在经过物理的、化学的处理后以材料再生形式来实现资源的循环利用。汽车中各种材料,黑色金属、有色金属、贵金属、橡胶、塑料、玻璃、纤维、油液等,在一定的技术条件下均可实现材料层次上的循环利用。

由于各种材料的性质不同,因此在再生工艺路线、加工设备、盈利能力等方面存在很大差异,由此也导致不同材料的再生管理信息系统在目标、结构、实现方法等方面相差甚远。该系统具备的基本功能可进行材料特性管理、再生设备管理、工艺流程规划、入库出库管理、仓储管理、人员管理、效益分析等,为综合利用资源发挥作用。

六、循环经济是汽车业再发展的新趋势

当前,能源与原材料价格上涨,汽车企业又竞相压价推销,使汽车企业处于一个微利时代的挑战期。而精益管理,为我们打开又一扇增利之门。运用精益管理的核心思维,研究整个产业流程中的不必要浪费,实施循环再利用、再制造四大工程,正是创新开发的新热点。提高汽车产业循环经济的对策有以下几个方面。

(一)从三个层面推进汽车产业循环体系

推进汽车产业循环体系必须完善相关的研究体系,坚持"提升小循环,开拓中循环,推进大循环"的路线,具体汽车产业循环经济的研究体系如图 6-1 所示。

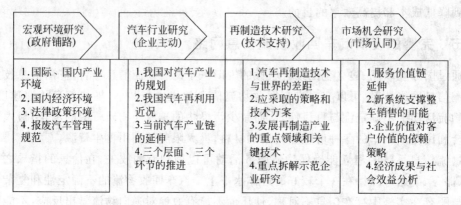

图 6-1　汽车产业循环经济的研究体系

1. 提升小循环

自 2001 年国家 307 号文件下达后,各省市都经审定而定点布置了汽车回收企业,并规定汽车五大件必须严格拆解后按照材料形式回收。而实施循环经济是要尽可能提升废旧汽车回收的层次,由低到高的提升,所以对这些企业既要提升技术能力,又要与汽车生产企业进行合作与协调。

2. 开拓中循环

按国际的经验,汽车的再生利用主要依托于汽车生产企业,例如美国三大汽车公司都有专门的汽车回收试验研究中心、三大汽车公司共同建立的汽车回收开发中心。

法国标致、雪铁龙和雷诺公司曾与政府签订协议,达到 95% 的回收目标,雷诺公司在全欧洲范围内设立了第一个汽车回收网,包括其在欧洲营销网络的几乎全部经销和代销机构,日本也规定用户向购买店办理废车手续,由该店交解体回收企业去处理。综上各例,世界废旧汽车回收再制造体系基本上以汽车制造公司为核心。

3. 推进大循环

我国至今汽车总保有量达 3 500 万辆,由于我国经济和市场的发展,地区间存在明显的梯度格局,东部、中部和西部存在一定的落差,汽车的消费也有明显的梯度,汽车在东部地区投用后,二手车由东部流入西部居多,最终在西部地区结束寿命进入报废程序。所以实施汽车循环经济必须扩展成区域间的大循环,通过以旧换新、以废换新,利用发送新车的物流系统,发展全国性的大循环,以真正达到循环应用的效能。

(二)抓好汽车产品整个生命周期的管理

汽车产品经过设计、生产、使用、报废、回收再利用后完成了其整个生命周期,而每个环节对汽车循环体系的构建都至关重要。

1. 绿色设计

从整个汽车产品生命周期综合考虑,要自主开发少排放、零排放、混合能源、新能源的新结构汽车,也要考虑汽车的可拆解性、可回收性、可维护性、可再生性,保证对环境影响最小和资源利用率最高。

2. 绿色生产和使用

在汽车的生产和使用、维修保养过程中所产生的废旧物,如蓄电池、破轮胎、催化尾气转化器、换下的润滑油等都要纳入循环回收管理。

3. 做好汽车产品报废回收利用工作

做好汽车产品报废回收利用工作是当今汽车产业链中新延伸的重点,要抓好三个子系统。

（1）废旧车交易系统

此系统既能够杜绝非法车混入销赃的现象,又能够使交易方便、快捷。

（2）报废车回收拆解系统

由现有的社会废汽车拆解厂转化为与汽车生产厂的品类相适应的专业化大规模的回收拆解中心。

（3）回收配件再生和利用系统

在拆解后的零件中有许多可通过再生性梯级利用,节省资源消耗,降低维修和制造成本。

（三）市场、社会和政府三方联动,形成推动循环经济的合力

推动汽车产业的循环经济,市场、社会和政府必须同时发挥各自的作用,相互配合。

1. 市场

要用市场与价格信号来配置资源,通过市场机制的作用,在政府调控下,对发展循环生产有较好经济效益的领域进行自发投资,有利于吸引资金、吸引人才,为社会创造就业新岗位。

2. 社会

要形成一个推动循环经济发展的良好社会氛围,组织多样的宣传和培训,在整个汽车产业链的各环节的从业人员和汽车用户中普及循环经济知识,并培育出一支由企业经营者、行业专家、技术人员和审核人员组成的汽车循环经济工作专业队伍。

3. 政府

政府要加强宏观指导,2006 年三部委已出台《汽车产品回收利用技术政策》,汽车行业要有相应的产业循环经济发展规划,明确推进目标、推进重点和保障措施,研究制定配套的政策体系和地方性法规,建立相应的信息平台和技术咨询服务体系,协调形成能够发挥相关部门合力的循环工作协同推进机制,加强宣传组织培训,形成一个发展良好的社会氛围。

◆ 案例 6-2 ◆

如何回收？别让中国成世界最大汽车垃圾堆放地

从 2009 年开始,全社会正努力建立"全民环保"的新国民意识,这当中,对于汽车的要

求是：节能、减排。

　　汽车仅仅做到节能和减排还远远不够，更关键的是要警惕汽车垃圾对生存环境带来的威胁，尤其是汽车报废后所产生的废旧物质。据测量，一节一号电池烂在土壤里，可以使一平方米土地失去利用价值；一个纽扣电池可以污染 60 万升水，相当于一个人一生的饮水量。由此推算，集万种物质于一身（其中不乏电池）、"体型"庞大的汽车如不做好回收工作，会产生多少汽车垃圾？

　　目前为止，中国对于汽车垃圾回收的行业还处于技术落后、管理混乱的局面。近几年全国报废汽车中经过正规途径回收的不到 40%，大量报废车辆被粗放野蛮拆解，不少则被翻新拼装后继续使用。即使是正规拆解厂，由于技术落后等原因，大部分报废车辆也没有得到有效处理，大片土地被占据以及污染。更让人惊讶的是，国内大多数车厂，对于汽车回收都不感兴趣，本土品牌是对国内法规不甚了解，合资品牌则是装作不知道。

　　汽车厂家在中国汽车回收上却少有作为，与他们扩大产能的积极性形成鲜明对比，政府在这方面更缺少政策引导，中国汽车回收法规"空子"依然很大。有专家认为，与欧盟的汽车回收法规相比，中国的相关政策标准要落后 4～5 年，设定重金属禁用的豁免权条款过于简单，汽车生产制定操作标准较难。

　　汽车如手机、时装一样正在成为大众消费品，使用周期越来越短，换车的时间已经从以前的 6～8 年降到现在的 4～5 年，随着汽车更新速度的加快，汽车保有量的增加，如果汽车回收处理不当，在未来十年，我们有可能在获得"世界最大停车场"（因为塞车）之后，再次获得"世界最大汽车垃圾堆放地"的"桂冠"。

　　1. 结合案例分析汽车回收物流中面对的机遇和挑战。

　　2. 结合案例指出如何发展中国的汽车回收物流。

　　资料来源：www.xici.net

◆ 案例 6-3 ◆

西方国家热衷汽车回收

　　美国和欧洲国家一向把回收报废汽车作为一种产业来看待。在美国，汽车回收率很高，据统计，他们几乎把占每辆汽车重量 75% 的部件都重新利用起来。全美大约 1.2 万家汽车零件回收商，他们所做的就是将可能废弃的零部件诸如发动机、电机和其他零散件拆解下来，经检验，如未到报废程度，就对其进行整修和翻新，然后重新出售，这在法律上是允许的。

　　在美国海兰帕克汽车回收开发中心计算机档案里有这样一些材料，记述了德国与法国各大公司在汽车回收方面所做的别开生面的努力。德国已做到回收汽车零部件的 75%，巴伐利汽车厂一马当先，它与几家兄弟公司一道，突出环保精神，建立了类似销售连锁店之类的全国回收网，对废旧汽车的发动机、轮胎、电池、玻璃、保险杠、安全带以及汽油、冷却剂、润滑剂等进行分类包干处理。巴伐利汽车厂有意纳入了克勒克纳公司中的环保分公司,这使得他们的综合处理能力十分快捷。

此外,德国大众汽车公司、宝马公司也做得非同凡响。大众注重使汽车更加适宜于分解并重新利用;宝马则把可以回收的零部件所占的重量尽量提高到80%。可以说,德国已乘上汽车再造业的快车,它的发展速度令人惊骇。

在法国,几家大型汽车业如标致—雪铁龙集团、法国废钢铁公司和维卡水泥公司在里昂附近建立了一个汽车分解试验工厂。随后,雷诺汽车公司同法国废钢铁公司在阿蒂斯蒙斯建立了报废汽车回收中心。

结合案例分析发达国家汽车回收物流中值得借鉴的地方。

资料来源:www.0755car.com

本章小结

汽车回收物流是逆向物流的一种形式,汽车报废及回收利用是汽车流通中的重要环节,涉及人民群众生命安全、环境保护、资源再利用等公共利益,要最大限度提高资源再利用率,减少报废产品对生态环境的破坏。

目前,我国已经制定相关的法律政策规范我国的汽车回收市场,但是因为起步较晚,我国汽车回收物流还存在报废汽车回收利用企业规模较小、行业协会作用没有细分、对报废汽车回收利用企业的监管力度不够、信息管理制度缺失、对汽车制造商的责任要求没有明确规定等各种问题,严重阻碍了我国汽车回收物流行业的发展。

为促进我国汽车报废行业的健康发展、合理布局,必须完善和健全相关的法律法规体系,设立报废汽车回收拆解企业资格认定且严格准入制度,提高技术水平,加快结构调整,另外要积极发挥行业协会作用,建立完善的信息管理网络,同时积极发挥制造商的作用,引导报废汽车的回收技术,加强监管,严厉打击不法拆解行为,针对废汽车的有色金属、轮胎、玻璃、塑料、黑色金属材料以及与汽车回收行业有关的气体、液体污染物要采取正确有效的处理方法,推进我国汽车产业循环体系的构建。

龚英,靳俊喜.循环经济下的回收物流.北京:中国物资出版社,2007.

1. 什么是汽车回收物流? 它包括哪些内容?
2. 促进我国汽车回收物流发展的措施有哪些?
3. 汽车轮胎的回收利用方法有哪些?
4. 谈谈对我国汽车回收物流发展方向的认识。

第七章

我国回收物流的合理化思路

◆ **主要内容** ◆

本章主要介绍从政策和供应链两个方面思考我国回收物流合理化的问题。

首先,从政策的角度介绍了我国回收物流相关的法律体系,分析了我国回收物流政策存在的漏洞并结合国外的先进经验对我国回收物流政策提出了完善措施,从国家政府、地方政府和行业协会出发进行详细的分析。

其次,从供应链的角度介绍了回收物流涉及的供应链成员——生产制造业、流通企业、再生资源企业、用户等在回收物流过程中扮演的角色、存在的问题以及改进的措施。

◆ **技能要求** ◆

1. 理解我国回收物流政策存在的漏洞,掌握我国回收物流政策完善的思路。

2. 了解供应链成员在回收物流发展中存在的问题。

3. 掌握集约化逆向物流返品中心的流程。

4. 掌握再生资源企业发展回收物流的措施。

5. 理解绿色消费观的内涵和绿色产品的含义。

6. 了解回收物流的发展趋势。

◆ **引导案例** ◆

随着可利用自然资源的日趋减少以及人们环境意识的日益增强,同时在政府的各项环境立法以及各种经济因素的驱动下,产品和材料的再利用越来越受到人们的重视。填埋和焚烧是对废旧产品和材料的传统处理方式,然而这种方式已经不再适应可持续发展的要求。

取而代之的是对废弃产品和材料进行回收再处理进而再利用的方式,从而形成企业的回收物流。产品和材料的再利用早已不是什么新现象,随着这种现象的日趋普遍,一个"资源浪费型"社会(资源→产品→废物)将逐渐向"资源循环型"社会(资源→产品→再生资源)转变。

第一节　我国回收物流合理化的宏观政策

物流政策是社会公共机构对全社会物流活动的公开介入和干预,具体包括有关物流的法律、法规、规划、计划、措施以及政府对全社会物流活动的直接指导等。物流政策具有公共物品的属性,完善的物流政策体系既可以减少或降低物流的外部不经济,也可以促进物流事业的发展。

回收物流不仅是一个企业要解决的问题,更是一个社会、一个国家乃至全球性的问题。完善的回收物流体系的构建,需要社会公共机构的推动,需要有政策上的支持。

一、我国政府构建回收物流体系取得的成就

2006 年年初,为落实国家建设节约型社会的要求,商务部在全国 26 个城市启动了再生资源回收体系建设试点工作。2007 年,国务院把再生资源回收体系建设试点列入了国家节能减排综合性工作方案,并明确由商务部负责;在 2008 年颁布的《循环经济促进法》中又明确规定"国家鼓励和推进废物回收体系建设"。再生资源回收工作正在作为发展循环经济的重要举措而不断深入发展,并在以下几个方面取得了显著成效。

(一)确立了回收行业管理体制

2007 年商务部联合发展改革委等五部门颁布了《再生资源回收管理办法》(商务部令[2007]8 号),确立了再生资源回收经营者备案制度、回收生产性废旧金属登记制度,确定

了统一管理、分工负责的监管原则和回收网点规划的制定原则,形成了由商务主管部门牵头、各部门协调配合的管理体制。

目前,各地按照《再生资源回收管理办法》的要求,已全面开展备案工作,备案单位已达到 23 819 个,北京、天津备案登记率达 60%以上。此外,商务部已开通了回收经营者网上备案系统,并准备建立回收行业管理信息系统和统计指标体系,逐步实现行业管理的电子化、信息化,填补行业管理基础的空白。

(二)完善了回收行业政策体系

近年来,国务院有关部门以及各级政府大力支持再生资源回收工作,制定了多项优惠政策措施,支持和激励了再生资源产业发展,为处于起步阶段的再生资源回收体系建设提供了有力保障。试点城市政府也都在力所能及的情况下,突破有关政策的界限,给予了财政资金支持。

如北京和上海市分别拨付专项资金 2 000 万元和 4 500 万元支持试点建设工作;浙江省每年给予龙头企业 1 000 万元专项资金补贴;成都市财政给予每个绿色回收站点每月 500 元的直接补贴;沈阳市给予回收网络体系承建单位政策性补贴 30 万元,回收站点如果验收合格,可以获得补贴 500 元。

与此同时,各地公安交通部门在回收的运输环节,工商、环保、城建等部门在网点和市场的规划和建设中,也打破常规,简化手续,为回收体系的建设营造良好政策氛围。

(三)形成了回收网络体系

目前,部分试点城市已经初步形成了以社区回收站点为基础,集散分拣市场为中心,点面结合,一体化的再生资源回收加工再利用网络体系。

1. 布局合理的回收站取代了散乱差的回收摊点

各地依据再生资源回收体系建设规划,采取连锁经营等新型营销模式,按照便于购销的原则,在居民社区设立了"统一规划、统一标识、统一着装、统一价格、统一衡器、统一车辆、统一管理、经营规范"的回收站点,改变过去"走街串巷"、"散兵游勇"式的回收方式,有效解决了摊点设施简陋、占道经营、污染环境、监管困难、群众意见较大等问题,方便了居民及企事业单位交售废旧物资,也完善了社区服务功能,美化了环境,维护了社会稳定。

2. 功能分明的集散市场取代了传统的交易市场

试点城市通过加强市场基础设施和环保设施的建设,提升了行业的科技含量,逐步将原有功能单一的交易市场升级为交易、加工、集散为一体的再生资源市场,改变了原有废旧物资市场无照经营、非法经营、乱设摊点、乱收乱售的现象,形成了一批符合城市总体规划和环保的要求,具有一定规模、设施先进、专业化的集散市场,保证了资源的可控性。

3. 由单纯的回收经营向加工利用发展

长期以来,废旧物资回收一直停留在就回收做回收的单一经营格局,经营效益和发展空间狭小。近年来各地试点企业在回收体系建设的同时,发展再生资源回收的加工利用,在回收产业化方面进行了可喜的尝试。

天津市将废旧轮胎回收网点与"海泰"沥青、"军超"橡胶对接;将废纸回收与天马纸业回收加工公司对接,通过将分拣中心与加工利用中心合作的方式,不仅规范了再生资源的流通,也延长了回收企业经营链条,扩大了经营规模。

◆ 案例7-1 ◆

江苏物联利用废旧木材开发的木塑复合材料及其制品,已远销海外,并被应用于北京奥运场馆等工程,创新了产业链条,提升了回收体系的价值。

(四)取得了显著的经济社会效益

再生资源回收是夕阳材料、朝阳产业,发展潜力巨大。起步较早的地区,再生资源回收已经成为带动城乡发展的龙头。如湖南汨罗市去年回收额达 120 亿元,实现税收 3.7 亿元,占全市财政总收入的 60.5%,GDP 同比增长达 17.2%,提高居民可支配收入19.7%,充分显示了这个产业的发展前景。

二、我国有关回收方面的法律介绍

法律体系是指由一国现行法律规范总和构成的、具有有机联系的统一整体。在法律体系中,法律规范是基本元素,法律部门是基本单位。宪法、行政法、民法、商法、经济法、刑法、诉讼法等各自独立、又彼此联系的众多法律部门组成了中国法律体系。在回收物流开展过程中,除针对行业设定的法律法规之外,还涉及其他相关的法律法规,以下做一些简单介绍。

在环境保护方面,我国制定了一套完整的环境法律法规。自 1979 年以来,我国全国人大审议和通过了 330 多部法律,其中包括 1 部综合性环境资源保护的法律、5 部如《中华人民共和国大气污染防治法》、《中华人民共和国水污染防治法》、《中华人民共和国海洋环境保护法》等有关污染防治方面的法律,9 部自然资源管理方面的法律,1 部清洁生产方面的法律。

我国对废弃物进行了生产废弃物、流通废弃物、生活废弃物的三类划分,与之相对应的法律法规有:《中华人民共和国清洁生产促进法》,《中华人民共和国固体废物污染防治法》,《城市生活垃圾管理办法》等。因为废弃物物流不仅涉及物流企业和废弃物产生者的关系,而且直接涉及经济效益和社会效益的关系,我国对废弃物处理的原则是:"谁污染,谁治理"。

现行的《中华人民共和国环境保护法》没有再生资源回收利用方面的相应规定。国务院于 1991 年颁布的《关于加强再生资源回收管理工作的通知》中,对再生资源的定义过于狭窄,仅指废金属资源,而且缺乏法律的效力和规范性。这种状况的长期存在显然与再生资源回收利用法规所承担的责任和在社会法律体系中的地位不相符。

2002 年出台的《中华人民共和国清洁生产促进法》第九条只是原则性规定要发展循环经济,促进企业之间在资源和废物综合利用等领域进行合作,实现资源的高效利用和循环使用;第十条规定各级政府和有关主管部门向社会提供可再生利用的废物供求信息和服务;第十三条规定节能、节水、废物再生利用等方面的产品标志和标准的制定;第十六条规定政府优先采购和鼓励公众购买节能、节水、废物再生利用等产品;第二十六条规定企业废物、余热转让给有条件的其他企业和个人利用;第三十五条规定利用废物生产产品和从废物中回收原料的增值税减免。

为贯彻《中华人民共和国固体废物污染环境防治法》,减少家用电器与电子产品使用废弃后的废物产生量,提高资源回收利用率,控制其在综合利用和处置过程中的环境污染,环保总局于 2006 年 4 月发布了《废弃家用电器与电子产品污染防治技术政策》的通知。

为保障行业可持续发展,防治并减少电子信息产品在使用过程和废弃后对环境造成污染及其他公害,实现产品清洁生产,提高资源利用效率,我国于 2005 年 1 月 1 日起施行《电子信息产品污染防治管理办法》(以下简称《办法》)。新制定的《办法》对电子信息产品的分类、主体造成污染的主要行为、产品安全使用期限等概念进行了定义,明确了各级信息产业主管部门在电子信息产品污染防治工作中的职责。

《办法》提出,信息产业部对积极开发、研制新型环保电子信息产品的单位,可以给予必要的政策支持。《办法》从产品设计、生产制造、产品说明、产品包装等各个环节就电子信息产品污染防治都作了详细规定。所有规定不仅适用于国内企业和个人,也适用于进口电子信息产品的生产者和进口者。

为了提供明确的参考依据,信息产业部将组织制定电子信息产品污染防治行业标准。同时,信息产业部将与商务部、质检总局、环保总局、工商总局协商,编制电子信息产品污染的重点防治目录。目录将包括电子信息产品类目和电子信息产品污染类目。

《办法》要求,自 2006 年 7 月 1 日起,列入电子信息产品污染重点防治目录的电子信息产品中不得含有铅、汞、铜、六价铬、聚合溴化二苯、聚合溴化联苯乙醚(PBDE)及其他有毒有害物质,对于含有的有毒有害物质不能完全替代的,其有毒有害物质含量不得超过电子信息产品污染防治国家标准的有关规定。该办法所指的电子信息产品包括电子雷达产品、电子通信产品、广播电子产品、计算机产品、家用电子产品、电子测量仪器产品、电子元器件产品、电子应用产品、电子材料产品等。

三、我国回收物流政策存在的主要问题

发达国家的法律很具体,有具体的时间措施、奖惩幅度和实施步骤,各种办法和规定都十分详尽,但我国以上的这些法律法规细化不足,使人们对政府的处罚情况不够了解,

而且这些法律是以废弃物不污染为目的,还未涉及废弃物再利用。针对回收方面,真正有力度的法律条文还未见到,只有相关的一些规定和办法,但是不够完善,其主要存在的问题有以下几个方面。

（一）法律法规政策涉及面较窄

针对回收物流的立法应是环境立法的一部分,强调的是对再生资源的合理利用,我国在这方面的法律条款的制定较弱。《固体废物污染环境防治法》的规定还不能涵盖主要工业废弃物、农业废弃物、废旧汽车及其配件等大宗废物、家用废弃物(如废包装、废塑料、废玻璃、废旧家电、废旧电子产品、食品垃圾)等的专业性循环利用问题。

（二）国内法律法规还有不规范之处

在包装物循环使用和回收废弃产品等涉及回收物流活动方面的法规,目前并不多见。让中国企业重视逆向物流,政府出台一些涉及回收物流方面的环境法规是非常有效的。企业往往是盈利实体,如果不执行法规会受到罚款,企业将不得不重视。政府应该意识到发展回收物流有利于保护环境和节约社会资源,制定、细化一些环境保护法规如包装法和些产品循环使用法,可以带动中国回收物流的发展。

（三）法律法规政策上有漏洞

国内有非法进口和变相购买污染环境的国外废旧电子产品的现象存在,说明在法律制定上还有疏漏。

（四）配套法律条文的制定并不完善

在相关的法律法规中,家电的报废年限、再利用标准、可回收配件的使用、如何强制执行等方面目前都是空白。另外,一个企业的产品散布全国各地,单是回收运输费用就无法负担,如何划定企业责任也没有太明确的规定。

（五）资金支持不到位

公众参与回收物流存在经费问题,若没有经费支撑,老百姓宁肯将废旧产品交给拾荒者,废旧产品翻新后流入二手市场会带来很多严重的社会问题,因此,相关的法律政策应明确资金支持情况。

四、针对政府回收政策的完善措施

基于我国国情和面临的严峻形势,我国的再生资源立法已是当务之急。在一个资源可循环型的工业中,通过立法,把旧物品逆向回收利用建成行业的"静脉产业",向资源循环型的可持续发展社会迈出重要一步。

我国回收物流立法应借鉴发达国家的成功经验,综合运用积极规制与消极规制、激励性规制与惩罚性规制、刚性规制与柔性规制等在内的多项规制手段,设计出一套集科学性、前瞻性、可行性、操作性为一体的法律制度。

（一）立法的基本过程

1. 成立一个废弃物回收利用体系工作协调小组

废弃物回收利用体系工作协调小组由国务院国有资产监督管理委员会牵头，成员单位有财政部、税务总局、科技部、信息产业部、环保总局，由这个协调小组在各地区、各企业实行回收物流试点的基础上，制定相关回收物的法律法规。

 小贴士

国家必须通过立法，对各行业中的"危险废物"、有用的资源和可拆分零部件的回收和再利用情况分门别类作规定。

2. 建立完整、配套的法律政策体系

建立起有效的监督机制、建立完整配套的法律框架体系，是我国回收物流发展的一项最为重要的对策建议。回收物流的法律法规应包括三个层面，第一个是企业的回收物流的实施；第二个是社会的回收物流的实施；第三个是个人参与的回收物流的实施。

3. 立法要分层次、体系要完整

我国要尽快出台一部基础性的核心法律，规定政府、企业、公民个人在发展循环经济中的责任、义务和权利；规定一些具有根本指导意义和强制执行的原则和方向；明确具体的发展目标。然后在这一法律框架下，各个行业和领域制定具体的实施法规，其中要有明确的技术标准和发展目标。

首先是预防，通过源头防控使废物产生最小化。主要的措施如增加可循环使用的零部件；增加包装物的循环使用，如重复使用的塑料瓶、玻璃瓶等。

其次是污染者负担原则，排污者承担避免或消除环境受损的义务和费用。费用可让生产者、销售者、使用者按比例承担；使用者在购买时对资源的再生利用付费；销售者组织好销售渠道；生产者自身进行回收利用的可能性较小，它可以对整个回收物流的状况进行负责，监控回收情况，并在各地指定回收企业进行物品的回收处理。

最后是官民合作原则，经济界、公民以及社会团体应参与解决环境问题；由国家和地方的环保部门进行监控。

4. 法规政策要相互配套和促进

例如，垃圾发电项目，如果没有垃圾处理补贴和发电收购这两项法规政策，该项目是无法实施的。再如垃圾的分类，有分类的法规，相应的就应有对不分类的个人及家庭的处罚及分类后的回收制度。

规划市场回收机制要通过相关的法律法规和规范的市场化机制，使生产企业和消费者共同参与废旧家电产品的回收，这样，可以提高回收利用率，促进回收市场健康有序发展。

5. 建立监督机制

建立监督机制是保证法规得到执行、循环经济健康发展的重要保障。标准和目标制定出来后，能否执行是个关键问题。我们的许多法规政策制定出来后得不到执行的重要原因就是监督机制没有建立起来。

我国可以对行业产生的废旧物资再利用的比例实行规定，尤其对汽车领域和家电领域。监督部门就可对制造商实施相应考核；可以将监督原则和方法公布于众，让公众参与到监督中来。

（二）制定回收物流政策的内容

在制定符合我国国情的废弃物回收利用法律时，应当着力体现以下内容。

1. 必须确立"制造商责任制"的原则

这项原则主要明确产品制造商有义务对废弃物进行回收和再商品化。同样，目前进入中国市场的进口产品，若干年后也会成为"垃圾"，其回收利用性如何，也应在进口时进行评价。而且，只有通过法律的形式，才能对进口商所应承担的责任做出强制性规定。

除了对回收利用再生资源的生产项目和产品在信贷、税收等方面实行优惠外，国家还可以通过立法规定，政府机关、学校、事业机构、军事机关在采购产品时，应优先采购再生产品。同时，采用"扩大生产者责任制度"，该制度是指生产经营单位对其设计、制造、进口、销售的产品，在消费者使用后有义务进行收集、处置、再使用。

生产经营单位应当使用易于分解、拆解或回收再利用的材质和设计，使用产品分类回收标志，使用一定比例或数量的再生资源及可重复使用的包装容器。

2. 明确规定相关方应承担的义务

对制造商和进口商、零售商、消费者、政府部门应承担的义务进行明确规定。例如，零售商有回收所零售的物资，并妥善交给物资制造商的义务，消费者有将废弃物交给零售商，作价回收的义务。这种回收义务的推行，须在家电全行业强制推行，再涉及其他的行业。

3. 对回收网络的建设进行规定

对回收网络的建设进行规定，可以保证回收产品在各个环节中进行可靠的运转。同时，以现在的对少数产品回收，逐步过渡到对所有废弃、退回等产品进行回收处理。

4. 必须明确产品的使用年限

比如针对家用电器要确定其使用年限，禁止将超过设计寿命期的旧家电转移到城镇或乡村使用，禁止对废弃物直接填埋、焚烧。

5. 完善废旧家电回收利用的立法，有效防范"非贸易壁垒"

欧盟的《关于报废电子电气设备指令》和《关于在电子电气设备中禁止使用某些有害物质指令》分别要求进口商参与回收、处理进入欧盟市场的废弃电器和电子产品。

在 2006 年 7 月 1 日以后投放欧盟市场的电器和电子产品不得含有铅、汞、铜等六种有害物质,这使得中国家电企业在出口时要额外交纳高额的电子垃圾回收费用,对于利润已经很低的中国企业来说,无疑是雪上加霜。应对这些条款的有效办法是国内首先建立起类似的条款,约束本国企业同样参与其中。

6. 严控电子垃圾的流入

根据联合国通过的《控制危险废物越境转移及其处置巴塞尔公约》和国家有关规定,禁止非法进口和变相购买污染环境的国外废旧电子产品,从源头上控制国外电子垃圾的流入。

美国"硅谷防止有毒物质联盟"曾在本世纪初发表报告指出:美国西部地区回收的电子废弃物中,有50%～80%被运到了亚洲发展中国家;科特迪瓦境内有大量的外国废弃物倒入其国,导致国民生命受到威胁。我国应针对洋垃圾采取立法上的强硬措施,确保国家的环境安全,防止境外废旧家电跨境转移。

7. 细分回收法规

在回收法规上应该细分,如《废旧电池回收处理法》、《废旧汽车回收处理法规》、《包装废弃物处理法规》等,只有进行了法规的细化,许多回收才更明确,环保人士才有法可依。

(三) 解决出资问题

如果没有资金支持,很多产品尤其是废弃物的回收物流将成为空谈,其中,废弃物回收物流的出资问题将是回收物流的一个关键性问题。

1. 国外回收的资金情况

在发达国家,回收物流系统的付费方式各种各样,废弃物回收处理的资金模式通常有以下几种:有的是由工业部门承担,有的是由消费者在购买时就支付了回收处理费,有的是以家庭为单位按时定量交纳回收处理费,有的是由政府承担,还可以两者或多方相互联合形成出资方式。

 小贴士

当前,国际上处理废旧家电的原则是"谁生产,谁付费;谁受益,谁付费"。

日本有关回收物流方面的法律法规较为健全,日本目前实行的是消费者废弃时付费制度。日本的《家用电器回收法》中,明确规定了企业及消费者在回收利用电子产品方面的义务,日本的《家用电器再利用法》规定,对于电视机、电冰箱、洗衣机和空调器等家用电器,消费者购买时不仅需要支付新电器的货款,还需支付处理旧电器的有关费用。在消费者的支付中,废电器的回收处理费用(包括搬运费用)由消费者承担;对汽车报废来说,消费者同样也需要承担一定额度的回收处理费。

日本消费者丢弃废旧家电时要以购买"回收处理券"的形式负担,这些钱由一个非营利性的公共组织管理视情况拨给有关的回收处理商。在这个过程中,生产商、销售商、消费者、公共管理机构、回收商,各司其职,分工明确。消费者必须向零售店或回收点投放四种废弃家电,且同时向零售店或通过邮局交纳回收再利用费和相关的运输费。

日本的《家电资源回收法》明确规定制造商回收利用的付费方法等。以立法形式规范废旧家电回收原则效果十分明显,企业的积极性较高。目前仅松下和东芝就建了 38 个回收厂,回收点多达 380 个。

大多数欧洲国家,由政府负责整个生活垃圾的管理,欧盟已经明确要求将废弃物回收这一成本附加在出售产品价格中。有些国家对某一些特定种类的垃圾制定了相应的管理制度,如德国,让 DSD 负责管理整个包装废弃物从收集到分拣后的最终利用的资源化过程,并且所需经费全由 DSD 承担。欧盟其他少数国家和私人企业共同分摊管理责任和所需费用。瑞典电子产品废弃物法令中规定,再生利用的费用由制造商和政府承担。

2003 年 9 月,美国加利福尼亚州通过了电子废物回收再利用法案,规定从 2004 年 7 月 1 日起,顾客在购买新计算机或电视机时,要交纳每件 6～10 美元的电子垃圾回收处理费,同时向电子产品生产者征收每件新产品 6～10 美元的处置费用。

2. 国内出资的不同之处

在当前要想在国内按照条例严格推行回收物流尤其是对废弃物的回收,将会是庞大的系统工程。目前从技术上说,进行回收处理是可行的,但由于我国在很多领域没有形成产业化规模,因此先期处理成本会相当高。政府若没有积极的配套政策和资金投入,对废旧家电的回收将有可能成为"空中楼阁"。

五、针对地方政府和行业协会的措施

(一) 奖惩政策措施

各地商务主管部门既要发挥各级地方政府、主管部门的领导作用,更要调动回收企业的能动性;既要加强政策引导,更要发挥市场对资源配置的基础性作用;要加强组织领导,明确专门机构和人员,建立工作考核机制,明确责任,协调沟通各相关部门,形成合力,切实抓出实效;对工作中涌现出的先进集体、先进工作者和优秀试点企业,要进行表彰。

地方政府要在贯彻落实国家相关政策法规的基础上,积极推动地方管理条例的制定和地方立法,在回收领域形成自上而下的法律体系;同时加强和完善再生资源回收网络、回收技术规范标准的建设,做到设施建设和回收流程的规范化;要进一步研究有利于行业健康发展的财税政策,在新形势下对回收网点的改造、集散市场基础设施、污水、废弃物处理设施和劳动保护设施等具有公益性质的环节的新建、改造等方面给予资金支持,积极争取将再生资源回收工作经费纳入同级政府财政预算,将资源回收作为政府工作职能的一个重要部分,逐步形成资源回收的促进体系。

(二) 回收体系的建立

各地政府在建设回收体系之初就提出必须因地制宜搞好规划,要求各地结合城市发展规划编制试点实施方案,并组织行业协会、相关部门及业内专家对方案逐一进行了论证审核。通过制定体系建设规划和实施方案,明确了回收体系建设的基本思路、主要目标、重点任务、政策措施及重点项目,为完成回收体系建设奠定了基础。

各地政府要以科学发展观为指导,按照国家关于建设节约型社会和发展循环经济的方针,在充分规范整合和利用现有再生资源回收渠道的基础上,加快研究制定再生资源回收行业发展规划及再生资源集散市场建设等专项规划,以指导再生资源回收体系建设的开展;已经编制资源回收体系建设总体规划的地区要抓紧落实;没有编制规划的地区要结合本地经济社会发展实际抓紧工作进度。

规划的目标、任务、重点和措施要明确,发展战略和建设规划要切实可行,要通过规划逐步形成以回收企业和集散市场为载体,以整合现有网络资源为基础,符合城市建设发展规划,布局合理、网络健全、设施适用、服务功能齐全、管理科学的再生资源回收体系。

与此同时,还要加快建立以回收企业经营情况和市场情况为基本框架的资源回收评价指标体系和统计制度,并把主要指标纳入国民经济和社会发展统计指标体系中;积极研究建立资源回收体系信息管理系统,实时掌握各地资源回收体系建设情况及经营状况,逐步形成一套比较完善、权威的资源回收管理体系,为再生资源回收管理提供科学决策依据,进一步促进再生资源综合利用,落实国家再生资源产业政策。

(三)垃圾分类的推广

中国将把城市垃圾细分为四组,分别为材料垃圾组(玻璃、磁性或非磁性金属、废纸、橡胶、塑料)、有机垃圾组(厨房垃圾、生物垃圾)、无机垃圾组(炉灰渣、砖瓦、陶瓷等)、有毒有害垃圾组(废旧电池、废荧光灯管、杀虫剂容器、过期药物、医疗废物以及废电视机、电话、计算机等废旧电器的电子垃圾)。

据中国环境保护产业协会城市生活垃圾处理委员会资料介绍,在 1990 年前,中国城市垃圾处理率还不足 2%,进入 20 世纪 90 年代以后,中国城市垃圾处理率才有了不断提高。

垃圾分类收集在我国刚刚起步,人们对它的认识还不够,缺乏经验,可以借鉴西方发达国家的经验,在经济发达的城市先进行试点,然后向全国推广。我国已经于 2000 年在 8 个城市进行了试点,地方政府可以借鉴试点城市的经验,选择经济条件好、文化水平高的小区进行试点,然后向各地市推广,这样"以点带线,以线带面"逐步在全国实现垃圾的分类收集。

由于受经济社会发展水平的制约,各城市在实行垃圾分类收集时不能一蹴而就,要逐步推进。要先在源头进行粗分,即把垃圾分为可回收利用和不可回收利用两类。垃圾分类不能分得过细,因为人们对垃圾的分类要有一个熟悉的过程,更重要的是如果过于麻烦,会影响人们参与分类的积极性,从而影响分类收集工作的开展。然后把不可回收利用的垃圾,直接运到垃圾填埋场进行填埋处理;把可回收利用的垃圾,运到垃圾分拣中心进行细分,分拣后根据不同的用途,分别进行资源再利用。

另外,地方政府和行业协会要加大宣传力度,使更多的基层干部群众认识垃圾分类处理的重要意义。城管部门要加强对生活垃圾分类处理的监管,各县(市)区环保部门要加强对垃圾分类处理方面的技术指导,适时推广先进经验。

 小贴士

可回收的垃圾主要包括废纸、塑料、玻璃、金属和布料五大类。废纸主要包括报纸、杂志、图书、各种包装纸、办公用纸、纸盒等,但是纸巾和卫生用纸由于水溶性太强不可回收;塑料主要包括各种塑料袋、塑料包装物、一次性塑料餐盒和餐具、牙刷、杯子、矿泉水瓶等;玻璃主要包括各种玻璃瓶、碎玻璃片、镜子、灯泡等;金属主要包括易拉罐、罐头盒等;布料主要包括废弃衣服、毛巾、书包、鞋等。

(四) 回收处理中心

在我国由于受到物流环境和利益偏好的影响,很多企业不愿意进行逆向物流的投入或者不知道怎样进行投入和运作。除了大型的厂商可以考虑自建回收中心外,一般企业规模较小,必须依赖社会第三方的回收中心。而最终垃圾的回收处理主要是由政府出资建立,企业运营的第三方回收处理中心承担,例如上海即将建立的垃圾回收中心就是采用这种运营模式。

政府或社会公益组织投资兴建是回收物流处理中心构建的模式之一。该模式在一定程度上具有公益性质,其主要负责对经济效益差而对环境有较大影响的逆流物的处理,如生活垃圾和核垃圾等。对此类回收物流的处理需要有专业技术和大量投入,一般企业不愿意也没有能力进行投入,只有政府和公益组织进行投入,这是进行回收物流的重要方面,直接关系着人类的生存环境和可持续发展,是必须要重视的问题,因此更需要社会各方面的支持和配合。

第二节　我国回收物流合理化的微观思路

回收物流存在于整个社会再生产过程中的生产、流通和消费领域,从供应链的角度来看,回收物流涉及供应链上的所有当事人,因此供应商、生产商、批发商、零售商,甚至消费者都应该不同程度地承担回收物流的责任,但是其担负责任的方式是多样的。

如生产者可以采取自己回收、委托他人回收或交纳专项费用后由社会公益机构回收,流通企业对包装材料的回收和循环利用、承担产品退回以及受生产者委托开展以旧换新,消费者主动对生活垃圾进行收集分拣,并将生活废弃物交纳到指定地点和单位等。

一、制造企业

对制造企业而言，一切由产品设计、质量等问题引起的退货，在买方市场下多数商品的积压、过期等方面原因引起的退货，对环境污染较大的产品最终消费废弃物的处理等，由于逐级回溯，制造商往往承担主要责任，承受最终压力，从而成为回收物流问题的最关心者，是推动和实施回收物流的核心主体，并且越是大企业就越加重视回收物流，许多知名企业以自营、合作和外包等形式从事逆向物流运作。

（一）制造企业回收物流管理存在的问题

1. 回收物流管理困难

退货是回收物流中最常见的一种表现形式，它是指最终顾客将不符合其订单要求的产品退回给供应商，其流程刚好与顺向物流的流程相反。在当今市场竞争日益全球化，且越来越激烈的情况下，买方市场逐渐形成。市场的竞争程度越来越高，使顾客在交易中处于越来越有利的地位。

企业为了在激烈的市场竞争中赢得一席之地，提高顾客的满意度，维持并提高顾客对本企业产品的忠诚度，便开始采取更为自由的退货政策，导致退货的大量增加。而退货的原因也有很多，有的来自于顾客和零售商，有的来自于企业内部或者来自于供应链。退货数量和退货原因等方面的不确定性导致企业回收物流管理困难。

2. 制造企业逆向物流意识不强，重视度不够

物流作为一门新兴行业，发展时间比较短，生产企业管理者通常只重视对从供应商到终端客户的正向物流活动的管理，而对从最终顾客到供应商的逆向物流活动管理意识不强，大部分生产企业的管理者在实践中往往只是强调和关注正向物流的合理配置、有效运作，而对逆向物流的发展关注不够且没有发现其中的潜在价值。

一项调查报告显示，近四成的经理认为企业没有必要实施逆向物流，这为逆向物流的实施首先在思想认识上就设置了障碍，更不会令他们去克服困难付诸行动了。

3. 制造企业从事回收物流的能力比较差

正向物流的作业流程一般比较规范，而回收物流由于其产生的地点、时间和数量较难预料，人们难以掌控，所以回收物流的处理系统和方式较之正向物流复杂得多，运作回收物流对企业的要求非常高并且需要大量投资，使得企业对回收物流的经济效益持怀疑态度。

4. 管理手段落后，回收物流管理信息系统不健全

回收物流本身的复杂性对信息系统的柔性化要求比较高，由此很难做到在传统物流信息系统的基础上进行扩展，使其能处理回收物流业务。现在我国已建立专门回收废弃物部门的制造企业还寥寥无几，在回收物流信息系统的研发投入方面也严重不足。

5. 回收物流成本管理的难度大

回收物流中商品退货回收和再处理成本具有很大的不确定性，回收物流系统中返回

产品的运输成本、储存成本和再加工都会随退回产品情况的变化而改变。与传统制造过程不同，对每件回收或退货产品的处理方法在检查之前是未知的，因为产品回收状况不同，产品的加工工序、处理时间、需要的配件和原料数量等都是不确定的，这样就给作业管理和成本管理带来巨大的挑战。

6. 企业经济利益的实现与回收物流社会效益的突出存在冲突

从长期来看，回收物流的实施不仅有助于企业节约成本，提升形象，增强竞争优势，而且还可以为全社会资源的节约，环境的保护和改善作出贡献，增加社会公众的健康收益。但是，在企业实施回收物流的初期，产品回收却不一定能带来经济利益，甚至会造成亏损。

（二）制造企业实施回收物流管理的对策

1. 提高企业对逆向物流的管理的重视程度

企业的高级管理层要充分重视退货及退货物流管理，有效支持企业提高内部与外部的协调性，加强企业内部与外部的合作，加强企业与零售商、服务商等的合作。

从企业的长远利益出发，着力培养专门的退货逆向物流管理的人才，促成企业成立专门的退货物流管理机构，来专门管理退货物流；加快企业管理实现信息化的步伐，使企业的一切物流活动都在信息系统的指引下完成，做到及时准确的反馈、预测分析等；加强员工的退货物流成本管理意识，把降低成本的工作从退货物流管理部门扩展到企业的各个部门，并从产品开发、生产、销售等全生命周期中进行退货物流成本管理。

2. 借鉴国外成功经验，做好示范试点工作

欧盟、美国、日本等发达国家的大型生产企业在回收物流业务方面都有比较完善的经验，相关的规章制度较全面。制造企业在开展回收物流的过程中，可以结合本企业的实际情况进行试点，逐步推广。

3. 在供应链中构建合理的回收物流管理系统

在构建回收物流系统结构时，企业应先根据自己的具体情况进行具体分析，最后拟定最优方案实施。通过专业化的集中式回收中心，接受供应链下游顾客、零售商及分销商的损坏退货、库存退货或产品寿命终结的报废，进行集中的回收处理。

对恢复产品价值的一系列处理活动由原产品制造商完成，恢复价值以后的产品直接进入原产品链。

在这种情况下，企业所采取的管理策略是将回收物流与正向物流进行有机整合，以保证供应链上、中、下游的紧密衔接和高效运转，最终形成闭环的供应链网络。

4. 建立回收物流体系

实施回收物流能给制造企业带来明显的经济价值和社会价值。在目前我国的条件下，还不可能实现由生产商自行创建回收物流体系。我国物流业发展相对不成熟，如果生产商再进行回收物流，势必与正向物流发生冲突，从而使回收物流萎缩甚至消失。而将产品完全转嫁给第三方物流，虽然同时转嫁了风险，但同时也相应地加大了成本。

而且,由于大部分产品分类的复杂性,技术又相对独立。第三方物流不可能形成规模效应,难以产生效益。由数家同类产品的生产商和其供应链上的几家大型零售商联合构建的产品回收体系,才是目前比较理想的方案。

5. 加强手机等电子产品回收与利用的立法与执法

通过立法,强调生产者的责任,要求他们承担处理费用,刺激他们改进产品设计,采取清洁生产模式,大力开发环境负荷低的产品,完善回收利用技术,推广高效清洁的生产技术。

6. 引入第三方逆向物流管理,寻求管理创新

在推进逆向物流系统建设的同时,寻求管理创新是十分重要的。引入第三方物流管理是一项很好的方法。第三方回收物流是指在逆向物流渠道中由中间商提供的服务,中间商以合同的形式在一定期限内提供企业所需的全部或部分回收物流服务,按照企业要求进行退回货物和废旧物品的运输、再包装、保管、维修、再配送等业务。

一般说来,第三方物流公司在专业技术、综合管理和信息等方面具有显著优势,所以许多企业选择把回收物流业务外包给第三方企业,这样可以更好地实现专业分工、提高运作效率。现在国际物流巨头如 UPS、联邦快递等已经进入回收物流服务领域,第三方回收物流将成为逆向物流发展的趋势。

二、流通企业

流通企业处于供应链的中下游,是生产者和消费者的中介或桥梁,拥有利用正向物流的网络和渠道方面的优势,特别是零售企业直接面对最终消费者,可以直接回收和处理退货商品和包装废弃物,或者借助正向物流渠道把退货商品和包装废弃物沿供应链向上游转移,因此流通企业具有从事回收物流(特别是退货物流)的优势。

流通企业可以作为推动和实施逆向物流的基本主体,其开展回收物流的活动方式主要有两种:一是通过与正向物流共用一个通道,流通企业承担回收物流中介作用,虽然这是一种比较传统的物流渠道形式,但是目前企业普遍采用这种方式。二是以流通企业为主导,自建或共建新通道,其突出表现就是建立返品处理中心。

(一)流通企业回收物流目前存在的主要问题

流通企业虽然具备从事回收物流的优势,但是其回收物流目前存在许多问题,主要有以下三个方面。

1. 对回收物流的重视程度不够

流通企业的管理阶层对回收物流的认识也不充分,存在着一些误区。一些企业认为回收物流不仅不能带来经济效益,还会造成其产品和时间的浪费,很少有企业认识到回收物流活动的复杂性,不重视对回收物流的管理,在制定决策时往往忽视了回收物流环节的运作,造成回收物流业务相关流程操作混乱,责任区分不明确,使回收物流的运作效率

不高。

2. 零售业逆向物流管理经验匮乏

由于逆向物流起步较晚，绝大部分零售企业没有深刻认识到逆向物流的重要性，对逆向物流的管理不重视，更多的零售企业仅是因为法律规定而被迫引入逆向物流，缺乏相关逆向物流运作的规范和流程，对逆向物流各个环节的操作缺乏统一的标准，各个零售点与配送中心间的逆向物流操作不统一，整个逆向物流系统在管理上较为混乱，造成一些重复作业、时间和资源的浪费，使得逆向物流的成本普遍偏高。

另外，与顾客方面，由于一味地追求市场占有率，而放宽了顾客退货的相关政策，导致了"牛鞭效应"，放大了市场需求，最终形成了大量的退货。与供应商方面，由于缺乏相关经验，未考虑与供应商签订处理返品的合同，从而造成了返品的积压。这些积压的返品占据了大量的库存空间，使得流通企业仓储的机会成本上升。同时，流通企业也缺乏相应的处理退货及废弃物品的有效措施，回流商品周转速度慢，大量的商品积压造成了巨大的资金占用，大大增加了逆向物流的成本。

3. 流通企业回收物流基本技术和基础设施落后

回收物流由于其复杂性和不确定性，难以在传统物流信息系统的基础上进行扩展。很多零售企业只是把回收物流作为附属运作，很少有企业考虑设置专门的回收物流中心，对返品进行集中处理，从而极大地影响了返品的处理速度和效率，增加了回收物流的运营成本。

（二）回收物流的发展对策

使社会环境效益与企业经济利益达到双赢是企业实施回收物流的总体目标，但是在具体运作时，会遇到经济利益与环境效益、回收物流与正向物流相冲突、矛盾等问题，因此必须采取有效的管理策略。

1. 事前控制——从源头上减少回收物流流入量

流通企业首先应完善企业退货制度等相关政策，对退货条件进行一定的限制，减少因为过分宽松的退货条件而导致的恶意退货。其次，应规范、强化企业对正向物流各个环节的管理，减少因差错而导致的回流。

在采购环节，提高其采购人员的商品市场分析能力，增强与供应商的信息交流，减少采购商品与市场需求的差异缝隙；在运输、仓储环节，加强管理力度，减少因运输短少、产品部件缺少、重复运输、储存不当等原因造成的商品损毁而引起的回流；还应该加强对信息系统的管理，减少因订单输入出错而引起的商品回流；还可通过对销售方式和营销手段的改进来减少因供需或时间等问题造成的商品回流。

◆ **案例 7-2** ◆

飞利浦的零售商对其零售商店的显示标示进行改善，简要、醒目的向用户提供一些重要信息，尽可能使消费者在购买产品时了解更多产品的信息，减少由于选择不当造成的回流。

2. 事后管理——提高逆向物流回收利用率

首先,流通企业应该制定统一的标准,对物流中心、总部和各门店之间的回收物流的衡量、分类标准和操作流程等进行统一的规定,提高零售企业的回收物流效率。

其次,流通企业的回收物流能够良好的运作,必须要有先进的信息技术和运营管理系统作为支持。通过回收物流信息系统把握逆向物流的动态,加快处理速度,减少处理过程中产生的差错,最大限度地减少物流成本,从而提高回收物流系统的效率。

最后,流通企业可以建立集约化处理逆向物流的返品中心,该中心在为购买复杂产品的顾客提供上门安装服务的同时,可以帮助企业分析某件产品的质量问题,新产品进入市场遭遇失败的原因以及顾客在产品进入市场方面存在的问题等。该中心在回收物流管理中扮演一个巡视、废品回收和进行调解的中间商角色,其流程如图 7-1 所示。

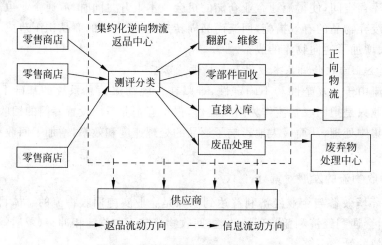

图 7-1 集约化逆向物流返品中心流程

返品中心由于其标准化处理过程,可以提高零售业的返品流通效率,降低逆向物流耗费的成本,加速企业返品资金的回收;还能减轻流通企业和生产企业的工作量,充分利用卖场空间;同时也利于收集掌握与返品相关的商业动态。

3. 实现正向物流和回收物流的一体化

正向物流和逆向物流在流动的方向上虽然是完全相反的,但是两者之间的要素却是相同的,只要把握一体化的系统运作模式,两者不仅不会冲突,反而可以因为有效信息资源的合用而为企业节约大量的财力物力。

图 7-2 中充分体现了一个正向物流、回收物流一体化系统的基本要素,在该系统中,是以物流中心为核心,将从供应商到流通企业之间的各项物流活动整合起来,形成一个严谨的体系。

图 7-2 中的物流中心的职能主要分为正向物流、回收物流、信息处理中心三大块,正

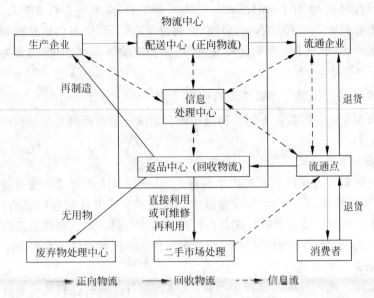

图 7-2 正向、回收物流一体化网络

向物流和回收物流通过信息处理中心联系起来,通过信息系统的信息汇集和处理,使得系统各要素之间实现信息共享,系统内的各企业之间能够充分及时的把握商品信息,统筹规划正向物流与回收物流,考虑货物的双向流动,最大限度地利用各项资源,并对两种物流进行跟踪,以便流通企业与供应商之间更好的协作,压缩处理时间,给企业带来更多的利益。

4. 加强与第三方物流企业的合作

根据实际情况,进行回收物流业务外包。

 小贴士

第三方物流是由供应方与需求方以外的物流企业提供物流服务的业务模式。

从物流管理的角度来看,只有规模化运营才能大幅度降低成本,这一原则同样适用于流通企业回收物流。专业化的第三方回收物流企业能够同时为多个流通企业提供退货产品处理服务,使回收物流管理的规模化效应更加突出。它们的专业化分工更加细致,集约化与效率化程度更高,可以针对不同的回收物流环节进行专门化服务,使回收物最大限度的实现其经济价值。

三、再生资源企业

再生资源企业是从事回收物流的新生力量。我国再生资源循环利用行业有各类企业

5 000多家,循环网点16万个,循环加工厂3 000余座,从业人员140多万人,六大类废旧物资年循环量已突破5 000万吨,年循环总值超过450亿元,全国已建立起近500个各类废旧物资交易市场,形成了以废旧物资交易、超储积压物资调剂、旧货拍卖典当为主体的再生资源市场体系。

(一)再生资源企业参与回收物流的模式

再生资源企业主要以第三方回收物流和回收物流外包两种模式参与供应链的回收物流活动。

1.回收物流合作模式

这里的回收物流合作模式是指再生资源企业,通过与生产商或流通商建立长期的合作关系,采取共同投资、共同建立回收物流中心等多种方式开展回收物流活动,形成互利合作,共担风险,共享效益的回收物流合作伙伴关系。这种方式已经成为正向物流的一种重要的运作方式,如企业间的共同配送、以吸纳参股式共建的物流企业等。

2.回收物流外包模式

这里的回收物流外包模式是指生产商、流通商把自己的回收物流业务外包给再生资源企业,再生资源企业作为第三方物流服务为企业提供单一的或者一体化的回收物流服务。

(二)再生资源企业开展回收物流的几点建议

再生资源企业长期从事废旧物品回收利用,具有承担回收物流的加工技术、回收网络、仓储运输、市场经营等方面的优势,如果能够吸收现代物流的理念,扩展退货物流业务,加强物流信息和配送功能,将会成为具有显著竞争优势的回收第三方物流服务提供商,特别是实力雄厚的再生资源企业要把成为"回收物流行业最佳"作为发展目标。

1.树立现代物流理念,把回收物流作为再生资源行业发展的新战略

再生资源行业是从事废旧物资回收加工利用的行业,其根本目的和许多活动与逆向物流是相同的,可以说是一个准逆向物流行业,但是整个行业尚缺乏现代物流理念,开展回收物流的当务之急是树立现代物流理念,提高整个行业对回收物流的认识,并把回收物流上升为行业发展的重要战略之一。

2.积极拓展回收物流业务,向专业化第三方回收物流企业转变

目前,我国再生资源企业从事的业务主要有各类废旧物资回收、拣选整理、初级机械加工、翻新改制、废旧物品的市场交易等,企业的物流功能较少,主要是针对废弃物的储运和流通加工,很少有再生资源企业能够提供回收物流的配送业务、物流信息服务、回收物流过程和方案设计、回收物流总体策划和一揽子服务等,很少有再生资源企业参与生产和流通企业的退货物流,而一个真正意义上的第三方回收物流企业应该在产品退货和包装容器或材料的循环使用方面发挥较大的作用。

因此,能否拓展回收物流业务是再生资源企业向专业化第三方回收物流企业转变的基本前提。

3. 积极参与供应链的物流管理,建立长期稳定客户关系

供应链上的物流管理强调企业间的合作,通过专业化的第三方物流公司把其他企业的物流整合在自己控制和协调之下,在供应链物流中发挥核心作用,这已经成为提高供应链物流绩效的重要方法。

再生资源企业应积极参与供应链的物流管理,努力与供应链的上下游客户,特别是供应链上的核心企业建立长期稳定的合作关系,掌握所在供应链上的回收物流特点、运行规律,努力为供应链上企业提供系列化的回收物流管理和具体运作服务,争取逐渐成为供应链上回收物流服务的主导力量。

4. 以大中型再生资源企业为主导,建设逆向物流中心或回收利用中心

从西方发达国家实践经验来看,建立回收物流中心(或叫做返品中心、回收中心)是回收物流规模化、集约化发展的重要选择和基本趋势。在国外,有以生产企业为主导建立的回收加工中心,以零售企业为主导建立的返品中心,也有以政府为主导建立的资源再生中心等,它们在不同的逆向物流品种、不同的环节和业务上发挥着重要作用。

5. 加强物流信息化建设,提高再生资源企业的竞争能力

信息化是现代物流的基本特征,是加强物流信息化建设,提高再生资源企业逆向物流服务水平的根本保证。

一是要以全国再生资源科技信息中心、中国再生资源信息网、中国物资再生信息网以及地方再生资源网等为基础,构建回收物流信息网络的基础平台。

二是加强再生资源企业本身的信息化建设,用 EDI、Internet/intranet、条形码、扫描技术、JIT、ECR 等物流信息化和实用技术来改造和提升再生资源企业,实现与回收物流链的上下游企业,特别是大客户信息的有效对接,提高从事回收物流服务的快速反应能力和市场竞争能力。

四、用户

用户不仅是回收物流的倡导者,同时也是回收物流的督导者,要提高用户的资源和环境保护意识。

(一)观念转变

用户要树立逆向物流的理念。全国 13 亿人口,人人都是消费者,如果人人都了解环境保护和资源的持续利用对可持续发展的重要性,人人都有环保意识,搞好回收物流将指日可待。当人们意识到环境恶化、资源短缺已经影响到我们的生活质量和生活方式时,为了下一代的生存与发展,就要转变传统的消费观念,增强绿色意识,树立绿色消费的价值观。

小贴士

绿色消费观，就是倡导消费者在与自然协调发展的基础上，从事科学合理的生活消费，提倡健康适度的消费心理，弘扬高尚的消费道德及行为规范，并通过改变消费方式来引导生产模式发生重大变革，进而调整产业经济结构，促进生态产业发展的消费理念。

绿色消费观包括以下三层含义。

(1) 倡导消费者在消费时选择未被污染或有助于公众健康的绿色产品。

(2) 在消费过程中注重对垃圾的处置，不造成环境污染。

(3) 引导消费者转变消费观念，崇尚自然、追求健康，在追求生活舒适的同时，注重环保、节约资源和能源，实现可持续消费。

绿色消费更新了传统消费观只关心个人消费，很少关心社会生活环境利益的倾向，随着人们生活水平的不断提高和环保意识的不断增强，作为一种新的消费理念，它必将逐渐为我国公众所接受。

 小贴士

据有关资料统计，有82%的德国人和62%的荷兰人到超市购物时预先考虑环境保护问题，66%的英国人愿意花更多的钱购买绿色产品，80%以上的欧美国家消费者把环保购物放在首位，愿意为环境清洁支付较高的价格。

据中国社会调查事务所的调查，有72%的被调查者认可"发展环保事业，开发绿色产品，对改善环境状况有益"的观点，有54%的人愿意使用绿色产品。

(二)加强教育

教育能改变人们对环境变化的思想观念和行为方式，使人们理性地认识环保的意义和价值，进而自觉地进行环保来推动回收物流的发展。教育对环保的宣传比其他舆论媒体范围更广、力度更大、影响更深、效果更好，我们必须高度重视教育这一中坚力量，可以从以下几个方面着手。

1. 加强组织领导，健全环保教育体系

结合各地实际情况和中央、省、市有关环保的方针政策，指导学校以及企事业单位开展环保教育活动，制定环保教育方案，并明确责任分工，细化关键岗位职责，使环保教育工作做到有组织、有计划、有措施、有指导、有效果、有总结、有表彰。

2. 重视各地文化建设，营造环保氛围

在各地文化建设中，要充分发挥学校教育主阵地作用及其辐射作用，将环保教育列入学校的管理目标。各地要重视生态环境保护的教育，提高人们的环境意识。

环境意识是人们主观上对环境问题的认识水平和为此采取行动的意愿程度的一种表现形式,较高的环境意识不但是社会文明进步的一个标志,从环境政策角度看,还降低了环境政策实施中的成本,因为环境意识越高,环境政策实施中遇到的阻力就越低。

3. 加大舆论氛围,实施舆论监督

各地要通过板报、宣传专栏、广播、图片等形式,对在保护环境和节约资源方面作出积极贡献的个人和集体进行宣传和表彰,同时还要进行有效的监督。

（三）物品导向引导

"物品导向引导"是指设计出绿色产品从而来引导消费者的需求。

绿色产品的定义,就狭义而言指不包括任何化学添加剂的纯天然食品或天然植物制成的产品;就广义而言,指生产、使用及处理过程符合环境要求,对环境无害或危害极小,有利于资源再生和回收利用的产品。

例如:由自然纤维、棉、麻和丝绸等天然作物制作而成的"自然生态服装",绿色汽车,绿色冰箱,绿色计算机,绿色食品,绿色建筑等。

 小贴士

简而言之,所谓绿色产品是指其在营销过程中具有比目前类似产品更有利于环保性的产品。

绿色产品可以从不同的角度进行分类,例如可按与原产品区分的程度分为改良型、改进型,也可按对环保作用的大小,按"绿色"的深浅来划分。"绿色"是一个相对的概念,很难有一个严格的标准和范围界定,它的标准可以由社会习惯形成,社会团体制定或法律规定。但按国际惯例,一般来说,只有授予绿色标志的产品才算是正式的绿色产品。

由于各国确定的产品类别各不相同,规定的标准也有所差别。下面以德国为例,对该国的绿色产品分类作一简介。德国是世界上发展绿色产品最早的国家。德国的绿色产品共分为七个基本类型,下面列举这七个基本类型中的一些重点产品类别。

（1）可回收利用型产品,包括经过翻新的轮胎、回收的玻璃容器,可再生纸,可复用的运输周转箱（袋）、用再生塑料和废橡胶生产的产品、可再生玻璃生产的建筑材料,以及可再生石制的建筑材料等。

（2）低毒低害的物质,包括低污染油漆和涂料、粉末涂料、锌空气电池、不含汞和镉的锂电池和低污染灭火剂等。

（3）低排放型,包括低排放的雾化燃烧炉、低排放燃气禁烧炉、低污染节约型燃气炉、凝汽式锅炉、低排放式印刷机等。

（4）低噪声型,包括低噪声割草机、低噪声摩托车、低噪声建筑机械、低噪声混合粉碎机、低噪声低烟尘城市汽车等。

（5）节水型，包括节水型清洗槽、节水型水流控制器、节水型清洗机等。

（6）节能型，包括燃气多段锅炉和循环水锅炉、太阳能产品及机械表、高隔热多型玻璃等。

（7）可生物降解型，包括以土壤营养物和调节剂合成的混合肥料，易生物降解的润滑油、润滑脂等。

进入 20 世纪 90 年代后，绿色产品在发达国家迅速发展，而且发展势头不减。发达国家的绿色产品主要集中在食品、电器、汽车等领域。例如，世界上对"绿色汽车"的积极研制，照相机的回收处理，低汞或无汞的"绿色电池"的研制等。

近年来，我国政府和社会各界采取了一系列措施进行环境保护知识的普及，促使消费者对绿色产品的消费需要从无意识向有意识转化，提高了消费者需求绿色产品的主动性。作为企业在绿色产品营销中，应设计生产绿色产品，并且从消费者的角度出发，了解他们消费的动机和行为方式，促进他们的消费向绿色产品转换。

 **知识链接**

1985 年全球开发出的绿色产品仅占新产品总数的 0.5%，到 1990 年上半期已上升到 9.2%，增长了 18 倍。德国 1991 年有 3 600 多种绿色的标志产品，到 1993 年 9 月绿色产品类别增至 75 个，产品约有 4 000 种，1995 年则达到近 6 000 种，超过全国商品种类的 30%。

日本 1990 年 11 月底仅有 31 类 850 种绿色产品，1993 年 8 月则增至 55 类 2 500 种产品。加拿大 1990 年年底只向 18 种产品颁发了 58 张许可证，到 1993 年 8 月已有 57 个大类 800 多种产品获得绿色标志。美国在 1990 年有 26% 的家用产品都是在"绿色旗帜"下推出。

第三节　回收物流的发展趋势

作为物流的一个重要组成部分，回收物流正在崛起。随着全世界对环境的关注越来越密切，社会各界对回收物流的研究和重视也越来越多。从供应链管理的角度出发，推进回收物流的绿色化发展，采用新技术促进回收物流的信息化发展。

一、供应链管理环境下的回收物流

供应链是围绕核心企业，通过对信息流、物流、资金流的控制，从采购原材料开始，制成中间产品以及最终产品，最后由销售网络把产品送到消费者手中的将供应商、制造商、分销商、零售商，直到最终用户连成一个整体的功能网链结构。它不仅是一条连接供应商到用户的物流链、信息链、资金链，而且是一条增值链，物料在供应链上因加工、包装、运输等过程而增加其价值，给相关企业带来收益。

回收供应链是指从用户手中回收产品，对产品进行分类、检测，直到最终处置或再利用的一些企业或企业部门构成的网络。一个标准的回收供应链的处理流程一般包含五个步骤：产品回收、逆向物流、回收产品的分拣、再加工、再销售。

近年来，许多公司纷纷投入大量的人力、物力、财力，用于完善自己的供应链。如今，各公司又同样开始重视自己的逆向供应链。逆向供应链管理与正向供应链管理之间存在着明显的差异，但也存在着互补关系，将二者有机结合起来，便形成了闭合的供应链回路，即企业的闭环供应链。

在设计闭环供应链时，应该遵循以下几个原则。

（一）战略运营原则

闭环供应链的设计应建立在战略高度上，要将物流与公司战略相联系，与合作伙伴也要组成战略联盟，在产品链或产品渠道上与其他参与者结成紧密的伙伴关系，以促进对供应链的整体管理和协调。

（二）整合原则

综合性地组织，将公司所有的物流活动必须统一进行集散化管理，将所有与物流有关的活动组织在"同一把雨伞"下，以更高效地进行决策；充分整合信息，不仅仅停留在交换数据的层次，更要利用信息技术来为决策提供支持；整合人力资源，必须认识到人力资源是物流管理成功的最重要因素。

（三）可持续发展原则

根据闭环供应链的定义可以知道，其目的是对物料的流动进行封闭管理，减少污染排放和剩余废物，同时以较低的成本为顾客提供服务，因此闭环供应链的设计应考虑可持续发展的要求。此外，还需要用可持续发展的标准约束供应商，相应的也需要增加额外的选择标准来选择符合可持续发展的供应商。

（四）环境污染最小原则

在产品和服务的生命周期的各个过程中都可能产生环境污染，因此要使环境污染最小化，就要在产品和服务的生命周期的各个环节采取相应的管理措施。

首先，开发设计出的可回收产品，应该具有以下特点：经久耐用、可重复使用、使用后可无害化回收、在废弃处理时尽量使环境污染最小。

其次，产品功能应具有可扩展性，这样在使用时可提高生态效益和可再用性；产品设计应遵循模块化、标准化原则，这样可以使维修更加容易，部件和物料可重复使用。

小贴士

由于一条完整的供应链往往包含了从原材料采购一直到销售终端,涉及的环节比较多,加上行业和产品的差别,因此存在着形形色色不同类型的供应链。

但是,如果从服务对象的物流特性来划分,则可以分为三种类型:即高效率供应链、快速反应供应链和创新供应链。

二、绿色物流

绿色物流是指在物流过程中抑制物流对环境造成危害的同时,实现对物流环境的净化,使物流资源得到最充分合理的利用。

现阶段,由于环境问题的日益突出,在处理社会物流与企业物流时必须考虑环境问题。尤其是在原材料的取得和产品分销中,运输作为主要的物流活动,对环境可能会产生一系列的影响,而且废弃物品如何合理回收,减少对环境的污染或最大可能地再利用也是物流管理所需考虑的内容。

(一)发展绿色物流的意义

1. 企业应对竞争的需要

创建我国的现代绿色物流,提倡高效节能、绿色环保,不仅是必要的,也是迫切的。随着经济全球化的发展,一些传统的关税和非关税壁垒逐渐淡化,绿色壁垒逐渐兴起。尤其是加入 WTO 以后,国内物流行业在经过合理过渡期后,2005 年 1 月 1 日起已取消大部分外国股权限制,外国物流企业进入我国市场,势必给国内物流企业带来巨大冲击。

2. 企业开拓市场的需要

在追求生态平衡的今天,经营者展现给我们的是绿色产品、绿色标志、绿色营销和绿色服务,消费者追求的是绿色消费、绿色享用和绿色保障,而其中的绿色通道——物流环节,却未能引起人们足够的重视。因此在发展物流的同时,要尽快提高认识,更新思想,把绿色物流作为世界全方位绿色革命的重要组成部分。

3. 实现可持续发展战略的需要

发展绿色物流是可持续性发展的需要。可持续发展战略是指社会经济发展必须同自然环境及社会环境相联系,使经济建设与资源、环境相协调,以保证社会实现良性循环。

(二)绿色物流的内容

1. 集约资源

集约资源是绿色物流最本质的内容,也是发展物流的主要指导思想之一。通过整合现有资源,优化资源配置,提高资源利用率,减少资源消耗和浪费。

2. 绿色运输

运输过程中的燃油消耗和尾气排放,是物流活动造成环境污染的主要原因之一。绿色运输是指以节约能源、减少废气排放为特征的运输。其实施途径主要包括：合理选择运输工具和运输路线，克服迂回运输和重复运输，以实现节能减排的目标；改进内燃机技术和使用清洁燃料，以提高能效；防止运输过程中的泄漏，以免对局部地区造成严重的环境危害。

3. 绿色仓储

绿色仓储要求仓库布局合理，以节约运输成本。布局过于密集会增加运输的次数，从而增加资源消耗；布局过于松散，则会降低运输的效率，增加空载率。仓库建设还应进行相应的环境影响评价，充分考虑对所在地的环境影响。

4. 绿色包装

绿色包装是指采用节约资源、降低废弃物排放为目的的包装方式，包括包装材料的绿色化、包装方式的绿色化、包装作业过程的绿色化三个方面。实施绿色包装的途径主要有：使用环保材料、提高材料利用率、设计折叠式包装以减少空载率、建立包装间用制度等。

5. 绿色流通加工

绿色流通加工是出于环保考虑的无污染的流通加工方式及相关政策措施的总和。实施途径主要分两个方面：一方面变消费者分散加工为专业集中加工，以规模作业方式提高资源利用效率，减少环境污染；另一方面是集中处理流通加工中产生的废料，与废弃物物流顺畅对接，降低废弃物污染及废弃物物流过程中的污染。

6. 绿色信息搜集和管理

物流不仅包括商品空间的转移，也包括相关信息的搜集、整理、储存和利用。绿色信息的搜集和管理是企业实施绿色物流战略的依据，通过利用先进的信息技术，搜集、整理、储存各种绿色信息，并及时运用到物流管理中，促进物流的进一步绿色化。

◆ 案例 7-3 ◆

2007 年年底，中远物流下属的中远网络物流信息科技有限公司（下称中远网络）与国际商业机器公司（IBM）合作，通过实施 IBM 的绿色供应链（Green SNOW）解决方案，帮助中远物流优化供应链、降低成本、提高服务水平并降低碳排放量。

该绿色供应链项目通过 IT 系统对中远物流的供应链进行优化，对各个供应链的选址、数量、能量、运输、设计、燃油、路线进行平衡的安排，甚至还包括燃油种类的选择和用量确定。系统还可以记录在运输、仓储等每一段物流活动所产生的碳排放数据。

三、第三方回收物流

所谓第三方物流是指生产经营企业为集中精力搞好主业，把原来属于自己处理的物流活动，以合同方式委托给专业物流服务企业，同时通过信息系统与物流企业保持密切联系，以达到对物流全程管理控制的一种物流运作与管理方式。

（一）回收物流外包决策

业务外包正在成为企业发展的一种重要策略,很多公司将部分业务外包出去,强调把主要精力放在企业关键业务上,充分发挥其优势,同时与全球范围内的合适企业建立战略合作关系。

随着物流外包实践的推广,有些企业取得了良好的业绩,但也有一些企业并未达到预期的效果。因此,企业在选择回收物流外包时必须谨慎,在考虑回收物流外包优势的同时也必须重视其潜在的风险,以系统的、长期的观点来进行回收物流外包决策,并采取一定的应对策略来防范潜在的各种风险。可以从以下几个方面着手。

1. 识别企业的核心竞争力

外包本身并不是企业发展战略,它仅仅是实现企业战略的一种方式,企业应确定在回收物流行业中是否存在有能力和可供选择的物流供应商,否则,实施回收物流外包不仅不能成功,反而会带来一系列问题。因此,企业应深入分析内部回收物流状况,并探讨回收物流是不是企业的核心能力,分析回收物流是否能为企业带来外部战略经济利益;企业只有在拥有了合适的合作伙伴,企业内部管理层也认识到外包的重要性而且清楚针对外包应做的准备工作,才能决定是否实施外包。

2. 第三方物流公司的选择

回收物流外包决策中很重要的一个问题是包给谁的问题,即外包伙伴的选择。

首先需要对外部的潜在物流供应商进行调查、分析、评价,调查物流供应商的管理状况、战略导向、信息技术支持能力、自身的可塑性和兼容性、行业运营经验等,评价其从事物流活动的成本状况,评价其长期发展能力,评价其信誉度等。

对于物流供应商的承诺和报价,企业务必认真分析衡量。报价应根据物流供应商自身的成本确定,而非依据市场价格,报价不仅仅是一个总数,应包括各项作业的成本明细。对于物流外包的承诺尤其是涉及政府政策或物流供应商战略方面的项目,必须来自物流供应商最高管理者,避免在合约履行过程中出现对相关条款理解不一致的现象。在评价的基础上,对潜在的多个物流外包伙伴进行比较,从中选择最适合企业需要的外包伙伴。

3. 物流外包活动的控制

对外包活动进行监控和控制是外包顺利实施的重要保证。企业即使与第三方物流供应商签订了协议,也应当监控第三方物流供应商的绩效,同时给他们提供所需的业务信息。企业与第三方物流供应商之间要注意相互沟通,共同编制操作指引。

企业不能认为业务外包了,一切就由对方承包,完全是物流供应商单方面的工作,而应当与第三方物流供应商一起制订物流作业流程、确定信息渠道、编制操作指引,供双方参考使用,操作指引能够使双方相关人员在作业过程中相互步调一致,也可以为企业检验对方物流作业是否符合要求提供了标准和依据。因此,企业要建立物流外包的控制机制,对外包伙伴的业绩进行定期检查,制订标准对其业绩进行考核。

4. 企业内部组织结构的调整

企业回收物流外包可能会受到企业内部作业流程的制约以及员工的抵制,因此,企业内部组织结构的调整主要集中在以下几个方面:如何在无缝衔接的基础上调整业务流程,进行职能变革;如何对外包的物流功能进行持续有效的监控;企业文化是否鼓励创新与变革;企业领导和员工对变革持何种态度等。从战略角度看待物流业务外包,致力于获得最佳合作伙伴,并围绕着这种伙伴关系建立一种健全的管理体系,从而实现无缝衔接,取得外包策略的成功。

5. 以"双赢"为原则,巩固合作关系

物流供应商对企业和企业的客户的服务能力依靠企业自身的工作表现的好坏,外包意味着双方利益是捆绑在一起的,而非独立的,良好的合作伙伴关系将使双方受益,任何一方的不良表现都将使双方受损。

在选择物流供应商时,要改变仅着眼于企业内部核心竞争能力的提升,而置物流供应商的利益于不顾的观点,企业应以长远的战略思想来对待物流外包,通过外包既实现企业自身利益最大化,又有利于物流供应商持续稳定的发展,达到供需双赢的局面。因此,供需双方相互信任和忠诚以及履行承诺是建立良好的外包合作关系的关键因素。

(二)第三方回收物流的运作模式

第三方回收物流运作从初级到高级是分阶段发展的,但是它没有统一的分类标准和固定的运作模式。不同的物流企业可以根据自己的特点和优势,进行优化组合,最大限度地发挥自身资源优势,设计出符合市场需要的第三方回收物流服务产品。以下介绍四种第三方回收物流模式供参考。

1. 以提高物流环节的服务附加值为目标的基础物流服务模式

目前我国企业对第三方物流服务的需求层次还比较低,主要仍集中在对基本常规项目的需求上,企业对增值性高、综合的物流服务如库存管理、物流系统设计、物流总代理等的需求还很少。因此,我国的物流企业在推进第三方回收物流服务时,要充分考虑到企业的现实需求,从基本的服务功能入手,从简单的服务开始,在不断巩固自身提供常规服务的能力的前提下扩展延伸服务。一开始就定位在高级形态的第三方回收物流运作上并不现实。

不应一味追求时髦的理念与模式,舍本逐末,放弃对常规服务质量的重视。第三方回收物流供应商应该从区域客户的需求出发,根据企业的实际情况,首先从提供基础回收物流服务开始,展示他们有能力把这些服务做得最好,随后才开始提供高附加值的服务。从而逐步实现回收物流环节的系统化和标准化,为客户提供全方位的物流服务。

2. 以个性化服务为目标的运作模式

第三方物流服务商应该根据行业特点,分析归纳行业需求特色和行业解决方案,发展个性化、定制化的物流外包服务。

个性化服务可以帮助第三方物流企业准确找到市场缺口，明确定位，进而迅速发展壮大。以个性化的服务凸显企业强大的竞争力将成为第三方物流企业生存的一个必要因素，这些企业拥有强大的规模经济效益，能够提供价格低廉的运输服务和内部专业信息技术。强大的核心能力可以为物流企业提供一个获利平台并在此基础上开发或收购相关的物流服务能力，而那些没有核心能力的企业则将被挤垮或兼并。

3. 以综合物流代理为主的运作模式

发展综合物流代理业务具体是指不进行大的固定资产投资，低成本经营，将部分或全部物流作业委托他人处理，注重自己的销售队伍与管理网络，实行特许代理，将协作单位纳入自己的经营轨道，公司经营的核心能力就是综合物流代理业务的销售、采购、协调管理和组织的设计与经营，并且注重业务流程的创新和组织机构的创新，使公司经营不断产生新的增长点。

当回收物流需求不断增加时，越来越多的第三方物流企业扩大了他们的服务范围。采用这种模式的第三方物流企业应该具有很强的实力，陆空俱全，同时拥有发达的网络体系，这样的企业在向物流转型时能做到综合物流代理，从而为客户提供全方位的服务。

4. 以战略联盟提供服务的运作模式

随着经济发展的全球化以及经济发展中对环保的关注，我国企业将面临来自全球范围内的跨国物流企业运作的竞争压力。为了能在竞争中站稳，采用物流战略联盟可以使企业迅速有效地获得规模经济，提升竞争优势，满足物流需求企业的服务要求；协同化发展的方式避免了恶性竞争，维护了市场竞争秩序，有利于实现物流企业联盟的双赢或多赢。

盲目的模仿和追随并不能取得竞争优势，只有根据企业自身的实际情况，有针对性地组建物流战略联盟，并注重合作与发展，采取相应的对策避免其可能产生的风险，才能成功地利用物流战略联盟实现企业物流向着现代科学的物流运作方向发展，从而为企业获取规模效应提供强有力的后盾。

四、信息化的回收物流

物流信息系统是指由人员、设备和程序组成的、为物流管理者执行计划、实施、控制等职能提供信息的交互系统，它与物流作业系统一样都是物流系统的子系统。

物流信息系统是建立在物流信息的基础上的，只有具备了大量的物流信息，物流信息系统才能发挥作用。在物流管理中，人们要寻找最经济、最有效的方法来克服生产和消费之间的时间距离和空间距离，就必须传递和处理各种与物流相关的情报，这种情报就是物流信息。它与物流过程中的订货、收货、库存管理、发货、配送及回收等职能有机地联系在一起，使整个物流活动顺利进行。

因此，设计和发展回收物流信息系统，提高回收作业效率成为回收物流发展的必然趋势。

◆ **案例 7-4** ◆

我国钢铁回收物流体系

我国钢铁生产发展规模大、速度快，多年来一直是世界上最大的产钢国和钢消费国。但是，回收物流与可持续发展一直是钢铁行业的难题。在全世界对钢铁回收问题越来越关注的今天，钢铁回收物流日益得到重视。废弃物的采集、回收、储存、运输、加工处理等环节构成了钢铁废弃物的回收物流系统。

在钢铁回收物流系统中，对废弃物的采集回收、拣选分类以及加工处理是确保降低污染和资源再利用的关键。

作为铁矿石的唯一替代品，我国钢铁企业必须把废钢"摆正地方"。有分析指出，废钢 8～30 年一个轮回，可循环利用，且自然损耗很低。一吨废钢铁可炼钢约 0.8t，节约铁矿石 2～3t，节约焦炭 1t，并分别降低废气、废水和废渣排放 86%、76% 和 97%。作为钢铁的原料有铁水和废钢，而铁水主要是由铁矿石作为原料，若多用废钢则可以减少铁矿石的消耗量。历年统计资料表明：我国废钢比在 30% 左右。

由此可见，由于使用废钢铁，自然界铁矿石资源储量的使用期可延长 1/3 左右。尽管如此，为何我国钢铁企业对使用废钢的积极性依然不高，主要原因是受税收政策影响。由于钢铁企业多用废钢，需要应用废钢的新技术、新设备，这样才能促使整个工业体系能耗、排放大大降低，但目前钢铁企业在资金、政策方面还享受不到足够的支持，久而久之，只能依赖铁矿石进口。

基于此，国家税务总局政策法规司综合处处长谭珩表示，我国废钢税收政策亟待调整，鼓励废钢回收利用的新优惠政策将尽快出台，并且将设置一段过渡期。据了解，自 2001 年起，国家对废钢回收利用给予税收优惠政策，一是免收废钢回收企业增值税；二是钢铁企业可用普通发票抵扣 10% 的进项税；三是进口废钢零关税。

中国是一个钢铁生产大国、消费大国，也是一个钢铁浪费的大国，可再生废旧钢铁的回收物流系统并没有建立。在计划经济体制下，我们曾建立过物资系统的工业废旧钢铁回收系统，供销社系统的农村废旧钢铁回收系统，但进入市场经济后，这两个系统已名存实亡。

根据循环经济的要求和可持续发展的要求，如何建立这一系统已迫在眉睫，钢厂如何参与急需探索。根据国际上成功的经验，废旧钢铁是生产钢铁的重要原材料，比铁矿石冶炼成本要低得多，目前这一系统在全球范围已有广泛应用，中国是落后的。

综上所述，中国钢铁物流发展空间很大，前景广阔，看我们如何去认识，如何去运作。但也要承认，中国钢铁物流的发展难度很大，要走的路还很长。如果以集约化的大钢厂为核心，上下游企业联合打造中国钢铁供应链，中国一定能变钢铁大国为钢铁强国。

产品和材料的重复使用并不是一个新现象。废旧产品的重复利用很大程度上都是基于经济方面的考虑。废钢铁回收存在了很长一段时间了，在过去的十几年中，人们的环保意识不断增强,使产品回收得到了广泛的关注和研究。

1. 分析我国钢铁回收物流体系出现的突出问题有哪些。

2. 结合本章节所学谈谈如何发展我国钢铁回收物流。

资料来源:www.xbdkfzzs.com

◆ 案例7-5 ◆

废旧节能灯都当普通垃圾处理

2008年起,山西省通过财政补贴向全社会推广,使节能灯走进越来越多的家庭和单位,如何正确处理废旧节能灯就显得越发重要。笔者就此进行了走访调查,调查中大多数人表示,只知道废旧电池要专门回收,从来没听说废旧节能灯也要专门处理,坏了都是随手扔进垃圾桶。走访省城部分商场、超市后发现,也都没有专门的回收点。

太原鸿运废旧物资回收公司的董经理表示,对回收来的废旧节能灯"修修能用的就再转手卖了,不能修的就直接扔了"。他说,现在全省都没有专门回收节能灯的机构,因为废旧节能灯属于危险废物,从运输到实现无害化处理都需要特殊技术,费用也很高。

从太原市环卫局了解到,作为普通垃圾丢弃的节能灯和其他垃圾一样直接填埋了。虽然节能灯可以有效节电,减少二氧化碳排放,但很多人可能并不知道,目前的节能灯管中基本都含有汞,其沸点较低,常温下即可蒸发。

太原市环保局固废处处长谢宇琪介绍,一只节能灯管的汞如果浸入地下,将会造成180t水的污染。而废旧灯管在破碎后,汞会以蒸气形式进入大气,瞬时可使周围空气中的汞浓度达到$10\sim20mg/cm^3$,而按规定汞在空气中的最高允许浓度为$0.01mg/cm^3$。一旦空气中的汞含量超标,会对人体造成危害,长期接触过量汞可造成中毒。

1. 结合案例分析为什么会出现废旧节能灯都当普通垃圾处理的现象。

2. 谈谈如何改进案例中出现的废旧节能灯都当普通垃圾处理的现象。

资料来源:www.3158.cn/news

本 章 小 结

近年来,我国需要回收处理的家用电器、废旧电池、废旧计算机、废旧轮胎、废纸、报废汽车数量大幅度上升,由于缺乏相应的法律、法规,上述废弃物被随意弃置或低级利用的情形比比皆是,这使得我国资源浪费和环境污染问题相当严重。我国在资源回收利用方面与发达国家相距甚远。

回收不全面的原因是多方面的,从政府方面来讲,没有制定出健全的相关法律、法规是主要原因。要做到回收物流合理化,政府部门需要遵循立法的基本过程,制定完善的回收物流政策,确立"制造商责任制"的原则,明确规定相关方应承担的义务,对回收网络的建设进行规定,同时明确产品的使用年限,对完善废旧家电回收利用进行立法,有效防范"非贸易壁垒",严控电子垃圾的流入,细分相关回收法规,有效解决回收物流中的出资问题。

另外,地方政府和行业协会也应该依据国家法律政策,结合地方实际情况制定相关的奖惩政策措施,构建完善的回收体系和回收处理中心,促进垃圾分类的推广。

除此之外,因为回收物流存在于整个社会再生产过程中的生产、流通和消费领域,从供应链的角度来看,回收物流涉及供应链上的所有当事人,所以供应商、生产商、批发商、零售商,甚至消费者都应该不同程度的承担回收物流的责任。

在我国,各供应链成员对回收物流的认识不强,缺少重视度,实施回收物流的过程中存在各种各样的问题,管理困难,必须提高供应链成员对逆向物流的管理的重视程度,在供应链中构建合理的回收物流管理系统,同时要正确引导消费者树立"绿色消费观",使整个社会资源得到充分有效利用,构建和谐社会。

龚英,靳俊喜. 循环经济下的回收物流. 北京:中国物资出版社,2007.

1. 如何完善政府的回收物流政策?

2. 在回收物流所涉及的供应链成员中各自应该做好哪些方面以促进回收物流的发展?

3. 结合你所在的地区分析一下当地的回收物流体系应该如何构建。

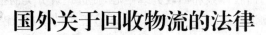

国外关于回收物流的法律

　　国外发达国家的回收物流发展较好,其发展一定程度上取决于政府较完善的环境政策的出台。由于废弃物物流主体的特殊性,各国、各地区都对废弃物的流通、处理制定了严格的法律法规。国外有关物流的法律主要有三个特征:较早开始、渐进深入、全面实施。

一、再生资源回收技术

　　日本的立法最为全面,已经颁布了《废弃物处理和清洁法》、《再生资源利用促进法》、《家用电器再利用法》、《食品再利用法》、《环保食品购买法》、《建设及材料再利用法》、《容器再利用法》、《汽车循环适用法》等法律,采用"谁生产销售,谁回收利用"的法规原则。

　　2001年4月开始实施《推进建立循环型社会基本法》、《有效利用资源促进法》、《家用电器再利用法》,争取控制垃圾数量,实现资源再利用。

　　德国在1994年7月,通过了《循环经济及废弃物法》。该法明确了在废弃物管理政策方面的新措施,其中心思想就是系统地将资源闭路循环的循环经济思想理念,从包装推广到所有的生产部门,促使更多的物质资料保持在生产圈内。该法要求生产商、销售商以及个人消费者,从一开始就要考虑废弃物的再生利用问题。在生产和消费的初始阶段不仅将注重产品的用途和适用性,而且还要考虑该产品在其生命周期终结